Stefano Piedimonte

Im Namen des Onkels

Roman

Aus dem Italienischen
von Maja Pflug
und Friederike Hausmann

DUMONT

Juli 2015
DuMont Buchverlag, Köln

Die italienische Originalausgabe erschien 2012 unter dem Namen
›Nel nome dello Zio‹ bei Ugo Guanda Editore S.p.a., Parma.

Umschlaggestaltung: Lübbeke Naumann Thoben, Köln
Umschlagabbildung: © Ropix – fotolia.com und © beaubelle – fotolia.com
Gesetzt aus der Charlotte und der Archer
Druck und Verarbeitung: CPI books GmbH, Leck
Gedruckt auf säurefreiem und chlorfrei gebleichtem Papier
Printed in Germany
ISBN 978-3-8321-6327-3

www.dumont-buchverlag.de

Für Rosaria Lumino

Haven't had a dream in a long time
See, the life I've had
Can make a good man bad
So for once in my life
Let me get what I want
Lord knows, it would be the first time.

THE SMITHS, *Please, Please, Please,*
Let Me Get What I Want

Anthony (nach der Flucht)

»Also, schieß los: Was ist so dein Ding?«

»Wie meinst du das?«

»Magst du Katzen, Musik, tanzen, die Welt retten oder was?«

»Tanzen? Peppino, hältst du mich etwa für schwul?«

Als Antwort knallte der Fettwanst die 44er Magnum mit Kurzlauf auf den verdreckten Schreibtisch, dann holte er mit derselben Hand aus und verpasste dem jungen Mann vor ihm eine Ohrfeige.

Schwul war Anthony vielleicht nicht, aber seine Gesichtshaut war von Tausenden UV-Lampen verbrannt, die Brauen waren superschmal und unter dem aufgeknöpften Hemd zeigte sich seine gebräunte, mit winzigen schwarzen Stacheln übersäte Brust – das Zeichen, dass die Haare nach der eben erst so sorgfältigen Rasur schon wieder nachwuchsen. Hinter den geschlossenen Fensterläden des Souterrains, dessen Stille ab und zu vom Geknatter eines Scooters unterbrochen wurde, wirkten die zwei im Halbdunkel wie ein Abklatsch von Dick und Doof. Anthony war sprachlos. Er wollte aufspringen, doch dann begriff er, dass das nicht sehr klug gewesen wäre, obwohl der Fettwanst sich nicht einmal die Mühe machte, die Pistole wieder vom Schreibtisch zu nehmen.

Auf den kleinen, wackeligen Holzstuhl gefläzt, wo sein Fett an den Seiten über die Sitzfläche quoll, schüttelte Peppino der Stinker den Kopf. »Nein, so geht's nicht. So gefällst du mir gar nicht. Wir haben dir eine wichtige Aufgabe anvertraut, und anstatt dass du dich geehrt fühlst, benimmst du dich wie ein Arschloch.«

Dem Jungen standen Tränen in den Augen. Er öffnete den Mund, um zu antworten, doch Peppino kam ihm zuvor: »Wir machen es so: Ich fang jetzt noch mal von vorne an und stell dir die Fragen zum vierten Mal, aber nur, weil ich dich mag. Wenn du dich danebenbenimmst, ziehe ich dir eine mit der Magnum über. Und wenn du dann noch mal Zicken machst, kann es passieren, dass ich abdrücke.« Mit einer Kopfbewegung deutete er auf die Waffe, dann wischte er sich die Hand an seiner Jeans Größe XXXL ab und lehnte sich auf dem Stuhl zurück.

Das laute Knarren schien ihn nicht zu beunruhigen, und Anthony wünschte sich inbrünstig, ihn gleich auf den Boden krachen zu sehen. Na, vielleicht besser nicht, sonst würde sein Peiniger nur noch giftiger werden.

»Also, was magst du am liebsten? Tanzen, Musik, die neuesten Hits? Bist du ein lockerer Typ? Gehst du lieber ans Meer oder ins Gebirge?«

Anthony trocknete sich die Augen und antwortete, den Blick auf den Boden geheftet, missmutig wie ein Schüler, der zur Strafe in die Ecke gestellt wird:

»Ich bin ein echt *frizzantino,* hip und cool. Ich liebe das Meer, Discomusic und äh … so Songs, von so Sängern.«

Der Stinker durchbohrte ihn mit seinem Blick und verzichtete darauf, auf die unnötige Doppelung seiner letzten Bemerkung hinzuweisen. Der Junge versuchte, die Sache zurechtzubiegen:

»Ich meine, von den Sängern aus Neapel. Aber auch die italienischen.«

»Bravo!« Der Fettwanst schlug mit den Fäusten auf den Tisch. »Bravo, so ist's recht! Red wie ein Arschloch, solche Leute suchen die.« Dann äffte er ihn mit Falsettstimme nach: »›Die von den Sängern aus Neapel, aber auch die italienischen.‹ Nicht schlecht für den Anfang. Machen wir weiter.« Er zupfte an seinem fleckigen, vergilbten Unterhemd, als wäre er wirklich gespannt.

»Du hast einen auffälligen Namen, klingt irgendwie englisch. Wieso haben dich deine Eltern denn Anthony genannt?«

»Na ja, mein Vater hieß ja Antonio.« Der Junge spielte mit seinen Hemdknöpfen, sichtlich froh, dass der Stinker ihm Anerkennung gezollt hatte. »Es ist zwar verboten, den Sohn genauso zu nennen wie den Vater, aber ihm war das so wichtig, dass er schließlich den englischen Namen genommen hat.«

»Bravo!« Wieder schlug der Fettwanst mit den Fäusten auf den Schreibtisch. »So ist's recht! Red nur immer mehr Scheißdreck.«

Der Junge lächelte schwach, doch allmählich kamen ihm Zweifel. Eigentlich klang das nicht gerade nach einem Kompliment. Dabei war er schließlich ein ›ehrenwerter‹ junger Mann. Nicht in der gleichen Liga wie Peppino, klar. Bis er wie er zum Revierchef aufsteigen würde, Anführer über mehrere Dealer, müssten wohl noch ein paar Jahre vergehen. Fünf, sechs, vielleicht sogar zehn Jahre. Die Achtung des Clans erringt man durch Arbeit, Einsatz und selbstlose Aufopferung.

Allerdings wurde es ihm allmählich etwas zu erniedrigend hier, die Ohrfeige, dieses bescheuerte Verhör und dass er sich jetzt auch noch »Arschloch« nennen lassen musste. Sich gegen einen Vorgesetzten aufzulehnen war ausgeschlossen, die einzige Lösung bestand darin, ihn zufriedenzustellen, auch wenn das bedeutete, den Volltrottel zu geben.

Wenn er bei *Big Brother* reinkäme, würde er bestimmt mehrere Stufen überspringen. Und womöglich würde ihn anschließend der Boss persönlich direkt zum Revierchef ernennen. Letztlich diente das ganze Theater ja sowieso nur dazu, dem die Haut zu retten.

Der Verrat

Polizeipräsidium Neapel
Via Medina 75
80133 Neapel

Kriminalpolizei
Dezernat I – Organisierte Kriminalität
und Schwerverbrechen

Am 10. März d. lfd. J. um 10.27 Uhr in der Via Medina 75 in den Büros des Polizeipräsidiums Neapel, Kriminalpolizei, Dezernat I, bestätigt der unterzeichnende Beamte, dass .... erschienen ist. Die anwesende Person erklärt, frei und aus eigenem Entschluss die folgenden spontanen Aussagen gemacht zu haben:

»Zum ersten Mal traf ich ...., auch bekannt als ›der Onkel‹, vor vielen Jahren auf einer Versammlung der Bosse des Stadtviertels Quartieri Spagnoli. Das Treffen fand in der Via Speranzella 29 statt, wo heute ein Eisenwarengeschäft ist. Davor gehörte dieses Haus Don Felice Cavallaro, dessen Name Ihnen wohlbekannt ist. Das Treffen wurde mit der Absicht organisiert, den Nachfolger von Don Felice zu bestimmen, der ernsthafte gesundheitliche Probleme hatte und dabei war, abzutreten.«

ANTWORT AUF NACHFRAGE: »Ja, ich will sagen, dass er aufgrund seiner Gesundheitsprobleme im Sterben lag.«

AAN: »Nein, ich erinnere mich nicht, wer die anderen Teilnehmer an der Versammlung waren, von der ich spreche.

Der Onkel war ein aufstrebender junger Krimineller, und auch ich strebte nach Geld und Wohlstand, doch weil wir unterschiedliche Rollen hatten, kamen wir nicht in Konflikt. Außerdem hätte ich es mir nie einfallen lassen, den Aufstieg des Onkels zu behindern. Schließlich war das der Wille der Versammlungsteilnehmer. Sein Ruhm war allen bekannt, und die Leute hatten seine Ernennung schon seit geraumer Zeit erwartet. Der Onkel besaß eine starke Ausstrahlung.«

AAN: »Ich will damit sagen, dass er nicht nur Eier in der Hose hatte und vor nichts zurückschreckte, sondern dass er auch ein echter Unternehmertyp war. Er stammte aus einer einfachen Familie von ehrlichen Leuten, die alles waren, bloß keine Camorristen. Der Vater handelte mit Altpapier, das heißt, er sammelte die Kartons neben den Müllcontainern ein, um sie nach Gewicht zu verkaufen, die Mutter arbeitete zu Hause als Änderungsschneiderin. Und trotzdem, auch ohne die Familie im Hintergrund war es dem Onkel schon innerhalb weniger Jahre gelungen, mehrere Rangstufen zu überspringen und an die Spitze des Clans zu gelangen.«

AAN: »Ihr fragt mich, wie der Onkel diesen raschen Aufstieg geschafft hat. Wahrscheinlich reicht es, wenn ich euch eine Anekdote erzähle, dann könnt ihr euch eine Vorstellung machen.

Als der Onkel und ich noch Kinder waren, fuhren durch die Gassen unseres Viertels kleine Karren, auf denen wurden Zitronenlimonade, frisch gepresster Orangensaft und *rattatelle* feilgeboten, das ist so eine neapolitanische Variante von Sorbet. Die Männer, die mit den Karren herumzogen, wirkten immer wie arme Teufel, ungebildet und schlecht gekleidet, aber in Wirklichkeit platzten ihre Matratzen zu Hause vor lauter Geld aus allen Nähten. Ein Orangensaft hier, eine *rattatella* da, beim Finanzamt nichts zu versteuern – so saßen sie auf einem Haufen Bargeld. Nun ja, von einem Tag auf den anderen ging es dann mit den Geschäften der ›Wasserverkäufer‹, wie wir sie nannten, plötzlich bergab. Sie verließen das Haus, nahmen den Karren, und nach wenigen Metern waren die Reifen platt. Kaum hatten sie sie in der Werkstatt reparieren lassen, ging die Sache von vorne los. Und jedes Mal waren Dornen die Ursache.«

AAN: »Na, solche Dornen, wie sie unten an den Blumenstängeln wachsen. Die Wasserverkäufer wussten das, weil man es ihnen bei der Reparatur gesagt hatte. Außerdem blieben die Dornen oft in den Reifen stecken, da konnten sie sie selber sehen. Gerade zu der Zeit hatte der Onkel – der damals zehn Jahre alt war und noch nicht so hieß – sich angewöhnt, ins Zentrum runterzugehen, Richtung Piazza Trieste e Trento, und mit einem Päckchen aus Zeitungspapier und Klebeband ins Viertel zurückzukommen. Später erfuhr ich, dass diese Päckchen Hunderte von Rosendornen enthielten. Der Onkel ging in die Gärten des Palazzo Reale und schabte alle Rosenstiele ab. Dann streute er die Dornen dort, wo die Wasserverkäufer durchzogen, in die Ritzen des Kopfsteinpflasters. Die Passanten merkten nichts, weil die Dornen den Schuhsohlen nichts anhaben können, den Reifen der Karren aber schon. Auch wenn sie nicht gleich beim ersten Mal ein Loch bekamen, die Dornen blieben stecken und drangen mit jeder Radumdrehung tiefer ein. Zuletzt war der Reifen platt und der Wasserverkäufer aufgeschmissen.«

AAN: »Warum der Onkel den Geschäften der Wasserverkäufer schaden wollte? Ich sag euch, er wollte ihren Geschäften überhaupt nicht schaden. Als die Wasserverkäufer begriffen, dass das Problem zum Alltag wurde, und ernstlich um ihre Existenz zu fürchten begannen, kam dieser zehnjährige Bub zu ihnen und sagte, es sei doch sehr schade, dass man keinen frisch gepressten Orangensaft mehr kaufen könne. Besonders für sie sei es schade, dass sie nichts mehr verkaufen könnten, wo die Geschäfte doch eigentlich so prima liefen. Der Bub bot an, das Dornenproblem für die bescheidene Summe von tausend Lire pro Tag zu lösen. Tausend pro Verkäufer, versteht sich. Die erste Reaktion war ablehnend: Sie jagten ihn mit Fußtritten davon, drohten, alles seinen Eltern zu erzählen, und überhäuften ihn mit Beschimpfungen. Dann jedoch überlegten sie, dass eine Ausgabe von tausend Lire pro Tag ein geringes Opfer bedeutete für Leute, die Matratzen voller Geld zu Hause hatten.«

AAN: »Ja. So begann der Aufstieg des Onkels, heißt es.«

Der Onkel (vor der Flucht)

Der Onkel führte ein sehr hektisches Leben, voller Termine und Meetings mit seinen Gefolgsleuten. Überraschende Stichproben und Kontrollen an den Plätzen, wo die Dealer standen, und täglich bis zu drei Rundgänge durchs Viertel waren keine Seltenheit. Ähnlich wie die Politiker vor der Wahl musste er in seinem Bezirk ständig Präsenz zeigen. Die Zulieferaktivitäten waren recht ausgedehnt, und die lokale Wirtschaft kreiste um den Clan – dank seiner Mitglieder, aber auch dank all jener, die auf mehr oder weniger direkte Weise dazu beitrugen, die Finanzen der Organisation zu stärken.

Gessica, seine Frau, deren Name auf dem Standesamt aufgrund der Unkenntnis des Vaters und seiner großen Überredungskunst gegenüber den kommunalen Angestellten mit »G« anstatt mit »J« eingetragen worden war, las die Romane von Carlos Ruiz Zafón und reiste in ihrer Fantasie.

Um zehn Uhr morgens verließ der Onkel das Haus und kam nicht vor acht Uhr abends zurück. Ihm blieb gerade genug Zeit, um Gessica zu begrüßen, zu fragen: »Wie geht's?«, die Schuhe auszuziehen und sich auf das Ritual vorzubereiten. Seit nunmehr zwölf Jahren hatte er es kein einziges Mal versäumt. Gerüchte gingen um, Geschichten über diese geradezu zwanghafte Angewohnheit. In den Gassen des Viertels munkelte man, dass der Onkel wegen seines kleinen Lasters vor sechs oder sieben Jahren einen Termin mit dem Oberhaupt der Familie Strangio vermasselt habe, dem Boss der kalabrischen 'Ndrangheta, der aus Locride nach Neapel gekommen war, um ein wichtiges Abkommen über Rauschgiftlieferungen mit ihm abzuschließen.

Das Treffen sollte um sieben Uhr abends stattfinden, doch der kalabrische Boss war mit seinem Chauffeur zwei Stunden im Verkehr der Stadtautobahn stecken geblieben. Die Ursache war ein riesiger Auffahrunfall mit Toten und Verletzten. Als Strangio schließlich vor der Tür des Onkels ankam und läutete, war es neun Uhr. Eine Dreiviertelstunde lang stand er so da und klingelte immer wieder. Sein Chauffeur mühte sich währenddessen vergeblich, den Onkel auf dem Handy zu erreichen (»Ihr Anruf kann zurzeit leider nicht entgegengenommen werden«), und fragte die Nachbarn, wo der Mann denn abgeblieben sei. Niemand wusste etwas, der Onkel gab kein Lebenszeichen von sich, die Fensterläden des Hauses waren geschlossen, und auf der Gasse herrschte absolute Stille.

Nach einer Stunde war der Boss gedemütigt und stocksauer wieder abgefahren. Wegen der erlittenen Schmach hatte er sich in den Kopf gesetzt, zwei kalabrische Auftragskiller zu schicken und es den Onkel büßen zu lassen. Dieser wiederum hatte in weiser Voraussicht seine Leute zu den Strangios gesandt, um ihren Boss aus dem Weg zu räumen, allerdings ohne Erfolg. Daraus entstand eine Fehde zwischen den neapolitanischen Clans und denen aus Locride, die mit sechs Toten (drei auf jeder Seite) und einer nie ganz verschwundenen Spannung zwischen den beiden Gruppierungen endete. Die polizeiliche Untersuchung dieser Morde war noch immer nicht abgeschlossen, doch auch nach jahrelangen Ermittlungen war es niemandem gelungen, irgendetwas herauszufinden. Man glaubte, dass wer weiß welche Spaltung oder wer weiß welcher Verrat hinter der Mordserie stecke.

Außerhalb des Polizeipräsidiums war die Wahrheit jedoch kein Geheimnis: Alle im Viertel wussten ganz genau, dass der

Onkel, als Strangio geläutet hatte, zu Hause gesessen und die Klingel abgestellt hatte. Seine »Unerreichbarkeit« um neun Uhr abends hatte einen Namen: *Big Brother*.

Peppino der Stinker

»Mach mal ein bisschen Musik auf deinem Handy.«

Anthony glaubte, der Fettwanst wolle eine Pause machen, aber da lag er ganz falsch. Er stand auf, damit er die Hand in die rechte Tasche seiner hautengen Jeans schieben konnte, und zog ein mit winzigen Brillanten besetztes Wunderwerk der Technik heraus. »Sieh an, und du behauptest, du wärst nicht schwul«, bemerkte sein Peiniger.

Der Junge setzte sich wieder hin und fummelte an dem Handy herum. Nach ein paar Sekunden schwebten die schmachtenden Töne des in Neapel gerade total angesagten neuesten Hits durch den Raum, ein Musterbeispiel der sogenannten »neomelodischen« Popszene: *L'amore frizzantino.* Die Bässe dröhnten aus den Minilautsprechern und das Handy vibrierte auf der Schreibtischplatte, die als Klangverstärker funktionierte. Ohne es zu merken, wippte Anthony mit dem rechten Fuß im Rhythmus.

Du bist die Königin in meinem Herzen,
Erlöse mich doch von den bitteren Schmerzen.
Ich gestehe, dass ich dich brauch,
Bitte sag mir, du brauchst mich auch.

Er lehnte sich auf seinem Stuhl zurück und hob den Blick, um zu prüfen, ob der Stinker seine Leidenschaft für gute Musik teilte. Doch der Fettwanst beobachtete ihn ausdruckslos und distanziert wie jemand, der die Zulassungsprüfung für ein neues, kompliziertes Spielzeug durchführt. Kurz bevor der Refrain sich wiederholte, herrschte Peppino ihn an: »Los, steh auf! Zeig mal, wie du tanzen kannst!«

Anthony wollte schon antworten, dass nie die Rede davon gewesen war, dass er tanzen konnte, aber dann wurde ihm zum x-ten Mal klar, dass in diesen muffigen, feuchten Kellerräumen wahrhaftig wenig Platz für Einwände blieb. Er stellte sich wieder hin und begann mit Grabesmiene, dem Rhythmus zu folgen: Sein rechter Fuß klopfte auf den Boden, während sein Kopf vor und zurück ruckte wie bei einer Taube auf Futtersuche.

Als dann der Refrain zum zweiten Mal einsetzte, ließ er sich mitreißen. Er schloss die Augen und stellte sich vor, er stünde beim Festival in San Remo auf der Bühne des Teatro Ariston, während ihn Belén Rodríguez und Michael Jackson, Gott hab ihn selig, anfeuerten. Das Publikum jubelte, alle tanzten, spärlich bekleidete Mädchen mit üppigen Kurven zertrampelten mit ihren Bleistiftabsätzen die Sitze im berühmtesten Parkett Italiens.

Du bist die Königin in meinem Herzen,
Erlöse mich doch von den bitteren Schmerzen.
Ich gestehe, dass ich dich brauch,
Bitte sag mir, du brauchst mich auch.

Das Orchester übertraf sich selbst, die Einschaltquoten erklommen ungeahnte Höhen, und in der Königsloge nickten die Altmeister des italienischen Schlagers weise mit dem Kopf.

Die Wirklichkeit sah allerdings anders aus. Hätte sich jemand aus irgendeinem abwegigen Grund in diesem Moment in den alten Keller in den Quartieri Spagnoli verirrt, hätte er einen schlanken jungen Mann mit stacheliger Brust unter dem geöffneten Hemd gesehen, der wie ein betrunkener Blinder vor den zynischen Augen eines Fettwansts im Unterhemd hin und her torkelte.

Noch dazu war es heiß. Bis eben waren sie von der sommerlichen Schwüle verschont geblieben, weil die Sonne noch nicht bis durch das schmale Kellerfenster vorgedrungen war. Doch nun knallte sie unbarmherzig herein und würde den Raum langsam, aber sicher in eine Sauna verwandeln.

Ein energisches Klopfen an das hochgelegene, rechteckige Kellerfenster holte Anthony aus der Welt der Träume zurück. Durch die blinde Scheibe, die auf die Gasse hinausging, konnte man gerade noch die Reifen der vorüberfahrenden Scooter und die Füße der Hausfrauen erkennen, die ihre Einkäufe heimtrugen. Jetzt tauchte hinter der Schmutzschicht auf dem Glas verschwommen die untere Hälfte eines Menschen auf, der vor dem Fenster kauerte. Verlegen drückte Anthony auf eine Taste des Handys, und die Musik verstummte. Der Fettwanst beugte den Oberkörper vor, stützte die Handflächen auf die Schenkel und erhob sich, um ans Fenster zu gehen. Er öffnete es ungehalten, während Anthony verträumt überlegte, ob er sich wohl setzen solle oder nicht.

Die Scheibe glitt erstaunlich leicht zur Seite, und der Mensch auf der Straße drückte dem Stinker ein gefaltetes Blatt in die Hand. »Hier«, sagte er, »das sind alle Casting-Daten.« Dann entfernte er sich, und Peppino schob das stumpfe Fenster wieder zu. Er faltete das Blatt auseinander und studierte die erste Zeile einer langen Liste von Daten und Orten. Schließlich legte er es wieder zusammen, setzte sich und schob es in die Schreibtischschublade.

Er verschränkte die Finger und legte beide Hände auf seinen dicken Bauch. »Du hast noch zehn Tage«, sagte er und sah den *Big Brother*-Kandidaten an.

Der Verkehrsreferent

Der Onkel saß am »Königstisch« der Bar *Magna Grecia*, einem imposanten Bau an der Küste von Varcaturo, der die Linien (und die Größe) des Parthenons nachahmte. Unter Missachtung aller Gesetze war er von einem Tag auf den anderen hochgezogen worden, in einem Areal, das eigentlich für landwirtschaftliche Nutzung vorgesehen war. Dabei hatte man nicht nur die städtebaulichen Regeln mit Füßen getreten – das wäre noch der geringste Schaden gewesen –, sondern vor allem jene von Anstand und gutem Geschmack.

Auf die Idee mit der *Magna Grecia* war der Steuerberater des Clans Mallardo gekommen, um so einen Teil des aus Erpressungen und Drogenhandel stammenden Geldes zu waschen. Zuletzt hatten die Ergebnisse alle Erwartungen übertroffen: Die Leute liebten es, zwischen den Säulen des Parthenons herumzuspazieren und dabei eine *sfogliatella* zu verspeisen.

Für den Onkel war es einfach eine »Basis«, ein Treffpunkt mit den Kollegen der zwischen Neapel und Caserta herrschenden Familien. Der Königstisch befand sich in der Mitte des riesigen Salons auf einem leicht erhöhten Podest, das von etwa dreißig Zentimeter hohen Aquarien gesäumt war. Den Gedanken an stilistische Geschlossenheit konnte man bei so einem Lokal vergessen, noch bevor man über die Schwelle trat.

Der Onkel saß mit dem Gesicht zum Eingang, zu seiner Linken Gigino Tagliaferri, genannt »der Jockey«, Experte für illegale Pferderennen mit einem unfehlbaren Riecher für dopinggeeignete Vierfüßler. Zu seiner Rechten Salvatore Scudiero, genannt »Totore Telekom«, der sich hervorragend in allen Systemen zum Betrug von Pay-TV-Sendern auskannte und beispielsweise illegale Übertragungen von Fußballspielen organisierte.

Auch da konnte man gut absahnen: Ein Match des SSC Neapel, gezeigt in einem Hinterzimmer vor zweihundert wie Sardinen zusammengepferchten Zuschauern à vier Euro pro Kopf, bedeutete achthundert Euro, steuerfrei und praktisch verdient, ohne einen Finger zu rühren. Während der Meisterschaften diente diese Spielerei auch dazu, den Familien der inhaftierten Organisationsmitglieder ein bisschen Kleingeld zukommen zu lassen.

Salvatore hatte dem Onkel gerade seine glänzenden Pläne für die Wiederaufnahme der Meisterschaft geschildert – nämlich im leer stehenden ehemaligen städtischen Kindergarten einen Projektionssaal einzurichten, der mindestens dreihundert Personen fassen konnte –, als der Jockey zweimal mit dem Löffelchen gegen seine Espressotasse klopfte, um mit dem Klirren die Aufmerksamkeit der Kollegen zu gewinnen.

»Da sind sie, alle drei.«

»Tatsächlich ...«, rief der Onkel, legte den Kopf leicht schief und riss in einer karikaturhaften Pose die Augen auf. »Dann sind wir also wichtig«, urteilte er und schenkte erst Gigino und anschließend Salvatore ein selbstzufriedenes, sarkastisches Lächeln.

Hinter den Säulen des Parthenons traten drei Gestalten hervor, die der Clique des Onkels aufs Haar glichen: Zwei trugen Jeansjacken, Turnschuhe und Sonnenbrillen mit tropfenförmigen Gläsern. Der in der Mitte dagegen trug eine klassische schwarze Hose, Mokassins in der gleichen Farbe und ein Hemd, das eine Beleidigung für fast alle Nuancen von Rosa, Gelb und Orange darstellte. Oben aufgeknöpft, zeigte es ein dunkel wucherndes Gestrüpp und eine Goldkette mit einem doppelt gestraften Jesus, zum einen durch die Kreuzigung, zum anderen, weil er völlig unterging in der Brustbehaarung von Antonio Maltradotto, dem Verkehrsreferenten im Stadtrat.

Maltradotto trug das Hemd lieber über der Hose, um – so zumindest die Absicht – den dicken Bauch zu kaschieren, der ihm über den Gürtel hing.

Die drei hatten etwa die Hälfte des Weges zurückgelegt, der sie vom Königstisch trennte, als ihnen mit raschen Schritten ein Kellner entgegenkam, in roter Livree und mit dem Schriftzug *Magna Grecia* auf Brust und Mütze. Als der junge Mann erkannte, um wen es sich handelte, machte er abrupt kehrt, fast als wolle er sich dafür entschuldigen, dass er ihnen erst einen anderen Tisch hatte anbieten wollen als den, auf den sie natürlich zusteuerten. Hinter die Theke zurückgekehrt, verpasste ihm der Kassierer eine Kopfnuss. Wenn der Kellner keine Anstalten gemacht hätte, sich den angesehenen Gästen zu nähern, hätte er wahrscheinlich genauso eine gefangen. Ein älterer Kollege beobachtete die Szene, nahm zum Zeichen der Solidarität mit der Zange einen Mini-Babà aus der Vitrine und hielt ihn dem Jüngeren hin. Der Kassierer sagte nichts: Unter der Registrierkasse zog er einen weißen Zettel mit einigen darauf notierten Zahlen heraus und schrieb mit schwarzem Kugelschreiber *Euro 1,20* neben den Namen *Tony*.

»Guten Tag, Herr Doktor«, sagte er dann laut genug, um in der Mitte des Saals gehört zu werden. Maltradotto antwortete mit einem einfachen Kopfnicken und ging weiter auf den Tisch der »Ehrenmänner« zu. Er mochte es, so vor aller Welt gegrüßt zu werden, vor allem, wenn er von derart hochkarätigen Repräsentanten der neapolitanischen Kriminalität erwartet wurde.

Zum Königstisch gehörten königliche Stühle. Aus Holz, vergoldet, mit weichen roten Sitzen. Die Polsterung eines einzigen Stuhls hätte für ein ganzes Sofa gereicht, einschließlich Ottomane. Die Mallardos scheuten keine Kosten, vor allem, wenn das Geld aus der Erpressung von Ladenbesitzern und Bauunternehmern stammte.

Als Maltradotto und seine Begleiter sich gegenüber der Truppe des Onkels niederließen, gaben die drei Stühle im Abstand von wenigen Nanosekunden einen Luftstoß von sich. »Es hört sich jedes Mal so an, als hättest du einen gelassen«, sagte der Onkel. Es war die eleganteste Bemerkung, die ihm einfiel, um das Eis zu brechen.

»Mach dir da mal keine Sorgen, Onkel – wenn ich wirklich einen lasse, merkst du es«, sagte der Referent fröhlich, indem er seine Ray-Ban abnahm und sich mit dem Oberkörper über den Tisch beugte. Der Boss erwiderte nichts, um das für beide recht unziemliche Wortgeplänkel nicht weiter anzufachen, stattdessen winkte er dem Kellner. Diesmal setzte sich der Ältere in Bewegung.

Maltradotto machte dem einen von seinen Begleitern ein Zeichen. Der zog aus seiner Jackentasche einen Notizblock und einen Stift und reichte sie seinem Chef. Bevor der Referent die Schreibutensilien entgegennahm, hob er sein Kruzifix hoch und drückte es an die Lippen. Erst dann griff er nach Papier und Stift und richtete einen erwartungsfrohen Blick auf den Onkel.

Der Onkel, der den Mann gut kannte, war keineswegs überrascht. Vor jedem Treffen mit den »Ehrenmännern« bat der Referent den Herrgott um Schutz und gutes Gelingen für seine Machenschaften.

Maltradotto blätterte rasch fast den ganzen Notizblock durch, dann vermerkte er auf der ersten unbeschriebenen

Seite Datum und Ort des Treffens. Gleich darunter schrieb er »Onkel«, dann legte er den Stift mit Nachdruck auf den Block und sah den Boss der Quartieri Spagnoli an. Die Verhandlung konnte beginnen.

Um 12.45 Uhr wurde der Kellner mit der Bestellung von drei Jack Daniel's verabschiedet. Der Onkel ergriff das Wort. »Also, lieber Maltradotto, wie dir mein Mitarbeiter schon angedeutet hat, haben wir ein kleines Problem. Aber es ist wirklich kaum der Rede wert, wir werden uns bestimmt einigen.« Der Verkehrsreferent wiegte prophylaktisch zustimmend den großen Kopf.

»Das Problem ist, dass du die Straße direkt vor dem Haus des Verräters zur Einbahnstraße erklärt hast, nur leider falschrum.« Der Verräter war ein lokaler Revierchef, der im Clan steil aufgestiegen war, nachdem er seine früheren Kollegen verraten und den Mallardos alle Geheimnisse der rivalisierenden Familie in die Hände geliefert hatte. Wie durch ein Wunder, das sich nur durch eine genaue Analyse der hochdifferenzierten camorristischen Machtverhältnisse erklären lässt, war er noch am Leben.

»Das heißt«, fuhr der Onkel fort, »du hast die Einbahnstraße auf den Karten der Gemeinde aus Versehen verkehrt herum eingetragen, und jetzt muss der Verräter um den ganzen Block fahren, damit er zu seiner Haustür kommt ... Er hat auch probiert, einfach in der verbotenen Richtung durchzufahren, aber da kommt ihm dauernd einer entgegen, und er kann sich ja nicht jeden Tag mit zehn Autofahrern herumstreiten. Der Verräter ist ein ruhiger Mensch.«

Während der Onkel sprach, rutschte Maltradotto auf seinem Stuhl hin und her und spielte unruhig mit den Brillenbügeln. Unter dem Tisch wippte sein rechtes Bein auf und ab. Nun wartete der Onkel auf seine Antwort. »Onkel, so bringst du mich in

Schwierigkeiten«, begann er. Der Onkel legte den Kopf schräg und zog ungläubig die Augenbrauen hoch.

»Nein, Onkel, ehrlich«, fuhr der Referent fort, »so bringst du mich in große Schwierigkeiten. Diesen Verkehrsplan habe ich zusammen mit meinen Kollegen erstellt. Was soll ich denen jetzt sagen? Dass der Verräter eine private Sonderregelung haben will? Wie soll das gehen …?«

»Ach, hab dich nicht so … Das ist doch ganz einfach!« Der Onkel schlug mit der Faust auf den Tisch. »Du gehst hin und sagst ihnen dasselbe, was ich dir gesagt habe: ›Gebt mir kurz noch mal das Blatt mit der Zeichnung, ich habe mich bei einer Einbahnstraße geirrt.‹«

»Und deiner Ansicht nach geht das so leicht«, seufzte Maltradotto, der jetzt beunruhigt an dem goldenen Kruzifix auf seiner Brust herumfingerte. Im Saal der *Magna Grecia*, der hauptsächlich von Tagedieben, schwänzenden Schülern und nichtsnutzigen kleinen Delinquenten bevölkert war, begann man die Spannung zu spüren. Niemand wagte es, den »Königstisch« ganz offen zu beobachten, aber viele der Gäste warfen in einer Gesprächspause einen Blick hinüber.

Eine gute Minute lang schwieg der Onkel. Dann kniff er die Augen zusammen: »Du kommst mir vor wie Gaucho.«

»Wer?«, fragte der Referent, und seine Lakaien sahen sich untereinander an. »Gaucho«, wiederholte der Onkel, als sei es das Selbstverständlichste von der Welt, »Gaucho aus *BB*.« Maltradotto schaute hilfesuchend nach rechts und links, doch seine Leute mussten passen. Der Onkel schnalzte mit den Fingern vor der Nase: »Ach, komm schon! *BB, Big Brother!* Gaucho aus *Big Brother*. Du kommst mir vor wie er: Gaucho aus *Big Brother*.«

Erst an dieser Stelle tauschten die Begleiter des Onkels strahlend einen verständnisinnigen Blick: Sie wussten Bescheid, sie waren auf dem Laufenden, und dass die beiden »gegnerischen« Gorillas im Dunkeln tappten, erfüllte sie mit echtem Stolz.

»Als Gaucho ins Haus einzog«, erklärte der Boss feierlich, »nahm Tania ihn sofort ins Visier. Im guten Sinn natürlich. Sie war immer freundlich, zuvorkommend und nett. Wo Gaucho auch hinging, sie war schon da. Was Gaucho auch tat, Tania umsorgte ihn. Auch heimlich, ohne es ihm zu zeigen. Sie spionierte ihm sogar nach. Er wusste es nicht, aber ich schon, weil man auf dem Pay-TV-Kanal durch alle Fernsehkameras schauen kann.«

Maltradotto zog eine Serviette aus dem Spender, um sich damit die Schweißtropfen abzutupfen, die langsam über seine Schläfen rannen. Erst rechts, dann links, in aller Ruhe, um seine Nervosität zu vertuschen, die sowieso offensichtlich war.

»Nachdem sie monatelang geduldig hinter den Kulissen vorgearbeitet hatte, bat Tania, die Gaucho aufrichtig liebte, ihn dann eines Tages um eine kleine Geste der Aufmerksamkeit. Sie ging zu ihm hin und sagte: ›Gaucho, ich will nichts von dir, nichts wirklich Ernstes. Aber sag mir doch bitte, dass du im Lauf des Tages wenigstens einmal an mich denkst.‹ Weißt du, was Gaucho geantwortet hat?« Maltradotto schüttelte wie hypnotisiert den Kopf.

»Er hat geantwortet: ›Ich kann nicht.‹ Und weißt du, warum?« Maltradotto schüttelte erneut den Kopf. »Weil er es sonst seiner Verlobten hätte erklären müssen, die ihm im Fernsehen zuschaute, er hätte es seiner Familie erklären müssen, ihrer Familie und wer weiß wie vielen anderen Leuten. Aber eines hatte Gaucho nicht begriffen: Alle diese Leute, alle, die ihm im Fernsehen zuschauten, hatten noch nie einen Finger für ihn gerührt. Tania dagegen hatte sehr viel für ihn getan. Jetzt, lieber Verkehrsreferent, baue ich dir eine kleine Eselsbrücke: Wir sprechen von der *BB*-Staffel im Jahr 2009. Weißt du, wie es für Gaucho ausgegangen ist?«

Maltradotto schüttelte zum dritten Mal den Kopf.

»Er wurde eliminiert.«

Die fünf Monster

Anthonys Mutter durfte es nicht wissen. Sie hielt ihren Jungen, den sie vor zwanzig Jahren zur Welt gebracht hatte – zusammen mit Antonio Guardascione, diesem großartigen Kenner des parthenopäischen Untergrunds und Experten für Banküberfälle »von unten«, der, Gott hab ihn selig, von einem Polizisten erledigt worden war, als er aus Versehen in der falschen Bank herauskam –, für einen anständigen Burschen und glaubte, er beschränke sich auf den Verkauf von ein paar Stangen Haschisch und kleine Diebstähle. Nie hätte sie vermutet, er könnte sich plötzlich bei *Big Brother* bewerben wollen.

Es hätte ihr das Herz gebrochen, so etwas zu erfahren. Und vielleicht hätte sie Himmel und Hölle in Bewegung gesetzt, um seine Teilnahme zu verhindern, selbst um den Preis, sich mit der Clanspitze und dem Onkel persönlich anzulegen. Aus diesem Grund war ein Plan ausgeheckt worden: Anthony sollte die gleichen Zeiten einhalten wie vorher, als er noch »Gras« verkauft hatte, und falls die Frau an der Piazza, wo die Dealer standen, vorbeigekommen wäre und die Abwesenheit ihres Sohnes bemerkt hätte, sollte er mit der guten Nachricht herausrücken: »Sie haben mich befördert, ich arbeite jetzt in der Lagerverwaltung.« Auf das, was eventuell nachfolgen würde, die heiß ersehnte Aufnahme ins Haus und alles Übrige, würde die Frau dann keinerlei Einfluss mehr haben.

Anthony verließ das Souterrain, nachdem er sich auf der schmutzigen Toilette rasch frisch gemacht hatte. Da Montag war, hatte der Stinker ihm den Wochenlohn in die Tasche gesteckt, der allen Dealern zustand. Und in gewisser Weise konnte der junge Mann es kaum glauben, dass er ein nettes Sümmchen zur Verfügung hatte, ohne ein Gramm Haschisch verkauft zu haben und vor allem ohne das Risiko, verhaftet zu werden.

Er schlüpfte in einen alten Hauseingang, stieg zur Vorsicht in den ersten Stock hinauf und zog das Bündel Banknoten aus der Tasche. Fünfhundert Euro. Kein Vergleich mit den Kollegen von Scampia. Doch dort arbeiteten sie viel mehr, das Risiko war größer, alles war anders. Von einem Freund hatte er gehört, dass die Jungs der Abtrünnigen es manchmal sogar auf dreihundert Euro pro Tag brachten, aber sie hatten auch ein unbefristetes Abo für das Gefängnis von Poggio Reale und nutzten es mit schönster Regelmäßigkeit. Anthony hatte noch nie gesessen. Vor dem Gesetz war er gänzlich unbescholten, und das war einer der Gründe, warum der Clan ihn gewählt hatte. Ein *BB*-Bewerber brauchte unbedingt eine weiße Weste.

Er dachte an den Tag zurück, an dem der »Ruf« ergangen war und man ihn zum Treffen mit der Spitze der örtlichen Kriminalität eingeladen hatte. Tausend Gedanken waren ihm durch den Kopf gerast. Er hatte an eine Beförderung gedacht, und dann, dass sie ihn aus irgendeinem Grund ausschalten wollten. Dabei erinnerte er sich an eine Szene aus dem Film *Good Fellas*, in der Tommy DeVito vor den Padrino zitiert wird und schon ganz aufgeregt ist, weil er glaubt, es handele sich um eine Beförderung, doch dann wird er wegen eines lange zurückliegenden Fehltritts brutal ermordet. Was hatte er der Familie angetan? Warum wollten sie ihn umbringen?

Doch weit gefehlt, es war keine Falle. Peppino der Stinker hatte ihn in eine Wohnung in der Via Speranzella begleitet, wo auf einem langen Sofa die Bosse der Malavita des Viertels beisammensaßen und auf Bilder starrten, die über einen PC-Bildschirm flimmerten.

Alberto der Gangster, Germano Spic 'n Span, Sandruccio die Jungfer, Pasquale Bruzzelì und Biagio die Tunte. Alle in einer Wohnung, alle auf einem Sofa. Und alle, Himmelherrgott, glotzten auf YouTube das Casting für *Big Brother*.

Als der Stinker ihn praktisch in das Wohnzimmer hineingestoßen hatte, waren die Herren ausdruckslos vor dem Bildschirm sitzen geblieben: Gezeigt wurde gerade ein Dickwanst mit Gitarre, der sich etwas ungeschickt an einer Neuinterpretation von *Killing me softly* versuchte. Unter anderen Umständen hätte dieses Video wohl einen unbändigen Lachkrampf hervorgerufen, dass die Tränen kommen, bis nur noch ein paar Schluchzer zu hören sind – einen Lachkrampf, der nur wenige Minuten schlummert und irgendwann dröhnend wieder explodiert, gerade dann, wenn man es am wenigsten erwartet.

Hier gab es jedoch weder Gelächter noch den geringsten Anflug von Heiterkeit. Anthony kapierte, dass diese Kerle, die er, wenn überhaupt, nur von Fotos in der Lokalpresse kannte, dass diese Typen *Big Brother* nicht zum Vergnügen anschauten. Im Gegenteil, sie blickten verdammt ernst drein. Falls er, das war ihm klar geworden, aus irgendeinem Grund auch nur das kleinste Zeichen von Übermut von sich gegeben hätte, wäre es wirklich schwierig geworden, seine Leiche durch einen Metalldetektor zu schleusen.

Am Ende des Videos drehten sie sich alle gemeinsam um. Fünf Monster, fünf Gesichter, gezeichnet von der unnatürlichen Hässlichkeit, die gewalttätige Charaktere verwüstet – die sich Jahr um Jahr, Stunde um Stunde, Verhaftung um Verhaftung auf den Gesichtern derjenigen ausbreitet, die bewusst als Allererstes die Botschaft vermitteln wollen: Achtung, ich bin ein Verbrecher.

Oft fragte sich Anthony, ob es ihnen gelang, diesen grimmigen Ausdruck auch im Schlaf beizubehalten. Sein Vater hatte es jedenfalls nie geschafft. Er war immer nur zu siebzig Prozent kriminell gewesen. Schon wenn es achtzig Prozent gewesen wären, hätte er ohne Zögern auf den Bullen geschossen, der in der letzten Bank seines Lebens plötzlich vor ihm gestanden hatte. Ein siebzigprozentiger Verbrecher hat die Grenze noch nicht endgültig überschritten und kann in manchen Fällen sogar umkehren. Vorausgesetzt, dass der Staat es ihm erlaubt. Bei seinem Vater hatte es jedenfalls nicht mehr geklappt.

Germano Spic 'n Span ergriff das Wort. Er hatte sich diesen Spitznamen schon früh erworben durch seine Gewohnheit, die Mordschauplätze immer gründlichst zu reinigen. Germano war der Senior aller Killer: Von ihm erzählte man, dass er sogar die Patronenhülsen aufsammelte, die von der Pistole ausgestoßen wurden. Eine Praxis, die extreme Ruhe und Geistesgegenwart verlangte, im Gegenzug aber den Ermittlern das Leben nicht wenig erschwerte.

»Der da?«, fragte er den Stinker und deutete mit einer Kopfbewegung auf den schmächtigen, braun gebrannten Jüngling. Der Stinker bejahte. Germano stand auf und ging einige Schritte auf den Jungen zu. Er blieb vor ihm stehen und musterte ihn mit Röntgenblick, von den Haaren bis zu den Zehenspitzen. Dann drehte er sich zu seinen Kollegen um, die auf dem Sofa saßen. Anthony zitterte wie Espenlaub. Er wartete darauf, dass gleich jemand »die Knarre« rauszog und ihm zwei Kugeln in den Leib jagte. Wenn er dann am Boden zusammenbrach, würden sie ihm den Gnadenschuss in den Hinterkopf geben.

Die fünf Monster sagten nichts, aber sie kommunizierten. Indem sie Anthony musterten und dann untereinander Blicke tauschten, gaben sie sich irgendwie Informationen weiter. Sie mussten schon sehr häufig zusammengearbeitet haben, diese fünf.

Germano bewegte sich langsam nach links, ohne Anthony aus den Augen zu lassen. Er umrundete ihn, und der Stinker trat beiseite, um ihm nicht im Weg zu sein. Etwa dreißig Sekunden vergingen – in Anthonys Kopf ein Jahr –, bevor Spic 'n Span ihm wieder frontal gegenüberstand. Zumindest haben sie mich nicht von hinten erschossen, dachte der junge Mann, zumindest werde ich genau wissen, in welchem Moment ich sterbe.

Germano hob die rechte Hand, näherte sie Anthonys Gesicht. Das ist das Ende, dachte der Junge, *addio mamma*, es tut mir leid, dass ich mich nicht von dir verabschieden konnte, aber ich bin sicher, dass du das verstehst. Falls sie dir meinen Körper zurückgeben. Papa, ich komme …

Die Hand legte sich auf sein Gesicht. Er fühlte, dass sie fester drückte, und schloss die Augen. Spic 'n Span zog ihm die Oberlippe hoch und besah die Zähne. »Das Gebiss ist okay«, sagte er, indem er sich Zustimmung heischend zu den Kollegen umdrehte. »Los, lächle. Sag was. Sag: ›Ich bin ein leidenschaftlicher Typ, ein unverbesserlicher Romantiker.‹ Irgendwas.«

Woody Alien

Fünf Zivilstreifenwagen verließen das Polizeipräsidium von Neapel. Ihr Ziel waren die Quartieri Spagnoli, doch sie machten einen weiten Umweg, um bei den vielen – bezahlten und freiwilligen – »Schaulustigen«, die auf den paar Metern von den Büros der Via Medina bis ins Gassengewirr der Quartieri herumlungerten, kein Aufsehen zu erregen. Sie wollten ihn überraschen, den Onkel.

In gebührendem Abstand voneinander fuhren die Autos erst die Via Guglielmo Sanfelice und dann den Corso Umberto entlang. Sie erreichten die Stazione Centrale an der Piazza Garibaldi und bogen dort nach links in den Corso Novara ein. Eigentlich entfernten sie sich mehr vom Objekt, anstatt sich zu nähern. Aber man konnte nie vorsichtig genug sein, besonders, wenn die Beute so verlockend war und auf ein riesiges Netz von Sympathisanten, Spähern und Bodyguards zählen konnte.

Endlich haben wir die Beweise, dachte Woody Alien, während er sich nervös an die Schirmmütze fasste und das Gaspedal durchtrat. Beinahe hätte er noch das Auto gerammt, das vor ihm fuhr.

Woody Alien war ein großes Tier. Vor zehn Jahren, als er Beamter wurde, hatte man ihm einen Chauffeur zugeteilt, und ab und zu nutzte er ihn sogar. Doch wenn sie zu einer Operation ausrückten, fuhr er lieber selbst. So fühlte er sich wie eine Batterie unter Strom: immer aufgeladener, Kreuzung für Kreuzung, Ampel für Ampel, und bereit, diese ganze geballte

Energie in den wenigen Sekunden zu verpulvern, die nötig sind, um eine Türe aufzubrechen, den Verhafteten ins Auto zu zerren und mit der Beute ins Polizeipräsidium zurückzukehren.

Wer ihn je gesehen hat, begreift sofort die Gründe für seinen Spitznamen. Mittlerweile nannten ihn die Kollegen »Wu«, und das störte ihn keineswegs, im Gegenteil: Es verlieh ihm einen asiatischen Touch, und er fühlte sich wie in einem Film von Jackie Chan. In Wirklichkeit war er Neapolitaner in der zehnten Generation, und in der Erinnerung seiner Alten war der »fremdeste« Vorfahr ein entfernter Onkel, der in Salerno geboren und dann nach Neapel in die finsteren Gassen des Pallonetto di Santa Lucia gezogen war. Doch sein Gesicht war völlig entstellt, man konnte es kaum noch als solches erkennen.

Endgültig zuschanden geworden war es bei einem Feuergefecht mit dem Clan von Locride in der Zeit, als er im Polizeipräsidium von Reggio Calabria Dienst tat. Nicht, dass er vorher ein Adonis gewesen wäre. Aber er war einfach nur hässlich, so eine intellektuelle Hässlichkeit – à la Woody Allen eben, so sein erster Spitzname –, die manchen Frauen durchaus gefiel. Dann hatte bei der Schießerei ein Typ mit seiner Kaliber 9 auf ihn gezielt, aber leider eine Gasflasche einen halben Meter links von ihm getroffen. Dahinter verbarg sich allerdings keine Absicht, wie in den Filmen von Steven Seagal, in denen das Genie des Augenblicks auf den Benzintank schießt, wo die Kugel abprallt und das Feuerzeug des Bösewichts trifft, der sich gerade eine Zigarette anzündet, und dann fliegt alles in die Luft und es sterben nur die Dreckschweine. Nein, dieser Kerl hatte bloß danebengeschossen, weil er einfach nicht zielen konnte. Dabei war die Gasflasche explodiert und hatte dem Polizisten das Gesicht verwüstet. Am ganzen übrigen Körper nicht einmal ein Kratzer. Aber die Ähnlichkeit mit Woody Allen war futsch, es sei denn, der Regisseur hätte sich das Gesicht mit Salzsäure gewaschen. Von nun an war er »Woody Alien«, das war ein für alle Mal besiegelt.

»Bist du bereit?«, fragte Wu den Kollegen auf dem Beifahrersitz, auch wenn er sich die Frage eigentlich selbst stellte. Der Kollege, der im Gegensatz zum Fahrer aussah, als sei er gerade aus *Miami Vice* entsprungen, braun gebrannt, Latin-Lover-Gesicht mit Ganovenbärtchen, drehte sich zu den beiden hinten Sitzenden um: »Seid ihr bereit?« Ohne den Blick von der Straße abzuwenden, sagte einer von ihnen lässig: »Den schnappen wir uns.«

Den Onkel schnappen. Das versuchten Polizei, Carabinieri und Steuerfahnder seit mindestens fünfzehn Jahren. Die Verkehrspolizisten waren zuletzt die Einzigen, die es geschafft hatten, ihn wenigstens ein bisschen zu zwicken: zwei Geldstrafen wegen Halteverbot, die dank der Autonummer bei ihm zu Hause zugestellt werden konnten. Er hatte das Auto gar nicht selbst gefahren, fand es aber überflüssig, lange herumzutun und sich deswegen mit seinen Jungs anzulegen.

Doch auf einmal hatte sich in den Ermittlungen etwas bewegt. Von einem Tag auf den anderen war im Schutzwall des Onkels ein winziges Loch entstanden, daraus war ein Leck geworden, aus dem Leck ein Spalt, aus dem Spalt ein klaffender Riss, und die ganze Scheiße war heruntergekommen.

Jetzt hatten sie Dokumente, Rechnungen, Firmenorganigramme, Kontonummern und auch eine ganze Menge Bilder, teils Videos, teils Fotos. Sie konnten beweisen, dass der Onkel – in den Augen des Fiskus ein reicher, überaus geschickter Unternehmer – in Wirklichkeit nichts weiter war als ein Krimineller der übelsten Sorte, der seine unternehmerischen Aktivitäten dazu nutzte, die Gewinne aus Drogenhandel und Erpressungen zu waschen.

Ein vitaler Schub für die Männer der Kripo, wenn man bedachte, dass sie in den letzten sechs Monaten nur einen einzigen Flüchtigen festgenommen hatten: einen Unglücksraben aus Castellammare di Stabia, der mit an den Haaren herbeigezogenen Begründungen auf die Liste der ersten hundert Schwerverbrecher gesetzt worden war, weil sein Vorgänger auf dem hundertsten Platz der Liste gerade einem Infarkt zum Opfer gefallen war. Dreimal hatte das Polizeipräsidium im Sekretariat des Innenministers nachhaken müssen, um schriftliche Glückwünsche zu erhalten, die wiederum für Artikel in der Lokalpresse sorgen würden. Doch saß der Onkel erst mal im Gefängnis, würde der Minister Schlange stehen müssen, um dem Polizeipräsidenten und seinen Männern zu gratulieren.

Sie fuhren den ganzen Corso Novara entlang, dann bogen sie rechts ab, Richtung Piazza Carlo III. Wus Auto führte die Karawane an, so hatte er nicht die Unannehmlichkeit, sich darum kümmern zu müssen, dass er die anderen nicht verlor. Das Gegenteil war der Fall. Zwischen einem Streifenwagen und dem anderen fuhren im Durchschnitt vier gewöhnliche Autos. Man musste sich zwanglos dem Verkehr anpassen, aber gleichzeitig die Mannschaft beisammenhalten.

Wus Auto fuhr in den Kreisverkehr und fädelte sich in die Via Foria ein. An der roten Ampel ging er im Geist noch einmal alle Schritte des Einsatzes durch, den er gleich leiten würde. Er betrachtete zu seiner Rechten die weißen Mauern, die den Botanischen Garten umschlossen, einen riesigen Park, in dem seltene Bäume und exotische Pflanzen wuchsen, auch fleischfressende. Fleischfressende Pflanzen hatten ihn schon immer fasziniert, aber aus irgendeinem Grund war er noch nie in dem Park gewesen. Seit sechsundvierzig Jahren Neapolitaner, und nicht ein Besuch im Botanischen Garten. Er nahm sich vor, zur Feier der Verhaftung des Onkels auch einen Spaziergang im Park zu machen und anschließend in dem Restaurant in der Nähe Miesmuscheln mit Pfeffer zu essen.

Im selben Moment, in dem die Ampel mit einem für niemanden hörbaren *Klick* auf Grün schaltete, piepste das private Handy des Onkels einmal laut auf. Der Boss brauchte zehn Minuten, um seine Dusche zu beenden, in den Bademantel zu schlüpfen und das Telefon vom Badezimmerschränkchen zu angeln. Nur sehr wenige Menschen hatten seine private Nummer. Gewöhnlich musste man sich an seine Untergebenen wenden, wenn man mit ihm sprechen wollte, außer es handelte sich um einen Vorgesetzten – und die konnte man für ganz Süditalien an den Fingern einer Hand abzählen – oder um absolut unaufschiebbare Angelegenheiten.

Häufig jedoch sandten die Telefonanbieter ohne jede Rücksicht alberne Werbebotschaften, um dieses oder jenes Super-Angebot anzupreisen. Der Boss ließ sich gemütlich Zeit, weil er auch diesmal davon ausging, das es nur Reklame war.

Das war einer der größten Fehler seines Lebens. Auf dem Display des Handys stand unter der Zeile, die als Absender den Namen »Amico« angab: *Sie kommen dich holen. Sie haben die Unterlagen. Sie sind schon in der Via Foria.* Was bedeutete, bei dem Verkehr und allem, fünfzehn Minuten von seiner Wohnung entfernt. Aber die SMS war schon vor zehn Minuten angekommen.

Die Möwe

»Meine Möwenbrauen. Die musst du mir machen. Siehst du? Sie wachsen schon nach.«

»Der Stinker hat aber gesagt, dass ich dich nicht anrühren darf. Wenn ich dir auch nur ein Härchen auszupfe, ohne dass er es mir ausdrücklich befiehlt, brennt er mir die Bude nieder.«

Der Friseur sprach mit Anthonys Spiegelbild. Der Junge saß auf dem mittleren Stuhl, den Oberkörper vorgebeugt, um die geschwungenen Augenbrauen genau zu studieren, und gab großzügig den Blick auf seine gebräunte, mit schwarzen Stacheln übersäte Brust frei.

Die Brust enthaarte er sich selbst – und zwar sehr schlecht –, seit er kürzlich in einem Beauty-Center bei ihm um die Ecke gewesen war und bald danach jedes Mal, wenn er an einer Gruppe junger Mädchen vorbeiging, Gekicher und Getuschel hörte. Als er eins und eins zusammenzählte, hatte er etwas sehr Wichtiges gelernt: dass Frauen viel klatschen, Kosmetikerinnen aber entschieden zu viel.

Schmale Augenbrauen waren allerdings ein recht übliches Merkmal bei den *»frizzantinos«*, um es im Slang der neapolitanischen Schlagerszene zu sagen. Die modischen jungen Männer brauchten sich ihrer »Möwenbrauen« nicht zu schämen, im Gegenteil, wenn sie gut geformt waren, konnten sie stolz darauf sein. Um höchste Präzision zu erreichen, musste man eine Rasierklinge benutzen. Die Pinzette allein genügte nicht. Giacomo, der Friseur, hatte eine unüberbietbare Technik entwickelt, um hervorragende Möwenbrauen auf die verbrannten Gesichter der dieser Jungs zu zaubern.

Jetzt war er jedoch in Verlegenheit, wedelte nervös mit den Händen, stampfte mit ängstlichen Schritten durch seinen um die Mittagszeit leeren Laden. Es war der einzige Moment, an dem es hier leer war. Ansonsten bevölkerte tagtäglich von der Öffnung bis zum Ladenschluss ein Haufen alter und junger Tagediebe den Raum. Giacomo missfiel das nicht, denn zwar ließ sich nur selten einer von ihnen rasieren oder die Haare schneiden, doch erweckten sie immerhin den Eindruck, als ob das Geschäft florierte.

Diesen Friseursalon hatte er sich von klein auf im Schweiße seines Angesichts verdient. Er hatte als Lehrling angefangen und war im Lauf von zehn Jahren zum Besitzer geworden. Kein Opfer war ihm zu groß gewesen, kein Darlehen zu viel – alles hatte er zurückgezahlt –, und jetzt sollte er riskieren, dass ihm der Laden wegen so einem kleinen Trottel abgefackelt wurde, weil der unbedingt diese gottverdammten Möwenbrauen wollte.

»Mach's doch so, ruf den Stinker an und schau mal, was er sagt. Du kannst ihn mir dann ja weiterreichen. Wenn er mir sein Okay gibt, hab ich kein Problem.« Es wäre ihm nie in den Sinn gekommen, Anthony zu fragen, warum der Fettwanst so despotisch seinen Look überwachte. Ein Leben in den Quartieri Spagnoli hatte ihn gelehrt, wann es besser war, sich um seinen eigenen Dreck zu kümmern.

Der Junge schnaufte ärgerlich, dann stand er auf, weil es ihm nur im Stehen gelang, das Handy aus der rechten Tasche seiner hautengen Jeans zu fischen. Er wählte Peppinos Nummer, und während er auf die Verbindung wartete, hoffte er inständig, dass in diesem Moment niemand zur Tür hereinkam. Den Revierchef vor den Kunden des Salons um Erlaubnis fragen zu müssen, ob er seine Augenbrauen auffrischen lassen durfte, wäre ihm doch etwas peinlich gewesen. Der Anrufbeantworter schaltete sich ein. Er drückte auf die Taste mit dem grünen Hörer, um noch mal dieselbe Nummer zu wählen, und warf Giacomo, dem Friseur, einen ungeduldigen Blick zu, als wollte er sagen: Ist dieses ganze Theater denn wirklich nötig, bloß wegen zwei Brauen?

Nichts. Wieder der Anrufbeantworter. Er versuchte es ein drittes Mal, danach stampfte er trotzig mit dem Fuß auf wie ein kleines Kind, das eben zur Strafe in die Ecke gestellt wurde. »Jetzt komm schon, verdammte Scheiße! Ich sag ihm, ich hätte es selber gemacht! Los, rasier mir endlich die verdammten Brauen, dann lass ich dich in Ruhe.«

»Kommt nicht infrage, mit diesen Geschichten will ich nichts zu tun haben.« Anthony versuchte sich vorzustellen, welche »Geschichten« der Friseur wohl meinte. Hielt er ihn etwa für die Nutte des Stinkers? Glaubte Giacomo, der Fettwanst habe »aus sentimentalen Gründen« ein Veto gegen jede Veränderung seines Looks eingelegt?

»Oh, was glaubst du denn … hör zu …« Noch bevor er den Satz zu Ende bringen konnte, ging die Tür auf und ein alter Mann mit Mütze und Stock kam herein. »Tag«, sagte der Alte mit gebeugtem Rücken, den Blick auf den Boden gerichtet, dann setzte er sich in einen der Sessel, die an der Wand standen, für die »Zuschauer«.

»Guten Tag, Don Alfonso«, erwiderte der Friseur aufatmend; die Anwesenheit des alten Mannes hatte die Spannung schlagartig durchbrochen. Anthony sah den Alten an, dann den Friseur. Dann wieder den Alten, dann den Friseur. Den Alten, den Friseur, den Alten, den Friseur. Schluss, die Frage war erledigt. Wenn er Möwenbrauen wollte, musste er allein zurechtkommen. Er knallte die Türe zu und ging Richtung Zuhause.

*

Die Straße, die von der Via Speranzella Richtung Piazzetta Cariati und Corso Vittorio Emanuele quer bergauf führte, hieß Vico Conte di Mola. Heute bevölkerten hauptsächlich Migranten die dortigen *bassi*, die typischen Wohnungen zu ebener Erde, die Eduardo De Filippo als Schauplatz für seinen Film *Napoli milionaria!* gewählt hatte. Viele alte Besitzer waren fortgezogen: Mit den Zuschüssen, die nach dem Erdbeben für den Wiederaufbau der beschädigten Wohnungen bestimmt waren, hatten sie sich neue gekauft und die alten in dem erbärmlichen Zustand, in dem sie waren, für astronomische Summen an illegale Zuwanderer vermietet. Als letzthin der Starkorrespondent einer angesehenen überregionalen Illustrierten mit Fotografenteam und Taschenträgern im Gefolge die Quartieri Spagnoli besucht hatte, nannte er das Ganze »Integration«.

Anthony beschleunigte den Schritt. Auf der schwarz angebauten Veranda vor einem *basso* lümmelten drei Senegalesen und ließen einen Joint von Hand zu Hand wandern. Nach wenigen Zügen duftete bereits die ganze Gasse danach. Anthony machte ihnen ein Zeichen, sie sollten sich ins Haus verziehen. Auch wenn seine »Arbeit« momentan anders aussah, sein Dealerinstinkt blieb intakt. Es wäre wahrhaftig dumm gewesen, die Aufmerksamkeit einer Patrouille zu erregen, während es gleichzeitig Interessen und Geschäfte zu schützen galt, die viel wichtiger waren als das bisschen Kiffen zur Mittagszeit.

Die Senegalesen erhoben sich aus den Liegestühlen und setzten sich mit dem Joint in der Hand gleich wieder hin, sobald sich der junge Mann ein paar Meter entfernt hatte. Er achtete nicht weiter darauf, denn er war ganz von seinen dringenden ästhetischen Bedürfnissen in Anspruch genommen. Er steckte den Schlüssel ins Schloss einer alten bogenförmigen

Haustüre, ließ sie hinter sich zufallen und lief, immer zwei Stufen auf einmal, die Treppe hinauf. Im dritten Stock öffnete er keuchend die Wohnungstür und verschwand im Badezimmer.

»Toninooo …« Die Mutter hatte, als sie die Tür gehen hörte, rasch die Wohnung inspiziert, ihn aber nirgends gefunden. Nun presste sie das Ohr an die Badezimmertür. Sie versuchte, jedes Geräusch zu erlauschen, und Anthony bemühte sich, jedes Geräusch zu vermeiden. Er wollte nicht, dass seine Mutter mitbekam, wie weit seine ästhetische Paranoia reichte: in die Wohnung zu stürzen und ins Bad zu rasen, ohne sich wenigstens die Schuhe auszuziehen, nur um seine Möwenbrauen aufzufrischen? Reif für die Psychiatrie.

»Toninooo … Was machst du?«

Sie war die Einzige, die ihn so nannte, mit der Verkleinerungsform. Freunden, Kollegen oder Mädchen gestattete er höchstens die allgemein übliche Abkürzung »Anto'«. Mit den Vorgesetzten hatte sich das Problem nie gestellt, da sie ihn immer bloß verächtlich mit »Kleiner« angeredet hatten. Kleiner, so wie den Jungen hinter der Theke in der Bar, den Lehrling im Laden. Aber denen würde er es schon noch zeigen! Noch ein paar Jahre, und dann würde er dank seiner Kühnheit und seines Charismas ein bedeutender Mann werden. So wie der Onkel. Na ja, vielleicht nicht ganz auf der gleichen Ebene, aber fast.

Er rief seiner Mutter zu, sie solle sich keine Sorgen machen, er habe Probleme mit dem Magen und werde noch eine Weile da drin brauchen. Als sie hinter der Tür anfing, ihm aufzuzählen, was er alles essen könne und was dagegen seinen Durchfall verschlimmern würde, antwortete er mit einem Fluch und der Aufforderung, ihn gefälligst in Ruhe zu lassen. Eines von beiden wirkte. Er hörte die mütterlichen Holzsandalen langsam davonschlurfen. Als er sicher war, tatsächlich allein zu sein, öffnete er die Schublade rechts vom Waschbecken und holte das professionelle Rasiermesser heraus, das einzige Instrument, mit dem man echte Möwenbrauen stylen konnte. Schmal, präzis, messerscharf. Der Bogen durfte weder zu weich sein, wie bei einem Plüschteddy, noch zu hart, wie bei einer Figur aus *Star Trek*. Die Breite gerade ausreichend, damit es nicht aussah, als litte er unter Haarausfall. Und auch die Länge zählte.

Er studierte sein Gesicht. Schmal, tief gebräunt, wie geschwollen. Eine Art VIP der Dritten Welt, ein Star für Leute, die außer ihrem Auskommen noch dazu den Verstand verloren hatten. Doch immerhin hatte er einen gewissen Fanclub. Allerdings brauchte er nur das Gassengewirr der Quartieri Spagnoli zu verlassen, und schon erbleichten die jungen Mädchen aus der Oberschicht Neapels bei seinem bloßen Anblick. Aber es war ja nicht notwendig, das Viertel zu verlassen, und außerdem kam es ab und zu auch vor, dass sich Prinzessinnen aus der feineren Gegend gern mal »unters Volk« mischten.

Als er die Musterung seiner Augenbrauen beendet und das Problem des Nachwachsens genau lokalisiert hatte, nahm er eine Rasierklinge, brach sie entzwei und schob eine Hälfte in den Kopf des Rasiermessers. »Giacomo, du Scheißkerl«, knurrte er zwischen den Zähnen, »ich zeig dir, was echte Möwenbrauen sind, dir und diesem Stinker von einem Fettsack.« Er begann links. Ein kleiner präziser Schnitt nach dem anderen. In einer Viertelstunde war er fertig. Bei der rechten Braue würde es schneller gehen, jetzt hatte er wieder Übung.

Man musste vermeiden, zweimal mit der Klinge über dieselbe Stelle zu fahren, sonst blutete es. Vermeiden, zu viele Härchen auf einmal zu entfernen, ankleben lassen sich die Scheißdinger nämlich nicht mehr. Es war ein Mantra. Nun war er ganz in die Wiederholung einer mechanischen Geste versunken. Er dachte an das Casting und daran, dass es doch endgeil wäre, bei *BB* ins Haus einzuziehen, wenn der Fettsack ihn nur nicht so furchtbar quälen würde. Die Klinge bewegte sich meisterhaft, eine natürliche Verlängerung seiner rechten Hand. Zweimal dieselbe Stelle vermeiden, zu viele Härchen auf einmal vermeiden, unkontrollierte Bewegungen vermeiden.

Anthony wusste nicht, dass seine Mutter in Wirklichkeit die Holzsandalen im Wohnzimmer abgestellt hatte und zurückgeschlichen war. Er wusste auch nicht, dass böse Zungen sie gewarnt hatten, sie solle aufpassen, weil diese Dealerjungs sich manchmal von den Drogen verführen ließen und sie selber nahmen. Ein Joint hier, einer da, dann eine Linie Schnee, dann die Spritze, zu Haus im Badezimmer eingeschlossen. Anthony wusste nicht, dass die Frau immer noch dort stand, das Ohr an die Klotür gepresst.

Als die Mutter mit einem Fußtritt die Tür sprengte, rutschte ihm die Hand mit der Klinge brutal aus und rasierte ihm einen guten Teil der Braue samt einigen Zentimetern Haut weg. Er brauchte eine ganze Rolle Klopapier, um das Blut zu stillen. Und die Wunde musste genäht werden, fünf Stiche.

Im Geist des Onkels

Er starrte die Wand an. Sie starrte ihn an, so wie er die Wand anstarrte. Gessica wusste, dass sie vorsichtig sein musste, denn schon ein kleiner Fehler, ein falsches Wort würden den Zorn des Onkels wecken. Ihr Mann war alles in allem ein ruhiger Typ, aber man musste auch die Situation berücksichtigen. In zehn Jahren Ehe hatte sie ihn doch etwas näher kennengelernt.

Es war nicht die überstürzte Flucht, die ihn so beunruhigte, und auch nicht die Aussicht, wer weiß wie lange im Untergrund leben zu müssen. Jemand hatte der Polizei die Papiere zugespielt, eine andere Erklärung gab es nicht. Die einzige Sorge des Onkels war im Augenblick herauszufinden, wer ihn verraten hatte. Wer war die Schlange? Welches Schwein hatte ihn gezwungen, mit noch vom Duschen nassen Haaren alles stehen und liegen zu lassen, sein Haus, seine Leute und seine Geschäfte? Wie eine Ratte abzuhauen, heimlich und würdelos, das war nicht sein Stil. Dieses Aas verdiente eine exemplarische Strafe, und wenn das seine letzte Tat sein sollte.

Der Boss überprüfte vergangene Termine, ging akribisch die letzten Monate seines Lebens durch und versuchte, sich an Gesichter, Worte, falsche Töne und ungewöhnliche Fragen zu erinnern. Nein, Gessica durfte ihn nicht stören, nicht jetzt.

Die Sonne sank allmählich, die geschlossenen Vorhänge und die Stille rundherum hüllten das Zimmer in eine nur scheinbare Ruhe, einen überaus brüchigen nuklearen Frieden. Es hätte ein schönes Gemälde abgegeben: Sie starrt ihn an, während er die Wand anstarrt. Und wer weiß, was er dort sah.

Plötzlich drehte sich der Onkel um, und Gessica fiel vor Schreck beinahe vom Stuhl. »Es ist sieben Uhr. Probier mal, ob der Fernseher funktioniert.« Gessica erhob sich, bemüht, nicht zu seufzen und nicht den Eindruck zu erwecken, dass sie sein »kleines Laster« irgendwie verurteilte. In vierzehn Jahren, davon zehn Ehe- und vier Verlobungsjahre, hatte sie diesbezüglich nie etwas von ihm gefordert. Wenn *Big Brother* begann, stand Gessica vor der Frage: Bist du bereit, zweieinhalb Stunden nicht zu mucksen und dich so wenig wie möglich zu bewegen? Lautete die Antwort Ja, blieb sie bei ihm vor dem Fernseher sitzen und blätterte nebenbei in einem Buch von Zafón oder in einer Modezeitschrift. Ansonsten ging sie in ein anderes Zimmer, sah sich in der Küche einen Film an oder spielte am Computer Mahjong.

Der Onkel wusste, dass es wenig Sinn hatte, mit ihr über *Big Brother* zu sprechen. Gessica beschränkte ihre Antworten auf »ja«, »nein«, »in der Tat ...«, und er mochte es nicht, wenn man ihm nur nach dem Mund redete. Das Thema Realityshow war bei ihnen wie bei vielen Paaren im Lauf der Jahre zum »individuellen Raum« geworden, der sie nicht etwa getrennt, sondern noch enger zusammengeschweißt hat. Dafür musste man jedoch bereit sein, eine ganze Reihe von Eigenheiten zu tolerieren, wie etwa, für Donnerstagabend keine Verabredungen treffen zu können, den Decoder für das Pay-TV auf die Hochzeitsreise mitzunehmen und so weiter.

Gessica drückte auf die Einschalttaste und fand aufgrund ihrer jahrelangen Übung zielsicher das fünfte Programm. Der Empfang war gar nicht schlecht. Nur ab und zu flimmerte es ein wenig. Sie drehte den Apparat um fünfundvierzig Grad, damit der Onkel auch von seinem Sessel aus den Bildschirm sehen konnte. Der Boss gab kein Zeichen von Zustimmung oder Verdruss von sich. Er versank ungefähr eine Minute lang in

Betrachtung, dann holte er tief Luft und nickte kurz mit dem Kopf. Mehr konnte man im Augenblick nicht von ihm erwarten.

Nach dieser Andeutung von Kommunikation schaltete Gessica den Fernseher aus und versuchte, ihren Mann in ein Gespräch zu ziehen. Noch bevor sie sich setzte, fing sie zu reden an – man musste die Gelegenheit nutzen.

»Onkel …« Keine Antwort. »Onkel … in der Eile haben wir nicht einmal die Handys eingesteckt. Wie bleiben wir denn jetzt mit unseren Leuten in Kontakt?«

Der Boss verzog keine Miene. Aus der Hemdtasche holte er das Päckchen blaue Pall Mall, und aus der Hosentasche zauberte er das Montblanc-Feuerzeug, das Gessica ihm vor fünf Jahren zum Hochzeitstag geschenkt hatte. Das Feuerzeug, das er in einem Etui in der Schublade der Schlafzimmerkommode unter den Morgenröcken verwahrte. Fünf Minuten, um abzuhauen, und er hatte sogar an das Montblanc-Feuerzeug gedacht. Wer weiß, woran er noch alles gedacht hatte. Aber die Handys hatte er nicht eingesteckt.

»Ohne Handys haben wir auch keine Telefonnummern. Wen können wir anrufen? Wer wird uns helfen?« Gessica hatte die Absicht hinter dem »Vergessen« erkannt. Ihre Stimme klang jetzt drängend und besorgt. »Wir sind allein und haben nichts.«

Der Onkel, der unter anderen Umständen keinerlei Einmischung in die Planung einer Flucht in den Untergrund geduldet hätte, zündete seine Pall Mall an und nahm einen tiefen Zug. Mit einer Handbewegung forderte er seine Frau auf, sich auf seinen Schoß zu setzen. Dann sagte er: »Wir machen es wie Giada.« Gessica, die den Wink verstanden hatte, wartete ohne Fragen zu stellen darauf, dass er fortfuhr.

»Siebte Staffel. Eines Abends rief Giada alle Freundinnen des Hauses zusammen. Sie scharte sie auf dem Sofa im Wohnzimmer um sich und vertraute ihnen ein Geheimnis an: Am Abend zuvor hatte sie Alfonso geküsst. Sie erzählte den Freundinnen, Alfonso sei hingerissen gewesen, aber sie fürchte, er könne sich in sie verlieben. Sie war nämlich außerhalb des Hauses »beinahe verlobt«. Sie hatte sich schon mehrmals mit einem Typen namens Gianpiero getroffen und empfand immer noch etwas für ihn. Doch das wusste Alfonso nicht und durfte es auch auf keinen Fall erfahren. Sonst würde er sie für eine Schlampe halten, und sie war keine Schlampe.« Der Onkel nahm noch einen Zug aus seiner Zigarette und betrachtete den Qualm, der aus seinem Mund aufstieg. Gessica hing an seinen Lippen.

»Schon am nächsten Morgen kam Alfonso zu ihr und nannte sie eine Schlampe. Giada wusste nicht, welche von den Freundinnen im Haus Alfonso ihr Geheimnis verraten hatte. Sie fackelte nicht lang und grüßte einfach keine mehr. Sie verstummte, benahm sich autistisch, igelte sich ein, zog sich völlig vom Rest des Hauses zurück und brach alle Kontakte ab.«

»Und wie ist es ausgegangen?«, fragte Gessica.

»In der nächsten Runde musste sie ausscheiden. Aber zumindest gelang es ihr, sich kein zweites Mal verarschen zu lassen.«

Gianturkistan

»Beeil dich, ich will nicht zu lang mit diesem Arschloch im Auto sitzen. Sonst bringe ich ihn noch um.«

Peppino der Stinker hatte den Arm auf den Fensterrand gelegt. Die schwarze Dichtung schnitt in sein Fett und teilte es in zwei gleiche Teile, es sah aus wie ein umgedrehtes B. Vom Rücksitz aus betrachtet, hätte Anthony es leicht mit einem feisten Babypopo verwechseln können. Doch der Gedanke entlockte ihm kein Lächeln. Der Fettwanst behielt ihn im Seitenspiegel im Auge, bereit, ihm blitzschnell auch die andere Braue zu zerfetzen.

»Ich meine … Scheiße!« Das Gebrüll des Stinkers, begleitet von einem Faustschlag auf das Armaturenbrett, erschreckte den Fahrer so, dass er ins Schleudern geriet. Peppino merkte gar nicht, dass sie um ein Haar einen Müllcontainer gerammt hätten. In seinem Kopf gab es nur diese Amöbe da hinter ihm, mit der halben rechten Braue und einem Arschgesicht, das ihn zur Weißglut brachte.

Anthony fuhr sich nervös mit der Hand übers Kinn. Jetzt wären ihm ein paar Bartstoppeln recht gewesen, mit denen er hätte spielen können, um die Spannung aufzulockern. Doch die Finger glitten ungehindert über das glänzende, von den UV-Lampen verbrannte Gesicht. »Und lass die Hände vom Gesicht«, knurrte der Fettwanst, »jetzt fehlt bloß noch, dass du deine Haut reizt.« Der Junge legte die Hände in den Schoß und verschränkte die Finger.

»Du bist ein Arschloch, weißt du das?«, fragte Peppino, aber vom Ton her klang es eindeutig nach einer Feststellung. »Einfach beschissen. Ein beschissenes Arschloch.« Es war nicht angebracht, ihn auf die sinnlose Doppelung seiner Bemerkung hinzuweisen. »Es hätte gereicht mich anzurufen, verdammt noch mal. Es hätte gereicht, den ollen Peppino zu fragen: ›He, Peppino, was hältst du davon, wenn Giacomo mir die Brauen nachbessert?‹ Aber nein, der Schwuli hatte es eilig, er konnte nicht warten, bis Peppino von dem verfluchten Poker zurückkam und sein Handy einschaltete. Und jetzt hat der Schwuli eine halbe Augenbraue. Und wenn er beim Casting durchfällt, reißt ihm Peppino kreuzweise den Arsch auf.«

Eine Woche war seit der Selbstverstümmelung im Badezimmer seiner Wohnung vergangen, doch durch die Stiche an der Wunde hatten sich die heiß begehrten Möwenbrauen in Frankenstein-Brauen verwandelt. Der Mercedes der A-Klasse fuhr zügig durch die Straßen von Gianturco, das verkommene Industriegebiet am Stadtrand von Neapel, das nachts von Kiffern, Pennern und Nutten bevölkert war. Im Slang der alteingesessenen Neapolitaner hieß der Ort »Gianturkistan«.

Die Casting-Termine, die darüber entschieden, wer in die Endrunde des Auswahlverfahrens aufgenommen wurde, fanden in einer Diskothek statt, die einmal ein Supermarkt gewesen war und davor ein Kino: *Le Chic*. Die violetten Lichtbündel der Scheinwerfer und die lange Schlange von Autos, die Gianturkistan ausnahmsweise am Dienstagabend belebten, kündigten ihnen schon aus drei Häuserblocks Entfernung an, dass sie bald da waren.

Der Rat der fünf Monster, bestehend aus Alberto dem Gangster, Germano Spic 'n Span, Sandruccio der Jungfer, Pasquale Bruzzelì und Biagio der Tunte hatte es so beschlossen. Er, Anthony, war der Erwählte. In seine »Ausbildung« hatten sie viel mehr Zeit investiert als in die Entscheidung über die Fehde mit dem Strangio-Clan. Tagelang hatten sie ihn im Souterrain in den Quartieri Spagnoli damit gepiesackt, idiotisches Geschwätz zu wiederholen, Tanzschritte zu üben und die angesagten Hits zu proben. Und alles nur, um die einzige Möglichkeit zu nutzen, die ihnen blieb, um mit dem Onkel in Kontakt zu treten.

Der Boss war auch im Untergrund in Gefahr. Vielleicht sogar noch mehr als zuvor. Und es gab keine andere Chance, ihm eine Botschaft zukommen zu lassen. Ohne Handys, ohne Adressen, ohne irgendeinen Hinweis darauf, wo er sich aufhielt, konnte nur *Big Brother* ihm die Haut retten. Der einzige sichere Kommunikationsweg war ein Fernsehbildschirm. An einem Donnerstagabend um einundzwanzig Uhr, wenn er das fünfte Programm anschaute, würde er verstehen. Und vielleicht heil davonkommen.

Sie ließen den Mercedes zweihundert Meter vorm *Le Chic* halten und stiegen aus, um nicht durch das dicke Auto und alles Übrige Verdacht zu erregen. Anthony sollte wirken wie ein Trottel, nicht wie ein Camorrist. Ein ungebildeter Trottel aus bescheidensten Verhältnissen, aus dem ursprünglichsten Neapel, prollig, ehrgeizig, anmaßend und hoffnungslos.

Auch der Clan hatte einige primitive Mechanismen des Fernsehens übernommen: Die Leute sehen sich gern solche Mega-Loser an, eingesperrt in ein Haus, das seinerseits in einen Bildschirm gesperrt ist, das vermittelt ihnen den Eindruck, alles in allem doch ein ganz anständiges Leben zu führen. Auf diesen Mechanismus baute auch jahrelang die Karriere einiger Entertainer, die in ihrer Show eindeutig immer Pech hatten. Je größer das Pech, desto höher die Einschaltquoten. Ich schau dich an, weil du in der Scheiße sitzt, und je tiefer du drinsteckst, umso mehr fühle ich mich als Überflieger.

Der Chauffeur fuhr weiter, und Anthony und der Stinker blieben auf dem Gehweg der Via Gianturco zurück, mitten im Herzen von Gianturkistan. Der Fettwanst zündete sich eine rote Marlboro an, wobei er den Filter zwischen Daumen und Zeigefinger hielt, wie es die wirklich harten Männer tun, und stieß nach dem ersten Zug geräuschvoll eine Rauchwolke aus.

»Gehen wir, oder?« Anthony breitete die Arme aus: »Soll ich vorangehen?« »Nein, du gehst hinterher«, erwiderte der Fettwanst sarkastisch, »dann stell ich dich den Jury-Mitgliedern vor: ›Hallo, dieser Blödmann hier ist mein Sohn, tut ihm nicht zu sehr weh, das macht er schon prima ganz alleine. Schaut nur seine Augenbraue an.‹ Wie fändest du das? Gefällt dir die Idee?«

Anthony antwortete nicht. Er wollte sich gerade an die halbe Braue fassen, ließ die Hand etwa auf Höhe des Kinns jedoch gleich wieder sinken. Der Stinker hatte ihm verboten, sich im Gesicht herumzufummeln. Er bemerkte, dass Peppino ihn ungewöhnlich scharf musterte. Leicht verunsichert drehte er sich um und ging ein paar Schritte Richtung Diskothek. »Halt«, befahl der Fettwanst. »Hiergeblieben.« Anthony blieb stehen und sah ihn verwundert an. Peppino strebte in die entgegengesetzte Richtung und sagte über die Schulter: »Los, komm mit.«

Der Fettwanst ging auf den Eingang einer alten verlassenen Autoreparaturwerkstatt zu. Das Tor war herausgerissen, aber auf dem Lackschild rechts davon stand noch *Autowerkstat*, mit nur einem *t*. »Komm rein«, knurrte Peppino. Der Junge bekam es mit der Angst zu tun. Er fragte sich, was der Fettwanst ihm wohl da in der verlassenen Werkstatt antun wollte.

Der Raum innen war riesig. Es gab kein richtiges Dach, bloß eine Reihe von Wellblechplatten, die von rostigen Streben gehalten wurden. Das, was einmal die Reparaturabteilung gewesen sein musste, war einfach von bröckelnden, löchrigen

Tuffsteinmauern umgeben. Das Reich der Ratten. Peppino als Rattenkönig machte sich saumäßig gut.

»Also, wird's bald?«, drängte der Fettwanst. »Ich tu dir nichts, sei ganz ruhig, du bist doch mein Kapital«, setzte er dann hinzu, als er merkte, dass der Junge sich schier in die Hose machte. Anthony blieb noch ein paar Sekunden stehen. Was hatte der Fettwanst mit ihm vor? Und vor allem: Was war die Alternative? Wegrennen? Wohin denn? Er beschloss, dass er keine große Wahl hatte, und außerdem war das Leben mit dieser halben Augenbraue sowieso nicht mehr so schön. Die letzten sieben Tage waren echt zum Kotzen gewesen, ständig musste er mit einer überdimensionalen Brille von Dolce & Gabbana herumlaufen, die vielleicht noch peinlicher war als seine Selbstverstümmelung. Falls er sterben musste, war jetzt der richtige Moment dafür. Ade, du schnöde Welt, du hast dir meine halbe Braue genommen, jetzt nimm ruhig auch noch dieses beschissene Leben.

Er folgte dem Stinker in die Werkstatt, und wenige Meter hinter dem Eingang blieben sie stehen. Dann wurde er gewaltsam an die Wand gedrängt. Man sah fast nichts, nur von einer Laterne auf der anderen Straßenseite fiel ein schwaches Licht herein. Peppino schob die Hand in die Innentasche seiner Lederjacke und zog etwas heraus.

Anthony nahm an, dass es sich um die gottverdammte Magnum mit Kurzlauf handelte, mit der der Stinker ihm schon so oft vor der Nase herumgefuchtelt hatte. Er wartete auf das Klicken des Abzugs. Stattdessen leuchtete das Display eines Handys auf. Peppino hielt es ihm ans Gesicht, und Anthony wich zurück, um genauer hinschauen zu können, da er annahm, der Fettwanst wolle ihm etwas zeigen, das er lesen sollte. Er war durcheinander, aber allmählich dämmerte es ihm, dass seine Stunde vielleicht noch nicht geschlagen hatte.

»Rühr dich nicht«, sagte Peppino. Er benutzte das Licht des Handys, um Anthonys Gesicht zu beleuchten. Dann nahm er das Teil in die andere Hand und zog mit der Rechten noch einen Gegenstand aus der Hosentasche. Diesmal hörte Anthony ein Klicken, aber es kam nicht vom Abzug einer Magnum. Im Licht des Handys sah er deutlich die Klinge eines Schnappmessers. Er stand mit dem Rücken zur Wand, konnte weder fliehen noch den Fettwanst überwältigen. Der Kerl wollte ihn offenbar mit dem Messer erstechen, um nicht so viel Lärm zu machen. Anschließend würde er ihn wahrscheinlich einfach dort verfaulen lassen, denn selbst wenn irgendein Penner ihn da am Boden hätte liegen sehen, hätte er sich schwerlich die Mühe gemacht, die Polizei zu benachrichtigen.

»Peppino … warum?«, flehte er. Jetzt machte er sich wirklich fast in die Hose. Er spürte, dass seine Beine nachgaben, und lehnte sich mit seinem ganzen Gewicht an die Mauer hinter ihm.

»Warum was?«, fragte der Fettwanst nonchalant, hob die Klinge und näherte sie dem Gesicht des Jungen. Mit dem Licht des Displays beleuchtete er Anthonys linke Augenbraue, dann rasierte er ihm in einer einzigen Bewegung exakt die Hälfte weg. »Kapiert?«, fragte er lächelnd. »Jetzt siehst du aus wie der Liedermacher Alex Britti mit einem Gesicht wie ein Trottel. Du wirst Eindruck machen, verlass dich drauf.« Seine gute Laune war zurückgekehrt.

Brot mit Löchern

Die Jury-Mitglieder sahen einander ratlos an. Sie begriffen nicht, ob der Typ es wirklich ernst meinte oder inwieweit er einfach eine Rolle spielte. »Ich weiß nicht recht, ob ich ihm noch eine Frage stellen oder in der Psychiatrie anrufen soll«, flüsterte der Mann mit dem Pferdeschwanz, der in der Mitte saß. Die blonde Jurorin zu seiner Linken kicherte hysterisch. Sie hielt sich die Hand vor den Mund, konnte aber ihr Lachen kaum verhehlen.

Der Pferdeschwanz wandte sich nach rechts zu dem anderen Juror, einem rothaarigen jungen Mann mit Sommersprossen, der ein Gesicht machte, als hätte er eben E.T. den Außerirdischen vom Himmel herabsegeln und einen ausgelassenen Samba tanzen sehen. Von ihm einen Hinweis zu erwarten war zwecklos. Aber sie mussten zu einer Entscheidung kommen. Der Pferdeschwanz beschloss, Anthony noch eine Frage zu stellen, das war ihm die Sache wert.

»Hör mal«, wandte er sich an Anthony, »du hast gesagt, dass du das Abi nicht geschafft hast, weil du ›Brot mit Löchern‹ kaufen musstest. Erklärst du uns mal, was dieses Brot mit Löchern eigentlich ist?« Aus Verlegenheit über die Absurdität der Situation senkte der Pferdeschwanz sofort den Blick auf den Tisch. Es hatte nicht viel Sinn, da nachzuhaken: Der Junge war verrückt oder zumindest geistig zurückgeblieben. Doch Neugier war ein Luxus, den sich auch ein Juror wie er gelegentlich erlauben durfte.

Anthony sah ihn beinahe hochmütig an, als fragte er sich:

Woher kommt der denn, wenn er nicht mal Brot mit Löchern kennt? Dann fiel ihm plötzlich wieder ein, dass er nicht nur »hip und cool« auftreten musste, sondern auch »bescheiden und wohlerzogen«.

Er fühlte sich so ähnlich wie Daniel LaRusso in *Karate Kid*. Sein Meister Miyagi war ein Fettwanst im fleckigen Unterhemd, in einem Souterrain der Quartieri Spagnoli. Nur, dass er ihm nicht »Wachs auftragen und polieren« eingetrichtert hatte, sondern zwanghaft wiederholte: »Hip und cool, hip und cool«, und dann drohend die Pistole vom Schreibtisch aufhob: »Aber auch bescheiden und wohlerzogen.«

Jetzt wäre der rechte Augenblick gewesen, um den drei Jury-Mitgliedern einen Spezialeffekt vorzuführen. Aber er hatte keinen zu bieten. Oder besser gesagt, sein Spezialeffekt – oder zumindest etwas, das dem nahekam – war diese obsessive Litanei: hip und cool, hip und cool. Also machte er eine Pirouette und fuhr sich mit der Hand durch die Haare, um sich wenigstens als »hip« zu beweisen. Sein Blick aber war todernst, deshalb wirkte die Akrobatik leicht surreal.

Der Pferdeschwanz sah die blonde Jurorin an, auch sie schien jetzt von E. T. fasziniert zu sein, der Samba-Unterricht erteilte. Er machte gerade den Mund auf, um Anthony zu sagen, er solle verschwinden – da begann der Junge zu sprechen.

»Ich war im Lebensmittelgeschäft, um zwei Croissants zu kaufen, eins für mich und eins für meine Mutter. Wir wollten frühstücken, hatten aber nichts im Haus. Da auch Brot fehlte, bat mich meine Mutter, welches mitzubringen. Mit Löchern natürlich. Das brauchte sie gar nicht erst zu sagen: Meine Mutter hat noch nie ein Stück Brot ohne Löcher gegessen. Ich schon, Herr Vorsitzender, aber das habe ich ihr nie erzählt.«

Der Pferdeschwanz fragte sich, wer wohl der »Herr Vorsitzende« war, an den sich der Junge wandte, aber er beließ es dabei.

»Jedenfalls war ich im Lebensmittelgeschäft, und Gennaro machte gerade die Löcher ins Brot. Das heißt, in einen großen Teil: Brot mit Löchern wird ja nicht nur bei uns daheim gegessen. Das kaufen ja viele Leute, deshalb macht Gennaro das nicht einzeln von Mal zu Mal, sondern bereitet immer schon eine ganze Menge vor.«

»Aber was ist das eigentlich, eine Art Leerdammer?«, fragte die Blonde halblaut, doch der Pferdeschwanz antwortete nicht und konzentrierte sich weiter auf den Jungen. Allmählich machte der Kerl ihn ernstlich nervös. Er hatte ihm die Chance gegeben zu erklären, was dieses gottverdammte Brot mit Löchern war, und der Typ setzte schlicht voraus, dass alle Welt schon davon gegessen hätte. »Jedes Brot hat Löcher …«, flüsterte der Rotschopf, doch seine Bemerkung fiel ins Leere.

Anthony schien die Unsicherheit zu spüren, denn endlich wurde er etwas deutlicher: »Herr Vorsitzender, Sie kennen doch die Geschichte vom Letzten Abendmahl, nicht wahr? Das Brot ist ein Symbol Jesu. Die Leute machen Löcher in die Tüte, weil das Brot Luft braucht. Sagen wir's so: Die normalen Leute, die küssen das Brot, bevor sie es wegschmeißen. Aber die Frömmeren, so wie meine Mutter, die stellen es immer aufrecht und machen Löcher in die Tüte, damit es atmen kann.« Anthony merkte, dass die Jury völlig fasziniert war von der Geschichte des atmenden Brotes, aber er wusste nicht, warum. Für ihn war die Sache so natürlich, dass er sich in zwanzig Jahren nie Gedanken darüber gemacht hatte.

Nun sollte er drei Juroren erklären, wieso seine Mutter den Lebensmittelhändler an der Ecke Löcher in die Brottüte machen ließ. Was ging die das an? Schließlich war es eine Privatangelegenheit. Aber sie wirkten fasziniert, das musste er ausnutzen. Offenbar spielte er seine Rolle als Trottel gut. Oder war er etwa wirklich einer? Der Gedanke ärgerte ihn. Er schob ihn beiseite und versuchte, den Faden wiederzufinden.

»Die Leute standen Schlange, und das Brot mit Löchern war gerade zu Ende. Eins ohne zu nehmen ist ein bisschen wie Fluchen, sagt meine Mutter. Herr Vorsitzender: Würden Sie jemals Jesus in eine Tüte sperren, wo er keine Luft kriegt?« Er glich einem Angeklagten, der versucht, ein Gericht zu überzeugen, und vielleicht gelang es ihm tatsächlich. Der Pferdeschwanz schüttelte instinktiv den Kopf, dann erstarrte er wegen der Dummheit seiner Reaktion. »Eben, meine Mutter auch nicht. Also musste ich warten, bis Gennaro die Kunden bedient hatte und mir Löcher in mein Brot machen konnte. Es wäre besser gewesen, ohne Brot heimzukommen als mit Brot ohne Löcher. Und meine Mutter ohne Brot ist wie …« Wie was? Er verhaspelte sich.

»Wie ein Kätzchen ohne Fell.« Vielleicht war das nicht der geeignetste Vergleich. Das Bild des Kätzchens war ihm spontan eingefallen, das Rührendste, was er sich denken konnte und was zu *Big Brother* passte, aber es sich so nackt der Unbill des Wetters ausgesetzt vorzustellen, war einfach schrecklich. Besser weitererzählen, Metaphern waren nicht seine Stärke.

»Ich merkte nicht, wie die Zeit verging: Als ich mit den Croissants und dem Brot, selbstverständlich mit Löchern, nach Hause kam, wurde mir klar, dass ich es nie schaffen würde, rechtzeitig zur Schule zu kommen. Ich raste mit dem Scooter hin, aber die Prüfungen hatten schon begonnen, und sie ließen mich nicht mehr rein. Ich wusste sowieso scheißwenig, von daher war es nicht so schlimm.« Er biss sich auf die Lippe, als er sich an die Ermahnung des Fettwansts erinnerte: keine Schimpfwörter.

»Verzeihung, ich wollte nicht ›Scheiße‹ sagen.« Noch ein Biss.

»Nein, o Gott. Entschuldigung. Ich wollte keine Schimpfwörter benutzen.« Doch die Jury-Mitglieder schienen gar nicht auf den verbalen Fehltritt geachtet zu haben. Der Pferdeschwanz zupfte sich nervös am Bart. Er war in der Vorstellung nach Gianturkistan gekommen, ein paar Stunden später locker wieder ins Flugzeug zu steigen, und stattdessen hatte er Außerirdische vorgefunden.

»Sag mal«, fragte die blonde Jurorin, die plötzlich aus ihrer Betäubung erwachte, »was ist eigentlich mit deinen Augenbrauen passiert?«

Zack. Da hatten sie ihn erwischt. Was nun? Anthony machte erneut eine Pirouette und fuhr sich mit der Hand durch die Haare. Das hatte er bei einem dieser hyperangesagten neapolitanischen Popsänger auf den Privatsendern abgeschaut und fand es echt cool. Jetzt allerdings bestand die Gefahr, dass es sich zu einer eher störenden Wiederholungsgeste auswuchs, wenn nicht gar zu einem richtigen Tick. Er war schon wieder drauf und dran, beherrschte sich aber. Er konnte nicht bloß mit Pirouetten weitermachen, sondern musste sich etwas einfallen lassen.

»Ich bin so auf die Welt gekommen.« Diesmal lachten alle drei Jury-Mitglieder kurz und entschieden auf, es klang wie eine Miniexplosion, die dir den Oberkörper nach vorn reißt und eine halbe Sekunde dauert. Gerade lang genug, um ein bisschen Speichel zu versprühen in der Hoffnung, niemanden zu treffen. Schon wurden ihre Gesichter wieder ernst.

»Aber hör mal … niemand kommt so auf die Welt«, bemerkte der mit den Sommersprossen. Der Rotschopf hatte kapiert, dass er sich sein ganzes Leben an dieses Casting erinnern würde. Er würde seinen Freunden im Pub davon erzählen und seinen Kollegen im Büro. Und wahrscheinlich auch seinem Chef. Der war ganz gierig auf lustige Anekdoten. Jedes Mal, wenn sie von den Auswahl-Terminen zurückkamen, brannte er darauf zu erfahren, wer sich durch besondere Blödheit hervorgetan hatte, und sobald die Probeaufnahmen fertig waren, ließ er sich empfehlen, welche die lächerlichsten waren. Die speicherte er dann auf seinen USB-Stick und führte sie zu Hause bei den Abendessen vor, zu denen nur ein enger Kreis vertrauter Freunde gebeten wurde. »Dinner für Deppen« nannte er diese Einladungen in Anlehnung an den witzigen Film von Francis Veber. Nur dass bei diesen Gelegenheiten nicht die Gäste die Deppen waren, sondern die Gestalten auf dem Bildschirm.

Der Chef hatte die Sache nie offen zugegeben, aber das Gerücht war dank einer jungen Sekretärin durchgesickert, die nicht nur für die Produktionsfirma von *Big Brother* arbeitete, sondern auch mit einem der glücklichen Dinnergäste intime Beziehungen pflegte. Der Chef kam ins Büro, ließ sich die Filmszenen kopieren und nahm sie mit, ohne weitere Erklärungen. Schließlich war er immer noch der Chef. Mit den Casting-Aufnahmen von diesem Typen hier würde der Rotschopf ihm das schönste »Dinner für Deppen« aller Zeiten bescheren. Es lohnte sich, den Kandidaten noch eine Weile reden zu lassen.

Anthony dachte einige Sekunden darüber nach und sagte: »Es ist eine Krankheit.« Dann fiel ihm ein, dass er ja gerade mit fünfzehn oder zwanzig weiteren Personen in ein Haus einziehen wollte und vorhatte, eine ganze Weile drinzubleiben. Mit dem Ausbruch einer Epidemie zu drohen war nicht besonders geschickt. In den Augen seiner Richter begünstigte es ihn bestimmt nicht. »Aber sie ist nicht ansteckend«, stellte er klar.

Die drei Jury-Mitglieder starrten ihn weiterhin wortlos an. Der Pferdeschwanz legte den Kopf leicht schief, wie um zu sagen: »Wer soll dir das abnehmen?« Er musste sich eine andere Geschichte ausdenken. Eine Geschichte, die sie neugierig machen würde, eine rührende oder irgendwie abenteuerliche Geschichte.

»Als Kind haben sie mich entführt. Sie haben mir Stückchen für Stückchen die Augenbrauen abrasiert und Fotos an meine Familie geschickt, um sie zu erpressen: Wenn sie nicht zahle, würden sie mich umbringen. Als sie mir schon beide Brauen fast völlig abrasiert hatten, beschloss meine Mutter zu zahlen. Gerade noch rechtzeitig.«

»Und in der Zwischenzeit sind sie dir nicht nachgewachsen?«, fragte der Rotschopf und kam sich so schlau vor wie noch nie. Seine Kollegen sahen ihn verblüfft an und gaben ihm zu verstehen, dass er vielleicht nicht so genial war, wie er meinte.

Anthony steckte in der Klemme. Nicht nur, dass die drei seinen Look à la Alex Britti nicht zu würdigen wussten – die halb abrasierten Brauen würden ihn wahrscheinlich sogar die Zulassung zu den folgenden Casting-Runden kosten. Sie hielten ihn für einen Aufschneider und Gewohnheitslügner. Alles nur wegen diesem Scheißfriseur, dem Scheißfettsack und seiner Mutter, die die Klotür aufgebrochen hatte.

Seine Wangen färbten sich rot, ganz langsam stieg ihm das Blut zu Kopf, Beine und Arme versteiften sich. Er öffnete den Mund, brachte aber keinen Ton heraus und schloss ihn wieder: Lieber schweigen als sich noch mal lächerlich machen. Pirouette, Hand in die Haare.

»Ich bin halt einfach *frizzantino*«, zischte er durch die Zähne. »Hä?«, machte die Blonde. »Ja, *frizzantino*«, wiederholte er laut, überlaut, fast nervös. »Ich bin hip und cool!« Er war kurz vorm Überschnappen.

Jetzt fixierte der Pferdeschwanz den Schreibtisch. Vor ihm lag ein Blatt Papier. Er zückte seinen Stift und schrieb etwas, dann reichte er das Blatt den beiden anderen, die nach einem kurzen Blick darauf nickten und sich ihrerseits Notizen machten.

Die Zeit verging, und die Minuten, die jedem *BB*-Kandidaten zur Verfügung standen, waren gezählt. Anthony hatte schon reichlich überzogen. Er hatte es geschafft, ihre Neugier zu wecken, doch dann hatten diese halb abrasierten Augenbrauen alles ruiniert. Der Stinker würde ihn mit seiner gottverdammten 44er Magnum erschießen, und die fünf Monster würden ihn in Stücke schneiden und den Pitbulls, mit denen sie illegale Hundekämpfe veranstalteten, zum Fraß vorwerfen.

»Gut«, sagte der Pferdeschwanz, »unseretwegen kannst du gehen.« Das war das Ende, alles war den Bach runtergegangen, es war aus. Sein Kerkermeister würde ihm zum Henker werden. Vielleicht beschloss der ja, ihn in der alten, verlassenen Autowerkstatt zu erledigen, weit weg von zu Hause, und seine Mutter würde nie etwas erfahren. Niemand würde ihr erzählen, wie sich die Dinge wirklich abgespielt hatten, die Wochen in dem Souterrain, die neuesten Hits, die Tanzproben, die erstickende Hitze, die gefälschten Fragebögen, der Traum vom *BB*-Haus ...

Die Einsamkeit zerriss ihn schier und beutelte jede Zelle seines Körpers, vom rechten großen Zeh bis zu den abgestorbenen Zellen seiner pomadisierten Haare. Plötzlich kotzte er hemmungslos alles aus.

»Ich wollte doch nur meine Möwenbrauen!« Die Jury-Mitglieder, die schon ihre bekritzelten Blätter wegpackten, um saubere für die folgenden Kandidaten herauszuholen, hoben alle gleichzeitig den Kopf. Der Pferdeschwanz machte ein halb erstauntes, halb ängstliches Gesicht, so als fürchtete er tatsächlich, der Junge könne zu allem fähig und nicht mehr Herr seiner Handlungen sein.

»Was sind Möwenbrauen?«, fragte er versöhnlich und leise.

Anthony erklärte ihm mit glänzenden Augen, immer kurz davor, ganz und gar unmännlich in Tränen auszubrechen, warum er es vermied, zur Kosmetikerin zu gehen, und dass Möwenbrauen für so coole Jungs, wie er einer war, eben unabdingbar seien. Er zeigte ihm die Technik, wie man sie wirklich perfekt hinbekam (wofür er sich den Stift auslieh), und betonte, sein momentanes Aussehen hänge einzig und allein damit zusammen, dass seine Mutter die Klotür aufgebrochen habe, weil sie ihn für einen Drogenabhängigen hielt.

Die Wahrheit überzeugte alle drei. Vielleicht auch deshalb, weil sie nur einen kleinen Teil davon kannten.

Zurück in der Magna Grecia

In der fast menschenleeren Bar *Magna Grecia* spielte Verkehrsreferent Maltradotto auf der Platte des Königstisches mit seinem Kugelschreiber. Er fühlte sich der Mehrheit zugehörig, das gab ihm jenes Gefühl von Sicherheit, das sich beim letzten Treffen mit dem Onkel, kurz vor dessen Verschwinden, einfach nicht hatte einstellen wollen.

Zwischen seinen Gorillas und denen des Onkels bestand keinerlei Spannung mehr. Jetzt bildeten sie eine Gruppe. Das einzige »feindselige« Element, der Einzige, vor dem man sich hüten musste, war der Typ, der ihnen gegenübersaß. Wenn man ihn so ansah, meinte man, er würde gerade die Abiturprüfung ablegen. Und außerdem war er beeindruckend hässlich. Hässlich und allein, einer gegen fünf. Wie üblich küsste Maltradotto das Kruzifix, das er um den Hals trug, dann nahm er von seinem schwarzen Kugelschreiber die Kappe ab und schrieb auf die erste leere Seite seines Notizbuchs: *Woody Alien.*

»Ach, du machst dir Notizen?«, fragte der Polizist verächtlich.

»Immer.« Der Verkehrsreferent platzte schier vor Stolz, als würde seine Schreibwut ihn eine Handbreit über den Rest der Menschheit erheben. »Du solltest es genauso machen.«

»Allerdings«, sagte Wu tonlos, »das tue ich.«

Maltradotto deutete ein grimmiges Lächeln an, obwohl er in Wirklichkeit nichts verstanden hatte. Der Polizist, der sich längst eine Meinung über den Kerl gebildet hatte, tippte sich mit dem Zeigefinger an die rechte Schläfe. Der Typ brauchte offenbar Untertitel.

Auf den roten Polsterstühlen zur Rechten Maltradottos saßen stumm und ergeben seine engsten Vertrauten, die ihn auch zum letzten Treffen mit dem Onkel begleitet hatten. Links von ihm saßen in Vertretung der fünf Monster Germano Spic 'n Span und Pasquale Bruzzelì, dessen Spitzname von einer verballhornten Aussprache des Namens von Bruce Lee herstammte. Seine Fähigkeiten im Kampf waren unbestritten.

Maltradotto glaubte, er stünde im Mittelpunkt und sei zum Chef und Sprecher der Bande erwählt: Er hielt sich für den wichtigsten Mann in der Runde. Und wahrscheinlich dachten auch seine Lakaien das, aber für die Vertrauten des Onkels war er bloß derjenige, den man am ehesten opfern konnte, der Unbedeutendste, einer von denen, die man dem Bullen als Erstes zum Fraß vorwerfen konnte. Dass es ihm so wichtig war, die Rolle des Chefs zu spielen, war den anderen nur recht. Sie würden ihn benutzen, um den Gegner zu studieren, um herauszufinden, wie er tickte, und sich entsprechend verhalten.

Wu hatte zwei Gläser vor sich stehen. Mit der linken Hand griff er nach dem Glas mit Wasser und gurgelte kurz, dann nahm er mit der Rechten das mit dem Talisker und trank es zur Hälfte leer. Er war kein großer Trinker: Seine Leidenschaft für schottischen Single Malt erwachte vor allem abends und in Momenten wie diesem. Ein Fingerbreit Whisky half ihm, die Anspannung zu vermindern, zwei Fingerbreit, sich lockerer zu geben, vier Fingerbreit, zu vergessen, dass er ein Gesicht wie ein Zombiearsch hatte. Dies war ein Abend für zwei Fingerbreit.

Maltradotto und die Seinen taten es ihm mit ihren Jack Daniel's nach, aber ohne Wasser. Bei anderen Gelegenheiten hätte der Bulle seinen üblichen Witz gemacht: »Falls du was übrig hast, schütte es nicht weg: Mein Tank ist auf Reserve.« Heute schien es ihm nicht angebracht, zu diesen Knastvisagen so leutselig zu sein.

Germano und Pasquale beschränkten sich darauf, ihren Espresso in einem Zug leer zu trinken, dann kippten sie ihre Tässchen gleichzeitig wie ein Sommelier sein Weinglas und schluckten das, was sich auf dem Boden gesammelt hatte.

»Also?«, fragte der Referent hochnäsig. »Du hast uns zum Kaffee eingeladen, was willst du wissen?«

Dem Polizisten geriet der Talisker in den falschen Hals. Er hustete mehrmals, nahm eine Serviette aus dem igluförmigen Spender und wischte sich den Mund ab. Verfluchter Schweinehund, dieser Politiker: Jeder Schluck von der Brühe hier kostete ungefähr zwei Euro.

»Das könnte dir so passen! Ich habe euch überhaupt nicht eingeladen«, knurrte Wu, von letzten kleinen Hustern geschüttelt. »Ich habe euch herbestellt, das ist was ganz anderes. Und ich war auch noch so freundlich, euch die Wahl des Lokals zu überlassen, das ehrlich gesagt ein Scheißlokal ist. Also seid wenigstens höflich.«

Maltradottos Lakaien ahmten ihren Chef nach und warfen dem Bullen anmaßende Blicke zu. Der Referent hielt mit dem Unterarm sein Notizbuch geöffnet, schrieb mit seinem schwarzen Kugelschreiber unter den Namen des Polizisten: *feindselig*. Dabei achtete genau darauf, dass Wu es auch gut lesen konnte.

»Kannst du mal dein verdammtes Notizbuch wegstecken?«, fragte der Bulle genervt, bereute es aber sofort. Er hatte seinen Ärger über den Einschüchterungsversuch dieses Gauners deutlich gezeigt. Nein, so ging es nicht. Er machte eine wegwerfende Handbewegung und sprach weiter.

»Ihr wisst, warum ich euch herbestellt habe«, sagte er, den Blick auf den Rest blassgelber Flüssigkeit in seinem Glas gerichtet. »Euch zwei« – er sah Germano und Pasquale an –, »weil ihr die besten Freunde des Onkels seid.« Die Wörter »beste Freunde« betonte er so, dass sie eindeutig lächerlich klangen. »Und dich« – er sah Maltradotto an –, »weil du einer der Letzten bist, die ihn gesehen haben.«

Der Verkehrsreferent war irritiert. Aus diesen Worten ging eindeutig hervor, dass die Bullen nicht nur über seine Kontakte auf dem Laufenden waren (das war plausibel, da er sich auch gar nicht die Mühe machte, sie zu verbergen), sondern ihn sogar beschatten ließen. Oder zumindest Informanten hatten, die ihnen seine Ortsveränderungen und Verabredungen schildern konnten.

»Ich soll den Onkel gesehen haben?«, versuchte Maltradotto schwach einzuwenden. Wu erwiderte nichts, aber seine Augen sagten alles: Wenn du mich für blöd hältst, kippe ich dir den Tisch auf die Füße. Maltradotto gab nach. Er wusste, wann es Zeit war, sich anständig zu benehmen.

»Wo waren wir stehen geblieben? Ach ja, du hast als Letzter den Onkel gesehen – oder jedenfalls als einer der Letzten. Ihr zwei spielt ja Golf zusammen, um einen Euphemismus zu benutzen. Wisst ihr, was ein Euphemismus ist?« Sie wussten es nicht. »Aber ihr«, sagte er dann, zu den Begleitern des Referenten gewandt, »wer zum Teufel hat euch hergebeten?«

Die Gorillas strafften den Rücken. Sie sahen sich gegenseitig an, dann schauten alle beide auf Maltradotto. Der Referent nahm seinen ganzen Mut zusammen:

»Mein lieber Bulle, die zwei gehören zu mir. Wenn du mich allein sehen willst, musst du mich offiziell vorladen. Mit Anwalt, vermute ich.« Ein Anwalt konnte Probleme machen, Wu ging darüber hinweg.

»Meinetwegen sollen sie bleiben, deine Gorillas, das ist nicht der Punkt.« Der Politiker und seine Lakaien entspannten sich. »In einigen Tagen wird der Onkel auf die Liste der hundert gefährlichsten Schwerverbrecher gesetzt. Vielleicht kommt er sogar unter die ersten dreißig, wer weiß. Ich persönlich würde ihn unter die ersten zehn Schweinehunde der Welt einreihen.«

Germano richtete sich auf dem Polsterstuhl auf. Das erste Anzeichen von Unduldsamkeit. Es einem Boss gegenüber an Respekt fehlen zu lassen, das konnte sich nicht einmal ein Bulle erlauben. Ihn verhaften, das ja. Aber es an Achtung fehlen zu lassen, war eine Ungezogenheit.

»Doch das ist auch nicht der Punkt«, fuhr Wu fort. »Der Punkt ist, dass ihr seit vorgestern in einer Art *Big Brother* seid.« Alle schmunzelten amüsiert über diese Anspielung auf das kleine »Laster« des Onkels. »Mein Vergleich ist nicht zufällig«, stellte der Polizist sofort klar. »Ihr kennt doch die Sendung, die eurem Chef so gut gefällt, oder? Fernsehkameras überall, Mikrofone überall. Wer weiß, ob meine Männer nicht gerade schon eure Autos zerlegen, um ein kleines Wunder der Technik anzubringen.«

Keiner verzog eine Miene. Es wäre wirklich zu naiv, wenn so ein versierter Polizist annähme, sie würden seelenruhig hier sitzen bleiben, während er ein Fernsehstudio in ihre Autos einbauen ließ.

Draußen vor der *Magna Grecia* standen direkt vor der Säulenreihe des falschen Parthenons zwei Autos, die aus den anderen herausstachen. Auf dem ganzen Parkplatz zählte man insgesamt nicht mehr als ein Dutzend Fahrzeuge, die meisten davon gehörten den Angestellten der Mega-Bar. Allerdings wären diese zwei sowieso aufgefallen, auch wenn dreihundert da gestanden hätten. Sie parkten etwa dreißig Meter vom Eingang entfernt, und die Außenlichter des Lokals konnten das nächtliche Dunkel nur spärlich erhellen. Dennoch sah man deutlich die Reflexe auf der Karosserie eines endlos langen, auf Hochglanz polierten Audis und auf einem BMW Coupé mit dunklen Scheiben. Der Audi gehörte Maltradotto, der BMW Germano Spic 'n Span.

Die zwölf Autos parkten weit verstreut. Vor dem Hintergrund der kahlen, verlassenen Landschaft, den Rücken zur *Magna Grecia* gewandt, konnte man sie für kleine Raumschiffe halten, die auf einem Wüstenplaneten gelandet waren.

So sehr die beiden schwarzhaarigen Männer in Jeansjacken auch versuchten nicht aufzufallen, sie stachen sofort ins Auge wie Blutflecken auf einem Brautkleid. Sie bauten darauf, dass der Parkplatz menschenleer war, denn sie konnten nicht einmal auf allen vieren zwischen den Autos durchhuschen, weil die Abstände so groß waren. Sie sahen sich in der Dunkelheit an, und ohne dass sie ein Zeichen hätten wechseln müssen, gingen sie los, der eine zum Audi, der andere zum BMW.

Das einzige Geräusch war das der Zikaden. Nur aus der Bar hörte man ab und zu Geschirr klappern. Das beruhigte die beiden Polizisten. Auf unerklärliche Weise milderte es ihre Befürchtung, dass plötzlich irgendwo jemand herausspringen und sie auf frischer Tat ertappen könnte. Das Geschirrklappern machte die Stille zur »Quasi-Stille«. Die war erträglicher.

Der Polizist beim Audi zog mit gespielter Gleichgültigkeit ein rechteckiges schwarzes Gerät ohne jedes Blinklämpchen aus der Jackentasche. Er drehte es hin und her, bis die Reflexion der Scheibe ihm das nötige Licht schenkte, um die Schrift am Schalter lesen zu können. Er stellte den kleinen Hebel auf *on* und sah sich um: Nur sein Kollege beobachtete ihn; wahrscheinlich war er genauso weit. Wieder ohne ein Zeichen bückten sich beide und verschwanden aus dem Blickfeld.

Der Polizist neben dem Audi stützte die linke Hand auf den Asphalt, dann drehte er sich zur Seite und legte sich rücklings auf den Boden. Er nahm das schwarze Kästchen von der rechten in die linke Hand und begann, sich mit Beinen und Ellbogen voranschiebend, unter das Auto zu kriechen. Von hier aus konnte er den gesamten Asphalt des Parkplatzes überblicken. Das muss die Perspektive der Ratten sein, dachte er und fühlte sich als Eindringling in deren Revier. Auf dem Land bei Varcaturo waren die Nager gegenüber den Menschen weit in der Überzahl.

Auf der anderen Seite des Parkplatzes sah er seinen Kollegen in der gleichen Stellung daliegen. Er schob sich vorwärts und hoffte bloß, dass keine anderen Autos mehr kommen und vor allem, dass sie nicht neben »ihren« Autos parken würden. Als er schon bis zur Hälfte des Oberkörpers drunter war, ließ ein Geräusch sein Herz schneller schlagen. Er erstarrte. War eine Katze vom Autodach auf die Kühlerhaube gesprungen? Oder war es eine der verdammten Ratten, die er hier lustigerweise gerade nachahmte? Er wartete ein paar Sekunden. Absolute Stille. Nur das Zirpen der Zikaden. Er rutschte weiter. Seine Frau würde ihn ganz schön zusammenstauchen: Die Jeansjacke war unbrauchbar geworden mit der Erde und den ganzen schwarzen Steinchen, die daran klebten, und mit jedem Zentimeter, den er weiterrobbte, blieb noch mehr Dreck dran hängen.

Diesmal hatte er es wirklich gehört. Es war ein »intelligentes« Geräusch, kein tierisches. *Tock tock*. Da war es wieder. *Tock tock*. Diesmal war es lauter. Direkt über ihm. *Tock* – Pause – *tock*. Wegen der Pause hätte er sich fast den Schädel am Unterboden des Autos angeschlagen; er steckte das Kästchen in die linke Tasche und legte seine Rechte auf die Pistole, die er am Gürtel trug. Ohne die Hand vom Gürtel zu nehmen, stützte er sich mit der anderen ab, kniete sich hin und schaffte es dann aufzustehen. Langsam glitt die Scheibe auf der Fahrerseite herunter. Dahinter sah man einen Mann, der mit breitem Grinsen sämtliche Zähne bleckte – mindestens zwei Drittel waren faul. »Alles in Ordnung, Herr Polizist. Das Auto funktioniert, aber danke für die Fürsorge.« Auf der anderen Seite des Parkplatzes stand sein Kollege regungslos neben dem BMW. Er fragte sich, ob auch der Wächter des anderen Autos verfaulte Zähne hatte.

Genau in diesem Moment knallte Woody Alien in der Bar sein Glas auf den »Königstisch«. Inzwischen hatte er es ausgetrunken und konnte sich eine theatralische Geste erlauben, ohne zu fürchten, dass etwas von dem kostbaren Talisker herausspritzte.

»So nicht, so nicht, so nicht«, sagte er, den gesenkten Kopf schüttelnd. »Da fehlt die Kooperationsbereitschaft, und wenn eine Seite nicht mitarbeitet, arbeitet die andere auch nicht mit. Du, Maltradotto: Das Erste, was ich mache, ist, dass ich mir diesen verdammten Straßenverkehrsplan vornehme und mir den Kopf darüber zerbreche, warum du ausgerechnet vor dem Haus eines bekannten Kriminellen die Richtung der Einbahnstraße geändert hast. Und du, mein lieber Spic 'n Span«, er sprach den Namen so angeekelt aus wie einer, der gerade gemerkt hat, dass die dunkle Creme in seinem Croissant keine Schokolade, sondern Hundescheiße ist, »was hältst du davon, wenn wir uns das nächste Spiel des SSC Neapel zusammen anschauen? Womöglich im ehemaligen kommunalen Kindergarten, gemeinsam mit deinem Freund Telekom. Herrgott, ihr seid Monster, was habt ihr euch für beschissene Namen gegeben.«

Es war für alle sonnenklar, dass diese Bemerkung des Bullen gleich doppelt unangebracht war, da er ja selbst in Sachen Spitzname und Monstrosität gewiss nicht im Vorteil war. »Ach, sieh mal einer an«, brummte Germano, der bis zu diesem Augenblick, genau wie sein Freund Bruzzelì, nicht den Mund aufgemacht hatte. »Jetzt gehen wir zu Drohungen über. Du brauchst dich gar nicht so aufzuspielen, Magnum P. I., schließlich sind wir von allen Camorristen, die du in deinem Leben kennengelernt hast, die ehrlichsten. Und pass mal auf, du hast ein Riesenglück: Es ist nicht leicht, einen ehrlichen Camorristen zu finden. Der Onkel hat sich in Luft aufgelöst, er ist verdampft, wie zum Teufel sollen wir es dir noch sagen? Wir wissen nicht, wo er ist. Er hat uns einfach sitzen gelassen, und wir stehen blöd da. Bloß seine Frau weiß, wo er sich aufhält, und zwar nur aus dem einem Grund: weil sie bei ihm ist. Aber das weißt du sowieso schon, wozu sag ich das.«

Es war unmöglich, der Bande irgendetwas zu entlocken, und nachdem er etwa eineinhalb Stunden diese Art Verhör durchgeführt hatte, reifte in Wu der Verdacht, dass die Aussagen der drei (die zwei Begleiter von Maltradotto zählten nicht) der Wahrheit gefährlich nahekamen. Sie erhoben sich vom Königstisch, und als der Verkehrsreferent zum Polizisten sagte: »Die Getränke gehen auf unsere Rechnung«, da antwortete Wu: »Nein danke, ich lass mir von dir keinen Whisky bezahlen.« Er ging zur Kasse, während die Bande noch am Tisch stand, ließ den Talisker von der Gesamtrechnung nehmen und bezahlte, was er schuldig war.

Der Referent, die Gorillas, Germano und Pasquale gingen auf den Parkplatz hinaus und stiegen in ihre jeweiligen Autos, um heimzufahren. Die Geschichte mit den schwarzen Kästchen mussten ihnen die Autowächter gar nicht erst erzählen: Sie wussten schon alles. Was sie allerdings nicht wussten, war, dass Woody Aliens »Mission« genau in diesem Moment erst begann. Und dass das Verhör in der Bar reines Theater gewesen war.

Das Auto von Germano und Pasquale raste einsam funkelnd über die trostlosen Landstraßen. Man nahm allgemein an, dass sich in diesem Niemandsland aus Staub und vertrocknetem Gestrüpp Giftmüll unter der Erde verbarg, der von Firmen aus ganz Italien ohne Rückschein hierhergeschickt worden war, und dass die Camorra bei all dem die Rolle des Postboten spielte. Manchmal war es so: Die Clans benutzten die privaten oder öffentlichen Grundstücke, um riesige illegale Müllkippen anzulegen. Doch achtzig Prozent dieser Umweltzerstörung wurde von »Selbstständigen« verursacht. Lokalen Kleinunternehmern, die die Entsorgung von Flüssigkeiten und Hausrat jedem anvertrauten, der über einen Minitransporter verfügte. Und oft luden gerade sie, Inhaber von Ein-Mann-Betrieben und ihr eigener Herr, ihren Abfall illegal ab und dachten an alles, außer daran, die Kosten für die ordnungsgemäße Entsorgung zu übernehmen.

Das wussten nur die Einheimischen. Die maßgeblichen Meinungsmacher, die in den Talkshows auftraten und die neuen Helden der Anti-Camorra feierten, hätten nie zugeben können, dass die *malavita* zwar in dieser ganzen ekelhaften Geschichte eine große Verantwortung trug, dass aber die Unkultur der »Selbstständigen« eine noch wichtigere Rolle spielte, genau wie die lokalen Unternehmer und sogar die privaten Bürger, die ohne Genehmigung Häuser bauten und illegal ihre Haushaltsgeräte entsorgten. Der gesamte Landkreis Giugliano war Opfer einer kollektiven Vergewaltigung, die von Kriminellen, Unternehmern und auch den Bewohnern selbst verübt wurde.

»So eine Verschwendung«, brummte Germano mit Blick auf das brachliegende Gelände zu seiner Linken. Er saß am Steuer, Pasquale neben ihm und der Autowächter hinten. »Wie meinst du das?«, fragte Pasquale. »Na ja, die kommen einfach her und schmeißen ihren verdammten Müll da hin, wo es ihnen passt. Jeder seinen. Wie viele Müllkippen haben wir hier? Fünf? Sechs? Alles andere ist öffentlich. Wir müssten alles ins System einbauen.« Pasquale nickte feierlich und suchte nach einer Antwort, die keine unmittelbare Verpflichtung bedeutete: »Sobald der Onkel wiederkommt, kümmern wir uns um alles.«

Germano warf ihm einen bösen Blick zu. In Gegenwart eines Mitgliedes von so niedrigem Rang wie der Autowächter durfte man nicht vom Onkel sprechen, man durfte ihn nicht einmal erwähnen. Im Auto zu reden war in Ordnung, sonst hätten alle diese Vorsichtsmaßnahmen ja gar keinen Sinn gehabt, aber nicht am Telefon und genauso wenig im Beisein Fremder. Zwar stand kein Diktat hinter dieser Regelung, die sie mit den anderen engsten Vertrauten beschlossen hatten, aber es stimmte: Der Onkel hatte sie alle überrumpelt.

Selbst wenn sie es gewollt hätten, sie hätten der Polizei keine für seine Verhaftung dienlichen Hinweise geben können. Über seine Vergangenheit allerdings wussten sie alle sehr genau Bescheid und konnten Informationen enthüllen, die ihm im Fall einer Festnahme sicher eine höhere Strafe eingetragen hätten. Da jetzt alle Antennen des Polizeipräsidiums auf den Onkel gerichtet waren, musste man unbedingt größte Vorsicht walten lassen.

Der BMW bog rechts ab und fuhr auf den Autobahnring Richtung Neapel. Endlich beleuchteten Laternen den Straßenbelag, und Germano nahm leicht den Fuß vom Gaspedal. Er fuhr gerne auf dieser Straße, sie hatte keine Schlaglöcher. Sie stritten auch selten auf dem Autobahnring. Und es gab niemanden, dem man die Fresse polieren musste. Im Fernsehen hatte er einen bekannten Psychologen sagen hören: »Momente des Wohlbefindens auszudehnen ist ein Vorrecht des intelligenten

Menschen.« Er hatte diese Maxime Wort für Wort auswendig gelernt. Seitdem versuchte er immer, die angenehmen Momente auszudehnen. Irgendwie fühlte er sich dabei intelligent.

»Mir gefällt das nicht«, sagte Pasquale, den Blick vor sich auf die Straße gerichtet. »Uhm?«, machte sein Kumpel. »Das Treffen mit dem Bullen in Giugliano, nein, das gefällt mir nicht.«

»Erklär dich näher, Alter. Und davon abgesehen waren wir in Varcaturo.«

»Das zur Gemeinde von Giugliano gehört«, stellte Bruzzelì klar. »In allen Orten, die auf ›-ano‹ enden, wirst du letztlich immer verarscht.«

Germano sah ihn stirnrunzelnd an, dann blickte er wieder auf die Straße. Dann sah er ihn erneut an und wieder auf die Straße. Pasquale las in seinem unsteten Blick eine gewisse Verunsicherung. »Du hast schon richtig verstanden. Dass man bei ›ano‹ automatisch an ›Anus‹ denkt, hat schon seinen Grund: Die Orte, die auf ›-ano‹ enden, sind immer eine irre Verarschung. Willst du ein Beispiel? Chiaiano. Den Ärmsten dort haben sie eine Deponie hingesetzt, auf der die ganze Scheiße aus Neapel landet. Pomigliano. Schau dir da die Fiat-Arbeiter an, ob die nicht nach Strich und Faden verarscht worden sind. Oder Arzano. Als Marcello D'Orta *In Afrika ist immer August* rausbrachte, du weißt schon, wo er doch die Schulaufsätze seiner Grundschüler abgedruckt hat, da haben sie vor der ganzen Welt dagestanden wie die Hornochsen.«

Passend zum Thema fuhr der BMW an der Abfahrt Agnano vorbei und in den taghell erleuchteten Tunnel hinein. Das plötzliche Licht zwang Germano, die Augen zusammenzukneifen. Pasquale sah ihn von der Seite an, und als er seinen Gesichtsausdruck bemerkte, glaubte er, der Mordexperte würde ernsthaft über die Theorie der Orte auf »-ano« nachdenken. Und tatsächlich sagte Germano plötzlich: »Positano.«

»Okay, Positano.« Pasquale nahm die Herausforderung an. »Verbring da mal eine Nacht im Hotel und schau, ob sie dich nicht verarschen.«

»Na ja, so hat das doch keinen Sinn«, wandte Germano ein, »so passt deine Theorie ja auf jeden gottverdammten Ort.«

»Falciano«, sagte er dann, um zu testen, wie der Kollege mit der Provinz Caserta klarkäme.

Vom Rücksitz, wo bisher tiefste Stille geherrscht hatte, fragte der Autowächter auf einmal: »Gilt das auch für den Norden? Also Milano, Lugano, Desenzano del Garda?«

Schon halb beleidigt wegen der Gegenthese seines Kumpels, drehte sich Bruzzelì abrupt um einhundertachtzig Grad um und durchbohrte ihn mit dem Blick. »Du darfst nicht mitspielen.« Dann, um das Thema zu wechseln, bevor seine Theorie endgültig widerlegt wurde, bemerkte er: »Am besten fahren wir bei Capodimonte raus.« Er schaltete das Radio ein, und ein Schlager von Gigi D'Alessio ertönte. Hastig wechselte er mit dem manuellen Einstellknopf den Sender. Gigi war bei den Puristen des neapolitanischen Schlagers verpönt: Aus Opportunismus hatte der Sänger den neapolitanischen Dialekt für ein einträglicheres Standard-Italienisch fallen gelassen.

»Such was Schönes«, sagte Germano, der ahnte, dass Pasquale die vorherige Unterhaltung beenden wollte. Der drückte die automatische Suchtaste, einige Sekunden später blinkte auf dem Display die Leuchtschrift *Radio Nuova San Giorgio*, und der Hit des Augenblicks dröhnte durch den BMW.

Du bist die Königin in meinem Herzen,
Erlöse mich doch von den bitteren Schmerzen.
Ich gestehe, dass ich dich brauch,
Bitte sag mir, du brauchst mich auch.

Pasquale und Germano lehnten sich entspannt in ihren Sitzen zurück. Das, ja, das war Musik. Nicht zufällig kannte der junge Anthony sie in- und auswendig. Wenn er diesen Schlager bei *Big Brother* singen würde, könnte er Furore machen, umso mehr, als zu seiner Kenntnis der neapolitanischen Hits noch eine solide »Allgemeinbildung« hinzukam. Nachdem er jetzt die wichtigsten Vorauswahltermine bestanden hatte, brauchte er nur noch dieses gewisse »Etwas«, das ihm helfen würde, nicht nur das neapolitanische, sondern auch das italienische Publikum für sich zu gewinnen. Und sie hatten auch schon eine Idee, wie sie die Ausbildung ihres *Big Brother*-Kandidaten krönen wollten.

Sie waren an der Ausfahrt nach Capodimonte angelangt. Das Auto bog scharf rechts ab und fuhr die Rampe zur Mautstelle hinunter. Vor den Kassenhäuschen, bereit, sich von der ersten Polizeistreife verhaften zu lassen, kündigte eine Reihe grellbunter Plüschtiere mit Styroporfüllung die Anwesenheit von Straßenhändlern an.

»Hast du das gesehen?«, bemerkte Germano. »Hier haben sie sich auch schon breitgemacht.« Sie nahmen die Spur für Barzahlung. Die Regel, bar zu bezahlen, entsprach der Notwendigkeit, bei Ortsveränderungen so wenige Spuren wie möglich zu hinterlassen. Einer der beiden Händler näherte sich dem Autofenster und zeigte ihnen ein Pokémon in shocking pink. Germano machte ihm ein Zeichen zu verschwinden, doch der Händler drückte unbeirrt auf einen Knopf am Bauch der Puppe, worauf diese eine schrille Litanei von sich gab. Diese Melodie von außen, *made in China*, vermischte sich mit der *made in Naples*, die aus dem Autoradio kam.

»Fünf Euro«, rief der Händler mit lauter Stimme, um das Klanggewirr zu übertönen, »kommt, helft mir, ich brauche auch was zu essen.« Die drei im Auto glotzten wie hypnotisiert auf den Kerl mit dem shocking pinken Pokémon, und währenddessen bückte sich der andere Händler hinten am Auto und befestigte am Chassis mit einer blitzschnellen, leichten, eines Olympiaathleten würdigen Handbewegung ein schwarzes Kästchen ohne Lämpchen und ohne jedes chinesische Gequäke.

Das Stockholm-Syndrom

»Los, sing was. Du hast doch gesagt, du möchtest Sänger werden, oder? Zeig uns, was du kannst.« Zwei Wochen waren seit dem Casting in der Disko *Le Chic* vergangen. Er hatte sich die Zulassung zur nächsten Phase verdient, und nun wurde die Sache allmählich ernster. Er musste seine Fähigkeiten als Sänger beweisen, und wer weiß, was noch alles.

»Ich habe aber doch auch gesagt, dass ich die Welt retten möchte …«

»Das stimmt, Anthony, das hast du auch gesagt. Aber es ist ziemlich unwahrscheinlich, dass du jetzt hier vor mir die Welt retten kannst. Deswegen würden wir dir, wenn's dir nichts ausmacht, gern zuschauen, während du uns ein Musikstück deiner Wahl vorführst. Also mach schon.«

Der Typ, der ihm so zusetzte, sah aus wie die Wolkenkratzer in den Kinder-Comics, turmhoch und superschmal: Er schwankte ständig hin und her wie ein Gummimetronom. Das genaue Gegenteil von dem kleinen, fetten Peppino, dem Stinker im vergilbten Unterhemd. Filippo, so hieß der Wolkenkratzer, war nicht der Typ, der eine 44er Magnum im Gürtel mit sich herumtrug. Auch weil sie an dem klapperdürren Kerl sofort aufgefallen wäre wie ein Penis an der Venus von Botticelli.

Filippo war einer der Redakteure der Sendung und sprach immer im Plural, vielleicht um anzudeuten, dass er hier die Redaktion insgesamt vertrat. Das Gespräch mit ihm war der zweite *step*, den man überwinden musste, um ins Haus von *Big Brother* aufgenommen zu werden. Doch Anthony fühlte sich schon jetzt beobachtet, denn außer dem Redakteur gab es in dem schalldichten Raum, den *BB* in einem Aufnahmestudio in der Via Tasso reserviert hatte, auch eine Fernsehkamera, die auf ihn gerichtet war. Unheimliche Begegnungen mit dem elektronischen Auge: Auf der Tanzfläche einer Disko in Gianturkistan, mit nichts weiter als einer kleinen Kamera, die in einer Ecke von der Decke hing, konnte man den großen Showman abgeben. Aber wenn bei den Großaufnahmen die Chemie nicht stimmte, war die Kacke am Dampfen.

Fast tat es ihm leid, dass der Fettwanst nicht hier vor ihm auf dem Schreibtisch saß, gut sichtbar mit dem verchromten Revolver und voller Gestank nach modernden Achselhöhlen, woran Anthony sich so gewöhnt hatte. Am liebsten hätte er ihn gerufen: He, Peppino, komm zuschauen! Jetzt wird's ernst! Das Stockholm-Syndrom erschwerte die Lage. Er dachte an das Mädchen, das er vor einigen Jahren im Fernsehen gesehen hatte, Natascha Kampusch, die sich beinahe in ihren Peiniger verliebt hatte. Das Bild beunruhigte ihn, denn in seinem Fall hätte ein derartiges Gefühl mindestens den Verdacht auf latente Homosexualität erregen können.

Wie dem auch sei, auch er hatte sich die Freiheit erkämpft. Er war dem übelriechenden Kellerloch der Quartieri Spagnoli entkommen, und während er nun hier im vornehmen Teil Neapels in einem Studio saß, sehnte er sich auf einmal nach Peppino dem Stinker.

»Könnte mein Freund nicht vielleicht …«, begann er schüchtern. Filippo runzelte wortlos die Stirn. »Draußen wartet ein Freund von mir«, wiederholte Anthony, »darf ich ihn reinholen?«

»Nein, Süßer, hier darf niemand rein.« Süßer? Himmelherrgott. Er drehte sich zu der Wand hinter ihm um, wo hinter einer Scheibe normalerweise der Tontechniker sitzt. Nur dass gar kein Tontechniker da war. Der Typ des Aufnahmestudios hatte die Lautstärken geregelt und war gegangen. Jetzt stand er am Eingang, und mit dem ganzen schalldämpfenden Schaumstoff hier konnte er überhaupt nichts hören.

Niemand hatte ihn jemals »Süßer« genannt, vielleicht war das nur so ein Getue von Leuten mit Geld. Das heißt, von den Leuten, die ihr Geld ehrlich verdienten. Filippo musste ziemlich viel Geld haben, und vielleicht hatte er es sich ehrlich verdient. Bloß dieses »Süßer« hätte er sich wirklich sparen können.

Der leicht metrosexuelle Look der hippen Jungs konnte freilich zu Missverständnissen führen. Ganz zu schweigen von den Augenbrauen, die seit dem ersten Casting-Termin im *Le Chic* gleich geblieben waren. »Brauen, die überzeugen, werden nicht geändert«, hatte der Fettwanst behauptet, und so geschah es.

Anthony schob mit Mühe die Hand in die rechte Tasche seiner bis an die Knöchel hautengen, stellenweise entfärbten, mit künstlichen Rissen übersäten Vintage Jeans. Als seine Mutter einmal einen besonders guten Tag gehabt hatte, hatte sie die Risse einzeln gezählt und ausgerechnet, dass jeder »Fehler« an dieser Hose im Durchschnitt ungefähr fünfzehn Euro gekostet hatte. Sie glaubte, Anthony habe die Hose gekauft, weil er ein romantisches Rendezvous bei einem Bier und ein paar *taralli* mit Pfeffer an einem Kiosk am Lungomare von Mergellina plante. Oder vielleicht, um in seiner neuen Position als Verwalter der Drogenlieferungen eine gute Figur abzugeben. Wenn sie auch nur annähernd geahnt hätte, was er gerade anstellte, wäre sie an gebrochenem Herzen gestorben.

Anthony zog sein Handy aus der Tasche und tippte auf der Tastatur herum. Filippo sah ihn ungläubig an: »Was machst du da, telefonieren? Hier drin funktioniert das sowieso nicht.«

»Die Musik hab ich hier drauf. Wenn ich was singen soll, brauche ich ein Backing.«

»Wart mal«, der Wolkenkratzer kam auf ihn zu, nahm ihm das Handy aus der Hand und öffnete ein Holzschränkchen, das an der Wand stand. Dann wühlte er eine Weile in dem vollgestopften Möbel herum. Von hinten gesehen erinnerte er Anthony an eine Skulptur, die er vor Jahren in einem Schulbuch gesehen hatte, als er ausnahmsweise mal im Unterricht anwesend war. An den Namen des Werks konnte er sich nicht erinnern, aber an den Nachnamen des Künstlers schon, denn er hieß genau wie sein Nachbar: Giacometti. Filippo glich einer Figur von Giacometti. Die für seine überschlanke Figur viel zu weiten Jeans endeten über dem Knöchel. Er hatte sie mindestens zwei Größen zu groß gekauft, und trotzdem waren sie nicht lang genug. Außerdem trug er keine Socken, und in den flachen Ledermokassins blieb praktisch der halbe Fuß unbedeckt. Er war gar nicht hip und cool, dieser Filippo. Kein bisschen.

Strahlend kam er mit einem Kabel in der Hand vom Schränkchen zurück. Das eine Ende schob er in den Audio-Ausgang des Handys, das andere in einen schwarzen Apparat voller bunter Blinklichter und mit Display. Offensichtlich brauchte er keinen Tontechniker, um mit der Anlage zurechtzukommen, zumindest besaß er die Grundkenntnisse.

Cool war er zwar nicht, aber er wirkte total in Ordnung. Die Tatsache, dass sie ihn nach Neapel geschickt hatten, um ihn, Anthony, näher in Augenschein zu nehmen, war in gewissem Sinn schon eine Befriedigung. Wäre doch nur der Stinker mit seiner verdammten 44er Magnum da gewesen, um ihn zu unterstützen.

Der Redakteur von *BB* verband Anthonys Handy mit der Anlage des Aufnahmestudios, sodass man das Backing mit allen Schikanen über die Bose-Boxen hören konnte. An eine solche

Möglichkeit hatte der Junge nie gedacht. In seiner Ahnungslosigkeit hatte er sich immer vorgestellt, er müsse sein Handy auf einen Schreibtisch legen und einfach lossingen. Jetzt wurde alles verstärkt, Musik, Stimme und Verarschung. Er wurde gerade zum Deppen mit Mikrofon.

Es lag schon bereit. Filippo nahm es vom Ständer und reichte es Anthony, wobei er darauf achtete, nicht über die Schnur zu stolpern. Die Vorstellung, dass so einer wie Filippo stolpern könnte, war überhaupt nicht lustig.

Das Mikrofon war kalt und schwer. Noch nie hatte Anthony eines in der Hand gehalten, doch er wusste, wie man damit umging. Nicht vom Technischen her, das nicht. Aber was die richtige Theatralik anging, da war er ein Zauberer – meinte er jedenfalls. Die angesagten Sänger, die er sich im Fernsehen anschaute, solche, die in den Restaurants im Hinterland auftraten, wo richtige TV-Sets aufgebaut wurden, hatten alle ihre eigenen, unverwechselbaren »Mikrofongesten«. Wie oft hatte Anthony schon zu Hause im Wohnzimmer mit den unterschiedlichsten Gegenständen in der Hand geprobt, während seine Mutter beifällig zusah. Auch sie träumte häufig davon, dass dem Jungen der Sprung gelänge: vom Dealer zum Star, ohne dass die zweite Arbeit die erste unbedingt verdrängen musste.

Viele schafften es, mit beträchtlichem Gewinn beide Tätigkeiten auszuüben. Gioiellino zum Beispiel. Hervorragender Dealer in Ponticelli, einem Ort an der heruntergekommenen Peripherie der kampanischen Hauptstadt, aber auch unternehmungslustiger Schlagerstar. Gioiellino, »das kleine Juwel«, war der Künstlername von Gennaro Spavone, der es bis auf zehn *flashes* pro Tag brachte. Ein *flash* war ein Blitzauftritt bei Taufen, Erstkommunionfeiern und Hochzeiten. Die Sänger kamen ins Restaurant, trugen ein paar Stücke vor und zogen dann weiter zum nächsten Restaurant, wo sich alles beliebig oft wiederholte. Jeder Auftritt dauerte etwa fünfzehn Minuten. Auf diese Art konnten sich die Familien den Luxus leisten, für wenig Geld einen – in den Grenzen der Region, der Stadt oder noch häufiger ihres Wohnviertels – bekannten Künstler zu engagieren, und ihren Gästen das aufregende Erlebnis schenken, diesen oder jenen Schlagerstar live kennenzulernen und sich auch die CDs signieren zu lassen. CD sagte allerdings niemand. Gewöhnlich wurden die Alben als »das letzte diskografische Werk« bezeichnet. Sie einfach nur CD zu nennen, galt als verächtlich und abwertend.

Gioiellino saß jetzt im Gefängnis, doch das war Nebensache. Bevor er wegen Besitz und Verkauf von Kokain verhaftet wurde, war es ihm als Idol des Nullbezirks (einer der verkommensten Wohnsiedlungen in ganz Kampanien) gelungen, so viel Geld beiseitezulegen, dass er nach seiner Entlassung aus dem Knast keinerlei Schwierigkeiten haben würde, seinen Lebensunterhalt zu bestreiten – bis er wieder ins Geschäft kam.

Und vor allem war er berühmt geworden. Seine Poster klebten überall: an den Häuschen der Mautstellen auf der Stadtautobahn, an den Mauern in den Vorstadtvierteln; seine Videoclips hämmerten ununterbrochen auf den Privatsendern, und er war sogar in einem Sammelalbum gelandet. Wie von den Fußball-Champions konnte man auch von den neapolitanischen Sängeridolen Bilder sammeln: Man kaufte sie am Zeitungskiosk, ein Euro das Tütchen. Das Foto von Gioiellino bestand aus sechs Einzelbildern, ein untrügliches Zeichen für die erlangte Popularität. Dennoch hatte Gioiellino nie aufgehört, als Dealer zu arbeiten. Ein regelrechter Workaholic.

Auch Anthony konnte es schaffen: Talent und die nötige Ausdauer hatte er. Und wer weiß, ob ihm die Teilnahme bei *BB*, falls er wirklich ins Haus reinkäme, nicht erlauben würde, nur noch als Sänger zu arbeiten, ohne das ewige Verhaftungsrisiko. Einmal, in der Schule, hatte eine Lehrerin zu ihm gesagt, dass man auch verhaftet werden könne, wenn man diese Lieder sang, aber das war eine andere Geschichte.

Das Backing setzte ein, die Lautsprecherboxen wummerten im Rhythmus der Bässe, Filippo nahm wieder Platz und wartete darauf, dass Anthony zu singen begann. Wie konnte er bei diesem mitreißenden Tempo nur so ruhig sitzen bleiben? Der erste Riff der E-Gitarre setzte ein, Anthony schloss die Augen und stellte sich vor, er sei mit dem Fettwanst unten im Kellerloch der Quartieri Spagnoli. Aber nein, jetzt, da *BB* extra seinetwegen ein Tonstudio gemietet hatte, konnte er eigentlich kühner werden. Szenenwechsel: Er stellte sich vor, er befinde sich zwischen den Tischen des Restaurants *Il Colosseo*, wo Jean Pierre, sein Lieblingssänger, den Videoclip zu *L'amore frizzantino* gedreht hatte.

Er vertiefte sich in den Text des Liedes: die dramatische Geschichte eines jungen Mannes, der von seiner Verlobten verlassen wurde, weil sie sich in den Gehilfen des Wurstwarenhändlers verguckt hatte.

Er wiegte die Hüften, ging in die Knie und deutete mit den Armen eine Flugzeuglandung an. Vor dem Refrain produzierte er sich in ein paar sehr inspirierten Pirouetten. Nach der zweiten, die überaus gefühlvoll war, kam er fünfundvierzig Grad seitlich von seinem Betrachter wieder zum Stehen. Hastig kehrte er in die Frontalposition zurück und hoffte, dass dieser Fauxpas ihn keine Strafpunkte kosten würde. Dann breitete er die Arme aus, als wollte er die ganze Welt umarmen, neigte den Kopf nach hinten und blickte zu der mit Pyramidenschaumstoff isolierten Decke.

Du bist die Königin in meinem Herzen,
Erlöse mich doch von den bitteren Schmerzen.
Ich gestehe, dass ich dich brauch,
Bitte sag mir, du brauchst mich auch.

Als Anthony aus dem Tonstudio herauskam, lag Peppino der Stinker auf dem Mäuerchen am Straßenrand. Auch im Liegen wölbte sich sein Bauch vor, was ein Zeichen für beträchtliche Fettsucht war. Das blaue Hemd, das er angezogen hatte, um eine gute Figur zu machen, falls er jemanden von *Big Brother* kennenlernen sollte, war unter den Achseln schweißnass. Ihn schien das wenig zu kümmern, denn er hielt die Arme nach hinten gestreckt und die Hände als Kissen im Nacken verschränkt. Jetzt warf er seine Marlboro in den Hof des darunter gelegenen Wohnblocks und sprang vom Mäuerchen. Anthony fühlte, wie der Gehsteig unter seinen Füßen zitterte, und fragte sich, welches Höchstgewicht ein neapolitanischer Gehsteig wohl verkraften könnte.

»Na?«, fragte der Fettwanst. Anthony zögerte, kratzte sich am Ohr, dann lockerte er seine Halsmuskeln. Da er jetzt nicht mehr am Stockholm-Syndrom litt, wollte er diesen dreckigen Stinker noch ein bisschen hinhalten. Er war nahe dran, so etwas wie »schade, dass du nicht mit dabei warst« zu sagen, doch dann blieben ihm die guten Absichten im Hals stecken. Peppino hätte ihn bestimmt für schwul gehalten. Er machte eine Pirouette, fuhr sich mit der Hand durchs Haar, verharrte in der Pose eines *sex symbol* und sagte: »Ich werde berühmt.«

Der Fettwanst holte aus und verpasste ihm mit aller Kraft eine schallende Ohrfeige, man hörte das Klatschen bis in den zweiten Stock des Hauses gegenüber. Anthony wankte zwei Schritte zur Seite, um sich wieder zu fangen und nicht hinzufallen. Augenblicklich begann sich der Abdruck von Peppinos Hand auf seiner linken Wange violett zu färben.

»Einen Scheißdreck wirst du. Du gehst da rein wegen dem Onkel, und dann haust du ab und verpisst dich.«

Der Traum des Onkels

Der Onkel saß am Rande des Pools, die Beine fast bis zu den noch nassen Knien im Wasser. Die Handflächen fest auf den rutschfesten Gummistreifen gestützt, drückte er die Arme durch, sodass sein Hintern kaum den Beckenrand berührte. Auf diese Weise trat sein Trizeps auf eine Art hervor, die seine Arme, meinte er, wie gemeißelt aussehen ließ und sie besonders reizvoll machte für die Mädchen im Bikini, die im Wasser planschten, lachten und sich balgten.

Er verstand nicht, was sie sagten, und auch nicht, warum sie so anzüglich lachten, doch eines stand fest: Sie lachten nicht über ihn, sondern fanden ihn sogar sehr sexy. Und vor allem sprachen sie akzentfrei italienisch. Er hatte die Schnauze voll von diesen blonden Walküren, die ihn außerhalb des *BB*-Hauses umgaben, in den bedrohlich engen Gassen der Quartieri Spagnoli. Eine der Gänse im Bikini löste sich aus der Gruppe und näherte sich ihm; bis zu den Rippen im Wasser, zeigte sie seinem Blick nur das Schönste, was sie zu bieten hatte. Der Onkel wusste sogleich, dass sie Sheila hieß, und rief sie beim Namen.

»Sheila, Schätzchen, was geht denn heute so bei dir?« *Was geht bei dir?* Auch er hatte gelernt, eine andere Ausdrucksweise zu benutzen, elegant die Lippen zu bewegen und mit warmer, verführerischer Stimme zu sprechen.

»Mir geht's gut, Fernando. Siehst du nicht, wie gut's mir geht?« Sheila streckte den Busen raus, um ihre Worte zu bekräftigen. Sie hatte ihn Fernando genannt. Wirklich ein schöner Name, Fernando. Männlich, wichtig. Von wegen Ciro, Peppe, Antonio, Salvatore. Wenn einer Fernando heißt, können alle anderen einpacken.

»Aber«, fuhr Sheila fort, »ich möchte gern mit dir reden. Es geht um Leben und Tod.« Die letzten Worte, »um Leben und Tod«, skandierte sie, als würde sie die Titel der Filme vorlesen, die am frühen Abend im führenden Sender gezeigt werden sollten. Inklusive Lächeln. Dennoch fühlte sich der Onkel alias Fernando in ihren Schmerz ein und empfand aufrichtiges Bedauern. Was mochte die schöne Sheila nur so beunruhigen, dass sie dafür ihre Wasserspiele aufgab? Er wurde gebraucht. Sheila brauchte ihn. Und das Publikum zu Hause brauchte ihn auch.

Er zog die Beine aus dem Wasser und machte eine Drehung mit den Hüften, dann stand er auf und streckte dem Mädchen die Hand hin, um ihr aus dem Becken zu helfen. Ihre Leichtigkeit überraschte ihn. Wie schön und einfach es gewesen wäre, in allen möglichen und erdenklichen Stellungen mit Sheila Sex zu haben, ging es ihm durch den Kopf. Als er merkte, dass er schon mehrere Sekunden lang auf ihren Busen starrte, wandte er rasch den Blick ab. Er durfte vor den anderen Kandidaten nicht wie ein Schwein dastehen, und noch viel weniger vor dem Publikum, sonst würden ihn die einen wie die anderen auf die Abschussliste setzen und eliminieren.

Barfuß gingen sie über den Rasen, der den Pool von der Glastür ins Haus trennte. Er wartete, bis die Scheiben zur Seite glitten, bedeutete Sheila mit der Linken einzutreten und bedachte sie dabei mit dem ernsten, besorgten Blick eines Mannes, der bereit ist, über ein Drama zu sprechen. Ihre nassen Fußsohlen klatschten auf die weißen Fliesen im Haus wie lauter winzige Ohrfeigen. Sheila ging zu der roten Kunstledercouch und ließ sich in die weichen Kissen fallen, die hörbar

Luft ausstießen. Sie streckte sich der Länge nach aus, den Kopf auf die Armlehne gebettet, und faltete die Hände über ihrem hübschen glatten Bauch. Dem Onkel alias Fernando blieben etwa dreißig Zentimeter, um sich zu setzen, doch er begehrte nicht auf. Sheila war eine Dame, und Damen konnten tun und lassen, was sie wollten, vor allem, wenn sie solche Argumente vorzuweisen hatten wie dieses untröstliche Exemplar. Das hier, dachte er, war nicht sehr verschieden vom Leben außerhalb des Hauses.

Er schenkte ihr den mitfühlendsten Blick, zu dem er fähig war, und wartete darauf, dass sie ihm ihr gequältes Herz ausschütten möge. Das Mädchen spannte ihn nicht allzu lange auf die Folter. »Fernando, ich habe mich entschieden, dich ins Vertrauen zu ziehen, weil du ein berühmter Architekt bist und mir vielleicht den richtigen Rat geben kannst.« Du hast dich vor allem für meinen Trizeps entschieden, dachte der Onkel in Erinnerung an die Pose, die er ihr kurz zuvor am Beckenrand geboten hatte. Moment mal. Berühmter Architekt? Schöne Geschichte, die er sich da eingebrockt hatte. Welcher perverse Idiot konnte ein so ungeheures Lügenmärchen erzählen? Der Onkel alias Fernando war verunsichert, er versuchte sich zu sammeln und rasch seine Gedanken zu ordnen. Er musste herausfinden, warum er diesen Quatsch von einem Architekten erfunden hatte, sonst würde er Gefahr laufen, eine katastrophale Scheißfigur zu machen. Wer weiß, wie viele andere Dummheiten er ihnen noch aufgetischt hatte und warum zum Teufel ihm ausgerechnet jetzt keine einzige davon einfiel.

Architekt. Wie konnte man einen falschen Architekten entlarven? Man konnte ihn fragen, was er gebaut hatte, aber der falsche Architekt könnte einen Palast mit exotischem Namen an einem ebenso exotischen Ort nennen. Man konnte fragen, für wen er denn gearbeitet hatte, und er könnte antworten:

»Für private und gelegentlich auch für öffentliche Auftraggeber.« Einen Musiker konnte man bitten, etwas vorzuspielen, einen Dichter, ein paar Verse zu verfassen, einen Chefkoch, etwas zu kochen. Doch was konnte man von einem Architekten zum Beweis seines »Architektseins« verlangen? Ein falscher Architekt war nicht so leicht zu entlarven. Also war er doch nicht so dumm. Er verstand, warum er sich für den Architekten entschieden hatte statt für den Musiker, auch wenn er viel, viel lieber ein Künstler gewesen wäre. Mit wiedergefundener Sicherheit wandte er sich Sheila zu.

»Mich bedrückt etwas«, gestand das Mädchen.

»Ja«, erwiderte er. »Das habe ich mir schon fast gedacht.«

»Gestern Abend haben wir mit Attinia, Jamila und Sandy diskutiert und dabei ein paar Illustrierte verbrannt, weil wir uns Marshmallows rösten wollten.«

»O Gott, verbrannte Illustrierte …« Der Onkel alias Fernando musterte sie angeekelt.

»Aber nein!«, sagte sie hastig. »Reg dich nicht auf, wir hatten sie schon ausgelesen. Jedenfalls haben wir über Frauensachen geredet, über Männer, Enthaarung, Magersucht, solches Zeug. Dann waren die Illustrierten alle und Attinia hat einen Vorhang heruntergerissen, um die restlichen Marshmallows zu rösten.« Er drehte sich zur Glastür um und sah, dass tatsächlich ein Vorhang fehlte.

»Drei sind ja noch da«, knurrte Sheila in einem vorwurfsvollen Ton, der keine Widerrede duldete. Der Onkel alias Fernando bemerkte, dass auf dem schneeweißen Augapfel der schönen Sheila ganz hinten im rechten Augenwinkel ein Äderchen geplatzt war.

»Wie auch immer, irgendwann sagt Sandy: ›Warum hauen wir nicht einfach ab aus diesem beschissenen Haus?‹« Sie lachte ein hysterisches kleines Lachen, in das der Onkel einstimmen wollte, mit dem unseligen Ergebnis, dass er wieherte wie ein scheuendes Pferd. Irritiert richtete er sich auf und schnalzte mit den Fingern, dann drehte er sich noch mal zu dem fehlenden Vorhang um. Als er sich wieder Sheila zuwandte, sah er, dass jetzt in beiden Augen geplatzte Äderchen aufgetaucht waren, und es wurden langsam immer mehr.

»Also, Sandy sagt: ›Hauen wir ab aus diesem beschissenen Haus.‹ Und wir: ›Ja, hauen wir ab aus dieser Scheiße!‹ Nun frage ich mich …« Sheila spielte mit den Fingern, sie war nervös und wollte es nicht zeigen. Schmachtend sah sie ihn an, aber mit diesen blutrot geäderten Augäpfeln wirkte ihr Blick alles andere als verführerisch. »Ich frage mich: Willst du nicht mitkommen? Mit uns aus dieser Scheiße hier abhauen? Schließlich bist du ein berühmter Architekt, du weißt besser als wir, wie ein Haus gebaut ist und wie man es austrickst.« Dem Onkel alias Fernando gelang es nicht, zwischen dem Beruf des Architekten und dem des Ausbrechers eine Verbindung herzustellen, aber er wollte Sheila lieber nicht widersprechen. Nun sickerten schon Blutstropfen aus ihren beiden Augen, was ihre äußeren Augenwinkel grotesk verlängerte.

Der Onkel alias Fernando schaute erneut zu dem fehlenden Vorhang hin, um die Spannung zu mildern, und bemerkte, dass es draußen dunkel geworden war. Wo waren die anderen alle abgeblieben? Und die Gänschen, die bis vor wenigen Minuten mit Sheila im Pool geschnattert hatten?

»Sag die Wahrheit, Fernando, du hast Angst abzuhauen. Weißt du, was ich denke? Wahrscheinlich bist du gar kein Architekt. Wahrscheinlich bist du bloß ein ganz gewöhnliches Arschloch.« Das Gesicht des Mädchens hatte kaum noch etwas Weibliches, und auch ihre Stimme war rauer geworden. Er vernahm ein Knarren und blickte hoch zur Decke. Alles okay, es musste ein leichtes Beben gewesen sein. Als er den Blick senkte, sah er

Sheilas Gesicht zwanzig Zentimeter vor seinem, ihr Nacken lag auf seinen Beinen und aus ihren Augen flossen Ströme von Blut. Wie hatte sie sich so unbemerkt umdrehen können? Während er sich noch wunderte, schnellte das Mädchen ruckartig hoch und traf ihn mit einem knallharten Kopfstoß.

Sie hatte ihm die Lippe gespalten, deutlich schmeckte er sein Blut, gemischt mit dem von Sheila; ihre Wangen, ihr Bikini und ein großer Teil ihres Körpers waren inzwischen purpurrot.

»Sag die Wahrheit, Fernando, außerhalb dieses Hauses hast du einen beschissenen Namen. Was bist du eigentlich außerhalb von hier?« Er hörte Schritte aus der Küche näher kommen. Andere Schritte kamen aus dem Bad, wieder andere aus dem Schlafzimmer. Regelmäßig, dröhnend, alle im gleichen Takt, beängstigende Trommeln mit einer obsessiven Litanei. Er sah eine weitere Sheila auftauchen, dann noch eine und noch eine. Sie umzingelten ihn, kreisten ihn ein und wiederholten rhythmisch dieselbe Frage: »Was bist du außerhalb von hier?« Der Fußboden war mit Blut überschwemmt, und ihre Schritte machten jetzt *platsch, platsch*, während ihn die Verzweiflung übermannte. »Was ist los mit dir?« Zwei kalte Hände legten sich um seinen Hals, er spürte, dass die Halsschlagader immer heftiger pulsierte. »Was ist los? Was ist los?«

Er öffnete die Augen. Es war Gessica. Durch das Hotelfenster hörte er den Lärm der Autos, die auf irgendeiner Straße an irgendeinem Ort vorbeirasten.

Ich weiß, was du tust

Woody Alien starrte unverwandt auf den PC-Bildschirm. Der rote Punkt auf der Straßenkarte bewegte sich langsam. Oben links sah man die Uhrzeit, oben rechts ein Dreieck, dessen Hypotenuse seitlich anstieg. Das Dreieck bestand aus einer Reihe schmaler Balken, die ständig zu- und abnahmen: Es zeigte die Empfangsqualität des GPS-Signals an.

Als er mit dem Curser auf den roten Punkt klickte, erhielt der Polizist eine Liste von Straßennamen: das Verzeichnis der Orte, wo das Auto gehalten hatte, unter das er den GPS-Sender hatte montieren lassen, der BMW von Germano Spic 'n Span. Er begann sie halblaut durchzulesen. »Piazza Garibaldi, Via della Maddalena, Vico Duchesca, Via Speranzella, Vico Conte di Mola, Piazza dei Martiri.« Hinter ihm stampfte Augusto Sarti, der Vorgesetzte, der direkt dem Polizeipräsidenten unterstand, über den schmierigen Fußboden des Spitzel-Saals. Warum der Raum so hieß, war ziemlich klar. An einem Schreibtisch an der Wand gegenüber saß mit dem Rücken zu Wu ein Beamter mit Kopfhörer, der Telefongespräche abhörte.

Mit einiger Schwierigkeit öffnete Sarti die Flügel der weiß lackierten Balkontür. Ihre Angeln waren eingerostet. Ein wenig Schmieröl hätte genügt, um wenigstens dieses entsetzliche Quietschen zu beseitigen, aber wegen der Kürzungen des Ministeriums wurde die Wartung nur noch unregelmäßig durchgeführt, und das Team von Handwerkern hatte immer Dringenderes zu tun. Es überhaupt Team zu nennen, war schon ein beachtliches semantisches Wagnis. Zwei Arbeiter, Vater und Sohn, beschäftigten sich tagtäglich mit solchen kleinen Reparaturen, aber irgendetwas anderes ging eben immer vor. Andere Handwerker zu bestellen war nicht drin, außer man wollte sie aus eigener Tasche bezahlen.

Als der Beamte den Spalt endlich so weit aufbekommen hatte, dass er durchpasste und auf den Balkon hinauskonnte, versetzte er einem der beiden Türflügel einen Fußtritt, was Wu und seinen Kollegen mit den Kopfhörern aufblicken ließ. Sarti hob entschuldigend die Hand, dann zog er sein Feuerzeug heraus und zündete den Stumpen an, der von seinen Lippen hing.

»Verdammte Scheiße«, knurrte er, während er eine Rauchwolke ausstieß, und mehr zu sagen war gar nicht nötig. Obgleich seit der Flucht des Onkels etliche Tage vergangen waren, wussten beide Polizisten, worauf er sich bezog. Jahrelang hatten sie daran gearbeitet, diesen Hurensohn zu verhaften, und als ihre Quelle in den Büros des Polizeipräsidiums erschienen war und gesagt hatte: »Hallo, heute erzähle ich euch alles über den Onkel«, hatten sie Champagnerkorken knallen lassen und diese Verhaftungsaktion bis ins winzigste Detail geplant. Und als der Onkel ihnen dann entkommen war, hatten sie alle Heiligen des Kalenders verflucht.

O ja, und wie sie geflucht hatten. Wu hätte nie gedacht, dass ein Polizeipräsident so viele unflätige Ausdrücke kennen könnte und dass es so viele Möglichkeiten gab, den Ruf der vornehmsten religiösen Persönlichkeiten in den Schmutz zu ziehen.

»Aber den kriegen wir schon noch«, sagte der persönliche Assistent des Polizeipräsidenten, »den kriegen wir.«

Wu antwortete nicht. Sartis Worte waren keine ernsthafte Überlegung, sondern eher eine Art autogenes Training. Der Polizist konzentrierte sich wieder auf den roten Punkt in der

Mitte des Bildschirms und auf das Straßenverzeichnis. »Piazza Garibaldi, Via della Maddalena, Vico Duchesca, Via Speranzella, Vico Conte di Mola, Piazza dei Martiri. Warum?«

»Warum was?«, fragte Sarti vom Balkon her. Wu schüttelte den Kopf, ohne die Augen vom Bildschirm abzuwenden, und ging erneut die Straßennamen durch. »Warum was?«, wiederholte Sarti, diesmal zwischen den Türflügeln stehend. Sein Ton war streng, er wollte alles wissen, er wollte wissen, wo sich der Onkel aufhielt, aber vor allem wollte er den Namen des Maulwurfs erfahren, der es dem Boss ermöglicht hatte, ungeschoren davonzukommen. Das stand ganz oben auf der Wunschliste, und vielleicht wäre Sarti sogar bereit gewesen, dafür die Festnahme des Flüchtigen hintanzustellen, doch er ging davon aus, dass er erst durch die Verhaftung des Onkels den Namen des infamen Verräters erfahren würde. Sarti wollte »alle faulen Äpfel beseitigen«, wie er mehrmals auch vor Journalisten geäußert hatte. Doch abgesehen davon wollte er vor allem verhindern, dass irgendjemand auf die Idee kam, ihn selbst als den Informanten eines gefährlichen Camorristen zu verdächtigen. Er gehörte zu denen, die von der geplanten Verhaftung gewusst hatten, und potenziell hätte er der Maulwurf sein können. Er genauso wie etwa fünfzehn weitere Polizisten, wenn man das Personal der Staatsanwaltschaft nicht mitrechnete. Auch diese entfernte Möglichkeit wollte er unmissverständlich und für alle sichtbar ausschließen. Die Sauberkeit seines Images gegenüber dem Polizeipräsidenten zählte mehr als die Sauberkeit der ganzen Stadt.

Bisher hatten die Bewegungen des BMW in den letzten Tagen kein nützliches Indiz geliefert, um den Onkel aufzuspüren. Das Auto hatte Neapel niemals verlassen und immer nur Ziele angefahren, die die Bullen schon kannten. Dealerstandplätze, Häuser von Vorbestraften, Bordelle und Billardsalons. Lauter

Orte, wo der Onkel seine Interessen hatte. Diese waren für die Fahnder seit der Ankunft der »Quelle« und ihrer »spontanen Erklärungen« sowieso ein offenes Buch. An jenem Tag jedoch gab es auf der Strecke des BMW eine Anomalie. Wu hatte sie sofort entdeckt, konnte sie aber in keinen größeren Plan einordnen. Er wusste, dass da ein »loser Faden« war, um einen seinem Idol Harry Bosch teuren Ausdruck zu benutzen, konnte ihn aber mit nichts verbinden.

»Hey«, drängte Sarti, »ich habe dich was gefragt. Warum hast du ›warum‹ gesagt?«

Wu überging das Wortspiel und zeigte auf den Computerbildschirm: »Die Kerle kurven in den dreckigsten Straßen der Stadt herum. Duchesca, Maddalena, Quartieri Spagnoli. Und dann, in einer noblen Anwandlung, schlürfen sie einen Aperitif auf der Piazza dei Martiri.«

Er griff zum Telefonhörer und wählte eine dreistellige Nummer. Sarti verstand nicht. Ohne seinen Stumpen auszudrücken, trat er rücksichtslos ins Zimmer, obwohl der andere Beamte zu hüsteln begann, und stellte sich hinter Wu. »Sag mal, Kollege«, fragte der in den Hörer, »haben die Onkels irgendwas im Chiaia-Viertel? Lokale, Wucherer, Nutten, Drogen, was auch immer?« Mit »die Onkels« bezogen sich die Kriminaler auf die Komponenten der Gruppe, die der flüchtige Boss anführte. »Hm. Okay.« Wu legte auf und fuhr sich mit der Hand übers Gesicht.

»Nichts«, sagte er, »sie haben in der Gegend nichts. Warum sind sie zur Piazza dei Martiri gefahren? Ausgerechnet mitten in die feinste Gegend der Stadt?« Er sah Sarti an, doch in Wirklichkeit fragte er es sich selbst.

Erneut griff er zum Hörer und rasselte dem Kollegen am anderen Ende der Leitung die Straßennamen auf dem Bildschirm herunter, zusammen mit den Hausnummern, wo das

Auto gehalten hatte. Er gab Befehl, ein paar Beamte hinzuschicken, die so rasch wie möglich zurückkommen und ihm umgehend alles berichten sollten, was sie an den diversen Haltepunkten in Erfahrung gebracht hatten; dann wählte er eine weitere Nummer und schickte drei Männer mit Fahndungsfotos der fünf Monster zur Piazza dei Martiri. Die zwei Mannschaften hatten praktisch die gleiche Aufgabe, doch da das eine Auto in einer Garage geparkt worden war, konnte man das tatsächliche Ziel nicht unmittelbar feststellen, sondern nur ungefähr erahnen.

Nach etwa drei Stunden, in denen sich der rote Punkt nicht aus den Quartieri Spagnoli wegbewegt hatte und Wu noch einmal die »Curricula« der beschatteten Verbrecher durchgegangen war, traten die Polizisten, die er dorthin gehetzt hatte, in den Spitzel-Saal. Zu seiner Überraschung erfuhr Wu, dass Germano und Pasquale bei den farbigen Straßenhändlern illegal gebrannte CDs eingekauft hatten. »Jovanotti, Ligabue, Laura Pausini. Solches Zeug. Die allerneuesten Hits.« Der mit dem höchsten Dienstgrad konnte sich das Lachen kaum verkneifen, während er Woody Alien und Sarti Bericht erstattete. Er versuchte, bei dem Kollegen mit dem Kopfhörer einen verständnisinnigen Blick zu erhaschen, doch der drehte sich ungerührt weg. Er hatte schon zu viele Sorgen im Kopf. »Sie haben ganz spezielle Fragen gestellt«, betonte der Fahnder, »sie wollten von den Immigranten zum Beispiel wissen, welche Titel gerade besonders in Mode sind. Genau diesen Ausdruck haben sie verwendet, ›in Mode‹.«

Doch wenn die plötzliche Musikleidenschaft der Camorristen eine Überraschung war, ihre Begeisterung für Literatur war noch viel erstaunlicher. Als die Gruppe hereinkam, die Wu zur Piazza dei Martiri geschickt hatte, musste sogar Sarti lachen, als er hörte, dass Germano Spic 'n Span und Pasquale Bruzzelì in die Buchhandlung Feltrinelli gegangen waren und sie mit einer Tüte voller Gedichtbände verlassen hatten. »Der Verkäufer hat gesagt, sie waren … merkwürdig«, berichtete einer der drei Männer.

»Das glaube ich gern«, brummte Wu, als er sich vorstellte, wie die zwei Lackaffen zwischen den Regalen herumstolziert sein mussten und dabei in Lyrikbänden blätterten. »Sonst haben sie nichts gesagt?«, fragte er.

»Doch, dass die Typen Liebesgedichte verlangt haben, und zwar die berühmtesten. Aber einfach sollten sie auch sein. Sie haben gesagt, es sei ein Geschenk für jemanden, der etwas minderbemittelt ist«, erwiderte der Polizist. Nach einer kurzen Pause fügte er hinzu: »Nein, warte, sie haben einen anderen Ausdruck gebraucht.« Er drehte sich zu dem Kollegen um, der mitgeschrieben hatte, und ließ sich den Notizblock geben. Er blätterte drei, vier Seiten durch: »Aha, da haben wir's: ein Volltrottel. Sie haben gesagt, die Gedichte seien für einen Volltrottel.«

Das Ei des Terence

Diesmal blieb ihr keine Wahl, sie musste *BB* mit anschauen. Die Anweisungen waren unmissverständlich: Immer schön zusammenbleiben, unzertrennlich aneinanderkleben, außer wenn einer auf die Toilette muss. Der Onkel hatte auch kein Geheimnis daraus gemacht, wie er das Ganze sah. Solange der Verräter nicht herauskam, waren für ihn alle Verräter. Auch sie, ja, auch Gessica, und deshalb ging sie wie ein Hund an der Leine. Ohne Handy, mit abgestelltem Hoteltelefon, immer in Sichtweite. Es war eine dieser modernen Leinen, bei denen man per Knopfdruck die Maximallänge einstellen kann. Jetzt war die Schnur vollkommen aufgerollt, denn Gessica saß dicht neben ihrem vom Fernseher hypnotisierten Gatten auf einem Stuhl.

In wenigen Minuten sollte die erste Folge von *BB* beginnen, so eine Scheiße, das war ja nicht zum Aushalten! Es stand dem Onkel ins Gesicht geschrieben. Ausgerechnet dann auf der Flucht zu sein, wenn im Fernsehen die neue Staffel von *BB* startete. Das würde der Verräter büßen, schwer büßen.

Das Klopfen vom Zimmerservice schreckte den Onkel aus seinen Gedanken hoch. Jemand war an der Tür. Gessica sah ihn beunruhigt an, ohne vom Stuhl aufzustehen. Das war auch so eine Macke von ihm: Warum ließ er sich den Fernseher nicht gleich ins Schlafzimmer bringen, wenn ihn *Big Brother* so faszinierte? Doch zu Hause war es nicht anders. *BB* schaute man sich ausschließlich auf dem Sofa an. Auf einer bequemen Matratze würde man sich sonst zu leicht entspannen und einschlafen, wodurch man entscheidende Szenen verpassen könnte. Also sprach der Onkel.

Genervt machte der Onkel seiner Frau ein Zeichen, aufzustehen und zu öffnen. Er selbst stellte sich an das Fenster zum Hof, das sich hinter dem Fernseher befand, und riss es weit auf. Von da wäre ein Sprung machbar, aber die Polizei würde wohl kaum so dumm sein, die Rückseite des Hotels unbewacht zu lassen. Falls sie herausbekommen hätten, wo er sich aufhielt, würden sie ihn auch so kriegen. Viele Chancen zu entkommen gab es da nicht wirklich. Aber das musste nicht heißen, dass er es nicht dennoch versuchen würde. Man weiß ja nie. Darum hatte er ja auch, bevor er dem Typen am Empfang einen der vielen gefälschten Ausweise reichte, die seine engsten Vertrauten ihm zu Festen oder Namenstagen geschenkt hatten, einen Rundgang um den gesamten Komplex gemacht, um jeden möglichen Fluchtweg auszukundschaften. Selbstverständlich in dem Bewusstsein, dass die Polizei genauso verfahren würde, bevor sie sein Zimmer stürmte und ihm Handschellen anlegte. Es ging einfach um die Illusion, entkommen zu können, eine kleine, harmlose Illusion, die ihn ein wenig aufheiterte.

Gessica kam mit dem Abendessenstablett ins Zimmer zurück. Es war ein einfaches, spartanisches Tablett, nicht eines dieser Wägelchen, die in den Luxushotels benutzt wurden, in denen sie in Venedig, Santo Domingo und Malibu gewohnt hatten. Im Gehen hielt sie den Blick auf das Essen gerichtet, das ihr Mann höchstpersönlich an der Rezeption bestellt hatte, da das Zimmertelefon nicht nur aus der Wand gerissen worden war, sondern auch noch ein schönes Bad in der Badewanne genommen hatte. Man konnte nie vorsichtig genug sein, auch nicht im Schutz eines Hotelzimmers, auch nicht, wenn man seine Gattin dabeihatte.

Gessica stellte das mit holzgemaserter Plastikfolie überzogene Tablett auf den Schreibtisch, der an der Wand stand. Wie verhext starrte sie unverwandt auf die zwei in Papierservietten gewickelten Tramezzini und die noch ungeöffnete Flasche mit billigstem Schaumwein. »Scheiße«, rutschte es ihr heraus, »sie hätten sie wenigstens kaltstellen können. Was ist das überhaupt für ein Gesöff? Haben die in diesem Rattenloch wirklich nichts anderes?« Prickelwasser zur *BB*-Premiere war eine Tradition, etwas, worauf der Boss niemals verzichtet hatte. Aber das hier war kein Prickelwasser, das war Rattengift, ein Zeichen, dass nun alles anders geworden war und vielleicht nie mehr so sein würde wie vorher.

Der Onkel drehte seinen Stuhl leicht zu seiner Frau hin, die ihm immer noch den Rücken zuwandte, auf das Tablett starrte und die Welt nicht mehr verstand. Gessica begann zu verzagen. Wahrscheinlich fand sie, dieses ganze Durcheinander habe sie nicht verdient, wahrscheinlich glaubte sie, dass eine anständige Frau nicht gezwungen sein dürfte, sich in einem miesen Loch ohne Telefon verstecken und Tramezzini essen zu müssen. Sich in ihre Gedanken einzufühlen, irritierte ihn. Die Sache war doch ganz einfach, jedenfalls aus der Sicht des Onkels. Wenn seine Frau die Flaschen mit Cristal und die Superluxushotels genossen hatte, wenn sie prächtige Nerzmäntel getragen und in den besten Restaurants der Welt gespeist hatte, so verdankte sie das seiner Arbeit. Und ebenfalls dank seiner Arbeit war sie nun hier, mit einer Drei-Euro-Flasche, einem holzgemaserten Plastiktablett und zwei Schinken-Käse-Tramezzini. Das gehörte auch zu diesem Leben, es war *all inclusive*: entweder oder. Sie hatte viel bekommen. Worüber, zum Teufel, beklagte sie sich nun?

Schließlich hatte sie seit jeher gewusst, dass er ein Camorrist war, schon seit ihrer Kinderzeit. Und außerdem, was war sie denn? Sie war die Tochter von Don Felice Cavallaro, Don Felice, dem Boss, dem König der Quartieri Spagnoli. Man konnte sagen, dass sie noch nie im Leben auch nur einen Cent ausgegeben hatte, der nicht aus Erpressung, Schmuggel und Wucher stammte. Wie konnte ausgerechnet sie sich beklagen, dass sie nach so vielen Jahren zum ersten Mal ein paar Opfer bringen musste? Sie hatte schon Glück gehabt, dass sie nicht für die Fehler des Vaters hatte büßen müssen und bis zum heutigen Tag ohne den geringsten Betriebsunfall ihren Spaß haben konnte. Nur dank der Fähigkeiten außerordentlicher Männer war sie mit ihrem hübschen Hintern – war er denn überhaupt noch hübsch? – stets ungeschoren davongekommen. Also konnte sie ihm jetzt wohl kaum auf den Sack gehen, nur weil die Dinge mal eine falsche Wendung nahmen. Doch der Onkel würde gelassen bleiben. Geduld zahlt sich immer aus, das hatte er auch bei *BB* gesehen. Die Nervösen schieden immer schon unweigerlich nach den ersten Folgen aus.

»Hey …« Der Boss betrachtete Gessicas Rücken. »Hey … was ist los?« Die Antwort war ein Seufzer, Gessica weinte. Er stand auf und ging zu ihr. Es waren noch dreizehn Minuten bis zum Beginn von *BB*, er konnte einen raschen Trostversuch unternehmen.

»Weißt du, wie sie Antonio Iovine verhaftet haben?«, fragte er sanft. Seine Frau schwieg, er legte die Arme um sie. »Du weißt nicht, wie sie 'o Ninno erwischt haben?« Offenbar wusste sie es nicht, oder vielleicht doch, aber es war die Mühe wert, es ihr noch einmal zu erklären. Er sprach im Ton des Vaters, der seinem Kind eine Gute-Nacht-Geschichte erzählt. »Sie haben ihn erwischt, weil er einen Panettone mit Rosinen wollte. Die

Bullen lauerten ihm in Casal di Principe vor einer Villa auf. Sie waren gar nicht sicher, dass er sich tatsächlich dort aufhielt, hörten aber die Familie ab, die in der Villa wohnte. Eines Tages sagte jemand – wenn ich mich nicht irre, war es sogar der Vater –, er müsse unbedingt einen Panettone mit Rosinen auftreiben. ›Was sind denn das für sonderbare Gelüste?‹, fragten sich die Bullen. ›Ein Weihnachtsgebäck mitten im November?‹ Sie stürmten die Villa, und schon hatten sie ihn. Eine kindische Laune war ihm zum Verhängnis geworden, verstehst du? Eine Laune.« Gessica nickte leicht, vielleicht ohne es wirklich zu wollen. Er merkte es nur, weil er sie im Arm hielt.

»Ich konnte einfach keinen Cristal bestellen. Champagner haben die hier nicht, da kannst du dich drauf verlassen. Sie hätten ihn wer weiß wo in der verfluchten Gegend hier kaufen müssen und sich gefragt: ›Wie, der Kerl ist so heruntergekommen, dass er hier absteigt, aber dann bestellt er sich eine Flasche Champagner?‹ Es wäre unvorsichtig gewesen.«

Gessica riss ein Stück von den Papierservietten ab, in die die Tramezzini eingewickelt waren, und trocknete sich die Augen, danach wischte sie mit der Hand einen Krümel Weißbrot weg, der ihr im Augenwinkel hängen geblieben war. Sie hatte sich beruhigt, aber nicht ganz. »Ja, okay«, sagte sie, »aber warum diese Tramezzini?«

Die belegten Brote erforderten eine wichtige Erklärung, eine außergewöhnliche Anstrengung. Billigen Schaumwein zu trinken konnte sie gerade noch verkraften, aber einer Frau, der eigenen Frau, ein Tramezzino mit gekochtem Schinken zuzumuten, das war eine Schandtat, die nach Rechtfertigung schrie. Und inzwischen blieben noch sieben Minuten bis zur Sendung. Er würde zum Endspurt ansetzen, zu einem letzten, äußersten Versuch, sie zu beruhigen. Danach würde er sie zum Teufel schicken.

Den Arm um ihre Taille gelegt, führte er sie langsam zu seinem Sessel. Er hatte es eilig, gewiss, aber die Vorbereitungsphase war wesentlich für das, was er vorhatte. Er setzte sich, dann klopfte er einladend mit der Hand auf sein rechtes Bein. Auch die Stellung gehörte zu dem Ritual: Auf diese Weise würde er nie den Augenkontakt zu ihr verlieren und ihr keine Unaufmerksamkeit gestatten. Er fischte das Päckchen Pall Mall aus der Jackentasche und zündete sich mit dem Montblanc-Feuerzeug, das sie ihm geschenkt hatte, eine Zigarette an. Beim Ausatmen achtete er darauf, ihr den Rauch nicht ins Gesicht zu blasen, dann hielt er ihr die Packung hin. Er mochte es nicht, dass sie rauchte, aber beim Endspurt war alles erlaubt. Gessica nahm eine Zigarette, blies ebenfalls ihr Rauchwölkchen in die Luft und fuhr sich nervös mit der Hand durch die langen schwarzen Haare. Ja, sie war immer noch schön. Er hatte richtig gesehen, damals vor vierzehn Jahren.

»Fünfte Staffel«, sagte der Onkel beinahe seufzend, mit der Fürsorglichkeit, mit der man einem Kleinkind das Geheimnis des Lebens erklärt. Gessica zog noch einmal, blies den Rauch aber nun still und langsam aus, um die beginnende Verzauberung nicht zu durchbrechen. Irgendwie war es dem Onkel mit seinem zeremoniellen Gehabe wahrhaftig gelungen, seinen Gleichnissen etwas Feierliches zu verleihen. Wer immer ihm zuhörte, und sei es auch zum ersten Mal, spürte das Gewicht und die Bedeutsamkeit der Geschichte. Selbst einen Haufen rasender Irrer hätte er bändigen können mit seinen Gleichnissen. In Venedig hatte er einmal den Chef einer Pizzeria hypnotisiert, der keine Ahnung hatte, wer da vor ihm stand. Der Mann hatte zehn Kunden warten lassen, um dem Onkel zuzuhören, und zuletzt war er einverstanden gewesen, dass man Kunden die Rechnung erst präsentieren dürfe, wenn sie ihre Pizza aufgegegessen hatten, und nicht gleich nach dem Servieren. Er hatte seine in zwanzig Jahren festgefahrene Gewohnheit geändert, weil eine gewisse Samanta im *BB*-Haus einmal auf ihr Abendessen verzichtet hatte, nachdem ihre Freundin Terry ihr schon beim Servieren angekündigt hatte, dass sie danach abspülen müsse. Die Leute sollten unbeschwert und in Ruhe essen, ohne zu wissen, was sie jeder Bissen kosten würde, und ohne die Sorge, hinterher abspülen zu müssen. Terry war rausgeflogen, der Pizzamann dagegen hatte noch immer seinen Laden in der Nähe der Rialto-Brücke, und die Geschäfte liefen besser denn je.

In solchen Momenten war die Macht des Onkels nicht die eines brutalen Camorra-Bosses, nein, es war etwas anderes. Er glaubte selbst an diese Gleichnisse, felsenfest und in vollem Ernst. Und die Leute merken es, wenn du wirklich von deinen Worten überzeugt bist, und hören dir zu. Ohne dich zu unterbrechen.

»Es war am Abend der Spiele«, begann er zu erzählen. »Die Bewohner des Hauses sollten sich in einem sportlichen Wettkampf messen. Sie bildeten drei Mannschaften mit jeweils fünf Personen. Terence war in einer Mannschaft mit Eliana, Amy, Pierre und Gennaro. Man hatte ihnen schon zwei Tage vorher Bescheid gesagt, die Zusammensetzung der Mannschaften hatte *Big Brother* entschieden. Die Aufgabe bestand darin, rohe Eier in den Pool zu werfen und dabei die Konkurrenten der gegnerischen Mannschaft zu treffen, die bis zur Taille im Wasser standen und ausweichen mussten. Sie durften auch untertauchen, und dann wurde die Geschicklichkeit des Werfers daran gemessen, ob es ihm gelang, das Ei mit solcher Kraft zu werfen, dass es sein Ziel erreichte, die Schale aber beim eventuellen Aufprall auf das Wasser nicht zerbrach. Man musste seine Kraft wohlüberlegt dosieren. Doch das ist nicht der Punkt, obwohl wir aus diesem Detail wirklich viel lernen können.«

Der Onkel blies eine Rauchwolke aus seinem Mund und suchte in den Augen seiner Frau nach Bestätigung. Gessica nickte. Die Asche ihrer Zigarette war ein kompaktes schwarzes Röllchen. Seit der Onkel begonnen hatte zu erzählen, hatte sie nicht mehr gezogen. Das schwarze Röllchen löste sich und zerfiel auf dem Fußboden in ein Häufchen Staub.

»In den zwei Tagen vor dem Wettkampf«, fuhr der Onkel fort, »ernährte sich Terence ausschließlich von Toast mit Schinken und Käse light. Er verzichtete auf Süßigkeiten und sonstige Schweinereien und verlangte von *Big Brother* nur Weißbrot, Käse light und Schinken. Und weißt du, warum?«, fragte er seine Frau mit einem angedeuteten Lächeln. »Er wollte für den Wettkampf fit sein. Er wusste, er würde rennen müssen, wenn die Eier flogen, und beabsichtigte, jedem einzelnen auszuweichen. Außerdem wusste er, dass er eine Badehose würde anziehen müssen, und er wollte dem Publikum keine schlappen Bauchmuskeln zeigen. Als der Wettkampf losging, hatten alle von dem üppigen Abendessen zugenommen, und sie hatten schlaffe Bäuche. Nur Terence nicht, er war perfekt in Form.« Der Onkel nickte stirnrunzelnd und bedeutungsvoll, um dem letzten Satz noch mehr Gewicht zu verleihen. Gessica spürte zwischen Zeige- und Mittelfinger die Hitze ihrer Zigarette, die unterdessen bis zum Filter verglüht war. Da sie den Fortgang des Gleichnisses nicht stören wollte, ließ sie sie fallen und trat sie mit der Schuhsohle aus.

»Konnte er den Eiern ausweichen?«, fragte sie besorgt, da ihr Mann nicht weiterredete. Er zog an seiner Pall Mall und sah sie mit ernster Miene an. »Nein«, erwiderte er und stieß eine graue Rauchfahne aus. »Seine Gegner hatten sich abgesprochen. Einer tat so, als wolle er in eine Richtung zielen, Terence lief in die andere davon, und der zweite Werfer stand schon bereit, um ihn abzustrafen. Sie hatten sich gegen ihn verschworen.«

Gessica drehte sich zu dem Tablett mit den Tramezzini um, die inzwischen trocken geworden waren, und blickte dann wieder ihren Mann an.

»Du fragst dich, warum auch wir Tramezzini essen müssen, klar. Die Antwort lautet, dass bald auch für uns die Spiele beginnen. Und wir werden schnell sein müssen.«

»Aber Terence hat doch verloren«, bemerkte Gessica ernstlich beunruhigt.

»Terence war einer gegen zwei«, sagte der Onkel abschließend. »Wir sind zwei gegen die Polizei. Oder irre ich mich?« Auf dem Bildschirm des Fernsehers erschien das Riesenauge von *Big Brother*.

Erster Tag im BB-Haus

»Na? Worüber wollen wir reden?« Die Tussi trug ein lächerlich elegantes schwarzes Abendkleid mit tiefem Ausschnitt über den strammen Brüsten und dazu eine Perlenkette. Die kastanienbraunen Haare waren sorgfältig frisiert: Vom Hinterkopf schlängelte sich ein Zopf bis ganz nach oben, dann wieder hinunter und so weiter, in endlosen Windungen. Es sah aus, als hätte eine Python beschlossen, in dieser widernatürlichen Stellung auf ihrem Kopf zu erstarren, und das ausgerechnet an diesem Abend, vor den Augen von Millionen Fernsehzuschauern. Doch bestimmt hatte sich die Tussi vor ihrem Einzug ins *BB*-Haus im Spiegel gesehen, also hatte sie es so gewollt.

»Los, los …«, drängte sie und trommelte nervös mit dem rechten Zeigefinger aufs Knie. Ihr Lächeln war so natürlich, als hätte sie eine Gesichtslähmung. »Macht schon, reden wir miteinander.« Die anderen schauten sich entweder gegenseitig an oder starrten auf Miss Elegance. Sie war vielleicht siebenundzwanzig, aber so aufgestylt wirkte sie wie mindestens fünfunddreißig.

»Wieso sollen wir uns überhaupt unterhalten?«, fragte der Typ mit dem ungepflegten Bart ihr gegenüber und blickte sie so begeistert an, als hätte er einen Brief vom Finanzamt vor Augen. »Niemand redet hier ernsthaft. Niemand sagt wirklich etwas Interessantes. Das ist alles eine einzige Scheiße.«

Von der L-förmigen Couch saßen, wo Miss Elegance mit den anderen saß, erhob sich ein Gemurmel: »Der kickt sich schon vor dem dritten Tag raus.«

Zwei entgegengesetzte Parteien, zwei Fronten. Der positive Pol, der negative Pol, unkontrollierte Energie und kompletter Energiemangel. Miss Elegance bildete das eine Extrem der Kandidaten, der Nihilist das andere, sie zur Rechten, er zur Linken des Glastischs. *Big Brother* hatte genau kalkuliert, er wusste, dass auf der L-förmigen Couch alle Platz finden würden bis auf einen, und dass dieser »eine«, der den einzelnen Sessel wählte, sich selbst ausschloss und von Anfang an zur Randgruppe machte. Es sollten typische zwischenmenschliche Situationen entstehen.

Die Kameras liefen noch nicht. Oder genauer, sie waren eingeschaltet, aber die Zuschauer im Lande bekamen vorläufig nur das Studio zu sehen. Erst ein paar Minuten später würden die Italiener ihren Blick auf das Innere des *BB*-Hauses richten können, und die Lautsprecher an den Wänden würden die Stimme der Moderatorin Gemma Salieri ins Haus übertragen. Die Bewohner waren ebenso gewaltsam zusammengepfercht worden, als würde man einen Hund, eine Katze, ein Kaninchen und ein Schnabeltier in einen einzigen Käfig setzen. Nur, dass viel mehr als vier Bewohner im *BB*-Haus waren. *Big Brother* wollte ihnen Gelegenheit geben, sich miteinander bekannt zu machen oder sich auseinanderzusetzen, um erste, partielle Hierarchien zwischen den Beteiligten herzustellen. Der Vorhang sollte sich erst nach der Aufwärmphase auftun, wenn wenigstens die erste Runde schon vorbei war.

Miss Elegance, die Francesca hieß, schenkte ihr Lächeln auch dem Nihilisten namens Felice. Das hatte freilich nicht viel zu bedeuten, denn seit sie im Wohnzimmer war, hatte sie nichts anderes getan als gelächelt.

»Ok, ok«, murmelte Felice und wandte sich zur Küche, der nichtssagendsten Ecke des Hauses. Bis auf wenige Ausrutscher wie die paar billigen Rothko-Drucke an den Wänden war die Einrichtung ansonsten geschmackvoll und vor allem teuer.

Anthony saß auf der Couch genau in der Mitte. Seine Leidensgenossen waren anscheinend über seine gestutzten Möwenbrauen kaum mehr überrascht als über die Pythonschlange auf dem Kopf und die Perlenkette um den Hals von Miss Elegance. Er fühlte sich unter Freunden, in einer Art mittelmäßigem Wachsfigurenkabinett, auch wenn er noch nie ein solches besucht hatte. Mitten unter Freaks fühlte er sich gar nicht mehr so sehr als Freak. Unter Monstern war er in seinem Element.

Nur der Gedanke an den Dicken hinderte Anthony daran, sich zu entspannen. Peppino hatte ihm mit großer Strenge gute Manieren eingetrichtert: »Nicht auf Titten, Hintern oder Beine starren. Nicht von der Camorra sprechen. Nicht gewalttätig werden. Mach dich zum Deppen, aber sei nie unsympathisch.« Seit er sich nach den Probeaufnahmen draußen eine Bemerkung erlaubt und sich als Antwort auf diesen schüchternen Annäherungsversuch eine Ohrfeige eingehandelt hatte, war der Dicke sogar noch rigoroser geworden. Anthonys »Ausbildung« hatte bis zum Tag seiner Abreise gedauert und war immer härter, anstrengender, ja geradezu obsessiv geworden. Jetzt fühlte sich Anthony vollkommen gelähmt, denn er wusste, was er nicht tun durfte, aber nicht mehr, was er tun sollte. Er hatte die Hände im Schoß gefaltet und sah mit seinem vom Solarium geröteten Gesicht aus wie ein Kind, dem man ein paar deftige Ohrfeigen verpasst und es dann zur Strafe aufs Sofa verbannt hat.

»Was 'n nu, wie heißt ihr denn überhaupt?«, fragte Tex Willer. Wenn der legendäre Cowboy der berühmten Comicserie eine Stimme gehabt hätte, dann hätte sie so geklungen. Alle – außer dem Nihilisten – drehten sich nach dem linken Ende der L-förmigen Couch um, wo der Sprecher mit übergeschlagenen Beinen seine Camperos-Stiefel herzeigte und eine miese Kopie von James Dean abgab.

»Eigentlich haben wir uns doch schon vorgestellt«, sagte jemand auf der Riesencouch.

»Hey«, maulte der Cowboy, »man ist doch dauernd unterwegs, hat zu tun, sieht einen Haufen Leute. Ich jedenfalls kann mich nicht erinnern, wie ihr alle heißt.« Hierauf war ein einsamer Lacher zu vernehmen, und der Cowboy fuhr sich mit der Hand durchs Haar. Anthony wurde wütend, denn Tex Willer hatte ihm seine beste Geste weggeschnappt. Hoffentlich fing er nicht plötzlich auch noch an, eine Pirouette zu drehen.

»Ich heiße Francesca«, sagte Miss Elegance. Für sie spielte es keine Rolle, ob der Cowboy sympathisch oder unsympathisch, schön oder hässlich war. Er musste ihr nur Gelegenheit geben, etwas zu sagen, und das hatte er getan. Tex beugte den Oberkörper vor, stellte die Füße auf den Boden und stützte die Ellbogen auf die Knie. »Ich bin Luca«, sagte er mit honigsüßer Stimme, »aber meine Freunde nennen mich Luke. Also kannst du mich ruhig Luca nennen.« Wieder ein einsamer Lacher. Nur der Nihilist verzog das Gesicht zu einem »Beinahe-Lächeln«. Tex hatte seinen Ton getroffen, auch wenn der Nihilist das nie zugegeben hätte und es vielleicht selbst gar nicht merkte.

Anthony spürte, wie sich der Arm der Frau mit den kurzen blonden Haaren und den blauen Augen neben ihm verkrampfte. Sie sah echt süß aus, ganz natürlich. Aber wenn sie in diesem Irrenhaus war, musste auch sie irgendetwas Perverses an sich haben. Man musste nur ein bisschen warten, und dann würde früher oder später jeder das Monster in sich zum Vorschein bringen, um dessentwillen die Jury ihn oder sie ausgewählt hatte. Die Jurymitglieder besaßen die Fähigkeit, Monster auszumachen, wo andere sie noch nicht als solche erkannten. Sie waren eine Sekte von Albtraum-Forschern, eine Familie von Dylan Dogs, die die Freaks nicht besiegen, sondern aus ihnen Gewinn schlagen wollten. Total genial.

»Voll das ›*Shining*‹«, sagte die Blonde. Schau einer an, da outete sie sich schon, und es hatte nicht mal besonders lange gedauert. Anthony rückte ein wenig von ihr ab. Mit Straßenmonstern konnte er gut umgehen, Hausmonster aber war er nicht gewohnt. »Ich nenne es so, genau wie in dem Film *The Shining*. Deshalb haben sie uns ja ausgewählt, wegen unserem ›*Shining*‹. Jeder von uns glänzt mit einem besonderen Talent, jeder hat sein ›*Shining*‹.«

Je öfter sie das Wort wiederholte, desto lächerlicher klang es. Die Blonde aber merkte es nicht, und wenn sie das Wort aussprach, leuchteten ihre Augen. Ihr *»Shining«* war also schon teilweise sichtbar, genauso wie das von Miss Elegance, dem Nihilisten und dem Cowboy. Anthony wusste nicht, was *»Shining«* bedeutete, nahm es aber sofort in seinen Wortschatz auf, denn er hatte den Eindruck, es passte zur Lage der *BB*-Bewohner. Vielleicht waren sie ja alle ein wenig aus der Norm geraten, aber sie hatten zumindest ihr *»Shining«* und machten einen fröhlichen und spektakulären Eindruck. Außer vielleicht der Nihilist.

»Wir sind also alle so wie in *The Shining*?«, fragte der Typ rechts von Anthony und kam mit dem Gesicht ganz nah an die Blonde heran, sodass Anthony sich zurücklehnen musste. Der Typ sah eindeutig wie ein Schlägertyp aus, aber nicht wie ein richtig harter. Eher wie einer dieser Bodyguards aus altmodischen Mafiafilmen, mit nichts als Muckis und wenig Grütze im Kopf. Bei den Schlägern, die Anthony kannte, war die Gewalttätigkeit auf den ersten Blick überhaupt nicht sichtbar und kam immer ganz überraschend: Die meisten waren eher schmächtig und hatten schmale Gesichter, aber einen besessenen Blick.

Ein Kampf *alla napoletana* wurde zum Beispiel dadurch entschieden, dass einer in der Lage war, einen Gegenstand vom Boden aufzuheben und als Waffe zu benutzen oder blitzschnell den Scooterkoffer aufzureißen und das Kettenschloss herauszuholen. In solchen Situationen ist Kreativität gefragt. Ein Neapolitaner kann also der Stärkere sein, auch wenn ihn Mutter Natur mit einer beschissenen Statur bedacht hat, weshalb der *Fight alla napoletana* eine Demokratisierung der Kampfmechanismen darstellt. Dieser Typ dagegen mimte den Film-Schläger und war deshalb wahrscheinlich kein wirklicher Schläger. Oder vielleicht sahen die Schläger in Norditalien so aus. Anthony war nie in Norditalien gewesen. Er hatte es nur bis Rom geschafft, an Ostern vor ein paar Jahren. Den Mailänder Dialekt kannte er aus dem Fernsehen.

Der Muskelprotz trug ein Poloshirt, bei dem zwei Knöpfe offenstanden, um den Ansatz seiner Brustmuskulatur sehen zu lassen. Er schaute die Blonde an, als ob ihn das mit dem »*Shining*« beleidigt hätte. Sie wurde ganz blass, woraufhin er sofort von »böse« auf »lieb und lächelnd« umschaltete. Anthony kapierte, dass es eine Taktik war: erst mit Grobheit einschüchtern und dann mit einer Portion Zucker besänftigen. Wie bestimmte Typen im Film manchmal einen Komplizen dafür bezahlen, dass er so tut, als ob er eine geile Braut angreift, damit sie dann eingreifen und sie retten können. Und das alles nur, um Eindruck zu schinden. In diesem Fall hatte der Muskelprotz beide Rollen übernommen, die des Aggressors und des Retters, und Anthony fragte sich, ob das Spiel in dieser Sparversion auch tatsächlich funktionierte.

»Wusstest du, dass du ein ›*Shining*‹ hast?«, fragte einer seinen Nachbarn mit unüberhörbar sarkastischem Unterton. Nicht der Inhalt des Satzes weckte Anthonys Aufmerksamkeit, sondern der Akzent. Im *BB*-Haus gab es also einen Landsmann aus Kampanien. Nicht aus Neapel selbst, denn der Tonfall stimmte nicht ganz, aber irgendwo aus der Gegend. Benevent oder vielleicht Salerno. Anthony war mit anderen Dialekten wenig vertraut. Für ihn gab es nur die Einteilung »aus Neapel« und »nicht aus Neapel«. In die Gegenden jenseits von Neapel hatte er sich höchstens zwei- oder dreimal verirrt. Anthony war jemand, der nicht gern reiste. Als er sich dem Sprecher auf der rechten Seite der Couch zuwandte, erinnerte ihn der rundliche Typ mit den roten Backen an eine männliche, dickbäuchige Version von Heidi, die Anthony aus dem gleichnamigen Zeichentrickfilm kannte.

Dass es einen Landsmann aus Kampanien gab, wunderte ihn: Damit hatte er nicht gerechnet. Oder genauer gesagt: Sein Trainer, der – außer ihn zu ohrfeigen und mit der 44er Magnum zu drohen – die Aufgabe gehabt hätte, alle Eventualitäten in Betracht zu ziehen, hatte nicht damit gerechnet, dass noch jemand aus Kampanien im *BB*-Haus sein könnte. Wie sollte Anthony reagieren? Sollte er mit ihm Freundschaft schließen oder rivalisieren? Zunächst beschloss er, nichts zu tun. Auch den anderen zu fragen, woher er kommt, nur um das Eis zu brechen und endlich zum Kreis derer zu gehören, die schon den Mund aufgemacht hatten, hätte bedeutet, von Anfang an als *terrone*, als süditalienischer Hinterwäldler, abgestempelt zu werden. Er konnte Heidi nicht nach seiner Herkunft fragen, ohne seine eigene Stadt zu nennen. Natürlich musste er das früher oder später tun, aber zu gegebener Zeit. Jedenfalls nicht gleich. Die Leute mochten keine Hinterwäldler. Erst musste man sich als sympathisch, intelligent und genial erweisen, dann konnte man erklären: »Ich bin ein *terrone.*« Irgendwie musste es gelingen, das Provinzielle durch eine besondere Fähigkeit wettzumachen, die die Waagschalen wieder ins Gleichgewicht brachte.

Den Leuten zu gefallen war das oberste Gebot. Wehe, wenn er rausflog, bevor er die Gelegenheit gehabt hatte, seine Aufgabe zu erledigen. »Wehe«, hatte der Stinker gesagt und mit der Magnum gewedelt, »wehe, wenn du ausscheidest und nicht das gesagt hast, was du sagen musst. Und wehe, wenn du ausscheidest, ohne dass der Onkel gehört hat, was du gesagt hast.«

Genau darum ging es. Theoretisch hätte Anthony, sobald die Übertragung begonnen hatte, den magischen Satz sagen können, und dann konnte ihm der Rest egal sein. Aber so einfach war es nicht. Obwohl alle verkabelt waren, entschied die *Big Brother*-Regie darüber, welches Mikrofon für die Fernsehzuschauer übertragen wurde und welches nicht. Und keiner der Kandidaten konnte wissen, ob die existenzielle Aussage, die er sich mit Mühe ausgedacht hatte, der romantische Antrag an die halbnackte Tussi oder der wütende Streit mit dem idiotischen Konkurrenten für das Publikum zu Hause übertragen wurde. Nicht einmal bei den Nominierungen im *Diary Room* konnte man sicher sein, den Onkel zu erreichen. »Es könnte ja sein, dass sie aus irgendeinem Grund entscheiden, deine Nominierung an diesem Abend nicht zu übertragen«, hatte der Dicke gebellt. »Es könnte auch sein, dass du ihnen einfach auf den Sack gehst und sie sagen: ›Ach, wen interessiert es denn, wen der nominiert.‹ Und es könnte sein, dass der Hund des Regisseurs ausgerechnet die Kassette mit dem Band deiner Nominierung frisst.« An dieser Stelle darauf hinzuweisen, dass Videokassetten völlig überholt sind, hätte gar nichts gebracht.

Nach sorgfältigen Untersuchungen war der Clan zu dem Schluss gekommen, dass man nur während des Gesprächs mit der Moderatorin sichergehen konnte, tatsächlich auf Sendung zu sein und vom Publikum gehört zu werden. Wenn sie es war, die einen ansprach, dann war man auf Sendung, und das Publikum hörte zu. Wehe, wenn Anthony ausscheiden musste, bevor er dazu Gelegenheit hatte. Und wehe, wenn er länger im *BB*-Haus bleiben würde. Die Befehle waren klipp und klar: »Du gehst da rein wegen dem Onkel und dann haust du ab und verpisst dich.« Alles um Gottes Lohn. Oder im besten Fall für eine Anstellung als Pizzabäcker, für eine Beförderung oder für irgendein Geschenk.

Aber verlangten der Stinker und der Clan nicht zu viel von ihm? Konnten sie ihn nicht seinen Auftrag ausführen und ihn dann machen lassen, was er wollte – wie im *BB*-Haus zu bleiben? Was war denn Schlimmes dabei, wenn er berühmt wurde, sobald er seine Aufgabe erfüllt hatte? So jemand wie Peppino hatte natürlich keine Chance, berühmt zu werden, außer vielleicht als Zuchthäusler. War er etwa bloß neidisch? Wer aber kann sich den Fettwanst schon mit einem umwerfenden Paar Möwenbrauen und topmodischer Ganzkörperbräune vorstellen?

Anthony fühlte sich wie der Boxer in einem getürkten Match, von dem man verlangt, sich nur so lange auf den Füßen zu halten, dass der Kampf einigermaßen regulär aussieht, um sich dann wie ein nasser Sack fallen zu lassen. Und in seinem Fall war das schade, denn er war kein Versager. Wenn er wollte, würde er es bis in die letzte Runde schaffen. Hatte er sich etwa so lang vorbereitet, bloß um dann als Versager dazustehen? Es wäre zwar abwegig, wenn man seine im Keller geübten Pirouetten mit Rockys verbissenem Training für den Kampf gegen Apollo Creed vergleichen wollte. Aber harte Arbeit bleibt harte Arbeit, und Lieder und Gedichte zu lernen, nur um das Publikum zu beeindrucken und lang genug dabeizubleiben, war auf jeden Fall beinhart gewesen. Rocky hatte zumindest nicht riskiert, zum Deppen des Jahres gewählt zu werden.

Das Kulturprogramm war von Germano und Pasquale ausgewählt worden, die in der Hierarchie eine Stufe höher standen. Anthony hegte den Verdacht, dass sie auch bei anderen Entscheidungen mitgemischt hatten, etwa bei seinem Look, seinen Klamotten und seinem Auftreten bei den Probeaufnahmen. Der Stinker hatte zwar nie irgendwelche »Befehle von oben« erwähnt, denn das hätte nur allzu sichtbar seine eigene Bedeutung geschmälert. Doch auch Peppino spekulierte auf eine Beförderung und glaubte, sie schon fast in der Tasche zu haben. Die Tatsache, dass er die fünf Monster als »fast gleichrangig« betrachtete, bedeutete allerdings keineswegs, dass die fünf damit einverstanden waren. Deshalb musste auch der Stinker ihren Befehlen gehorchen.

Das letzte Päckchen von Germano und Pasquale war voller CDs und Bücher gewesen. Die CDs, alles natürlich Raubkopien, enthielten die aktuellsten italienischen Hits von Jovanotti, Ligabue, Laura Pausini und Marco Mengoni. Dahinter steckte die simple Überlegung: »Die Leute hören diese Lieder immer gern. Sie hören sie im Radio, im Fernsehen und auf Konzerten. Deshalb werden sie sie auch bei *Big Brother* lieben.« Man hatte Anthony praktisch mit einer Jukebox verwechselt.

Die Bücher dagegen enthielten etwas, was er noch nie gesehen hatte, nämlich Haikus. Peppino nannte sie »Dichtung für Deppen«. Sie waren kurz und leicht zu behalten, und wenn sein Schüler nicht bald mindestens zehn auswendig aufsagen konnte, würde er seine Kippen auf dessen Fußsohlen ausdrücken. Auch Peppino hatte nicht gewusst, was ein Haiku ist, bevor Germano und Pasquale ihm diese Verse ausgehändigt hatten, Anthony hatte es ihm angesehen. Und auch die fünf

Monster hatten sie nicht gekannt, bevor sie die Bücher gekauft hatten. Anthony hegte den Verdacht, dass sie eine Art Kultursachverständigen eingeschaltet hatten. Er wusste ja nicht, dass sie einfach den Buchhändler nach Gedichten gefragt hatten, die auch ein Idiot lernen könnte. Mit den Haikus konnte auch ein Depp Dichter sein.

Die letzten Tage seiner Ausbildung hatte er deshalb damit zugebracht, einen Haufen schwachsinniger Gedichte zu lernen. So Zeug für Schwule. Peppino verlangte, dass er sie »mit Ausdruck« lesen sollte, »mit Ausdruck, verdammt noch mal«. Einmal hätte er Anthony beinahe den Schädel zertrümmert und damit das ganze Unternehmen zum Platzen gebracht. Er hatte den Stuhl, auf dem einen Moment zuvor noch sein speckiger Arsch geruht hatte, mit solcher Wucht gegen Anthony geschleudert, dass der arme Stuhl, der wochenlang das Gewicht dieses rekordverdächtigen Hinterteils hatte ertragen müssen, buchstäblich an der Kellermauer zerschellt war. Der Grund: Anthony hatte beim Aufsagen der Verse von Matsuo Bashō den Berg Fuji wie »Fui« ausgesprochen. »Verdammt!«, hatte der Dicke gebrüllt. »Heißen die Filme für den Fotoapparat bei dir Fuji oder Fui?! Herrgott, der Berg Fui! Sag das noch einmal, dann schlag ich dich grün und blau.«

Wie lange sollte das denn noch dauern, bis Gemma Salieri sie aus dem Studio begrüßte? So eng zusammengepfercht zu sein mit lauter Leuten, die er noch nie gesehen hatte, wurde Anthony allmählich unangenehm. Nicht nur im Haus, selbst auf der Couch saßen sie dicht beieinander. Bis auf den Nihilisten natürlich. Durch die Begrüßung aus dem Studio würde die Anspannung abfallen, die dicke Luft vertrieben und die Aufmerksamkeit, die jeder einzelne zwangsläufig auf seinen Nachbarn konzentrierte, abgelenkt. Und war es nicht denkbar, dass die

Salieri gleich mit Anthony sprach, so dass er sofort auf Sendung wäre? Einige Sekunden direkter, genau hörbarer Konversation mit ihm würden genügen, um sicher zu sein, dass seine Stimme nicht vom Geplauder der anderen überdeckt wurde, und dann könnte er klar und deutlich den Satz aussprechen, der den Onkel retten sollte. Anthony wusste nicht, ob er sich so etwas wünschen sollte. Das Abenteuer hatte ja gerade erst begonnen, und schon gleich aufs Ganze zu gehen wäre doch schade. Ganz zu schweigen von der Peinlichkeit, als derjenige auszuscheiden, der »als Erster das *BB*-Haus verlassen musste«. Zweifellos eine unehrenhafte Entlassung.

Anthony hatte nicht genau nachgezählt, aber sie waren ungefähr ein Dutzend. Wenige eigentlich, denn in den vorangegangenen Folgen von *BB* hatte es nie eine so geringe Zahl von Konkurrenten gegeben.

Wenn er der Sieger wäre, würde er sich von einem Teil des Preisgeldes eine genauso große Couch kaufen, auf der mindestens zehn Personen Platz hätten. Wenn man den Nihilisten nicht dazurechnete, der ja auf einem Sessel für sich saß, und außerdem in Betracht zog, dass die Mädels alle dünn waren, hätten in Neapel vielleicht acht, neun Leute auf diese Couch gepasst, in den Quartieri Spagnoli sechs oder sieben. Trotz der wenigen Mitbewohner war es Anthony nicht gelungen, alle Namen zu behalten und sie den Gesichtern zuzuordnen. Er konnte sich aber auch nicht nach beiden Seiten umdrehen, um sich alle genau einzuprägen. Doch letztlich hatte er es nicht eilig. Er würde Zeit genug haben, um sie alle einzeln kennenzulernen. Wenigstens das.

In kürzester Zeit verwandelte sich das demokratische Miteinander im *BB*-Haus in totale Anarchie. Man unterhielt sich nur noch zu zweit und widmete sich den eigenen Angelegenheiten. Die Spannung ließ allmählich nach, und einige wirkten weniger affektiert als vorher. Zwölf durch zwei aber macht sechs. Sechs Gesprächspaare. Doch es hatten sich nur fünf Paare ergeben. Die Einzigen, die keinen Dialogpartner gefunden hatten, waren Anthony und der Nihilist, der vielleicht aus Gründen, die in grauer Vorzeit lagen, keine Möglichkeit (oder keine Lust) hatte, mit jemandem zu sprechen. Anthony saß mitten auf der Couch zwischen Mitbewohnern, die sich angeregt unterhielten, der andere, isoliert auf seinem Sessel, starrte teilnahmslos an die Decke. Wer weiß, woran er dachte. Wer weiß, ob er überhaupt an etwas dachte oder auch das für sinnlos hielt.

Schöner Mist, kaum im *BB*-Haus und schon in die Randgruppe abgedrängt. War es wegen der gestutzten Möwenbrauen? Oder hatte vielleicht doch jemand spitzgekriegt, dass er Neapolitaner war? Anthony musste es irgendwie schaffen, in den Kreis der sprechenden *BB*-Bewohner einzudringen, er durfte nicht gleich das Schicksal des Nihilisten teilen. Der würde in der ersten Runde rausfliegen, ohne jeden Zweifel. Eine Pirouette konnte jetzt vielleicht nicht schaden. Ja, eine Pirouette war das Richtige, vielleicht sollte er sich mit der Hand durch die Haare fahren, um diese Handbewegung, die ihm der Cowboy weggeschnappt hatte, für sich zu reklamieren. Dann vielleicht ein Lied, ein Gedicht, irgendwas. Zuerst auf jeden Fall die Pirouette. Das war seine Stärke. Er stützte sich mit dem Ellbogen auf die Rückenlehne und wollte aufstehen, hielt aber plötzlich inne.

»Und womit glänzt du so?«, fragte eine seiner Nachbarinnen zwei Plätze weiter links und beugte sich vor, damit er sie sehen konnte. Also hatten sich die anderen doch nicht alle pärchenweise zusammengetan, oder vielleicht doch, und sie hatte sich gerade entzweit. Anthony strich sich instinktiv mit der Hand übers Gesicht, um sicherzugehen, dass die Niveacreme nicht mehr sichtbar war. Er cremte sich nach jeder UV-Bestrahlung damit ein, um den »Glanz« auf seinem Gesicht zu erzeugen, den man im Rest der Welt unter allen Umständen zu vermeiden sucht. Im *BB*-Haus hatten sie ihm das jedoch verboten. Die Maskenbildner hatten behauptet, es sei nicht »telegen«.

Anthony brauchte ein paar Sekunden, bis er begriff, dass es um das »*Shining*« ging, um seine besonderen Fähigkeiten. »Hm«, improvisierte er, »alle sagen, ich bin echt *frizzantino*.« Als er eine gewisse Ratlosigkeit in ihrem Gesicht bemerkte, fügte er schnell hinzu: »Ganz im Ernst.« Die Ratlosigkeit verschwand nicht. Hatte er jetzt die einzige Gelegenheit verspielt, sich mit jemandem zu verbünden? Aus unerklärlichen Gründen hatte sie sich an Anthony gewandt, und wie hatte er darauf reagiert? Wirklich wie der letzte Depp.

»Und du?«, fragte er, um schnell abzulenken. »Glänzt du mit irgendwas?«

Sie dachte einen Augenblick nach und antwortete dann: »Ja, ich glaube schon ... Was hätte ich denn sonst hier drinnen zu suchen?« Sie lächelte freundlich, und Anthony fiel auf, dass sie schöne Zähne und bezaubernde blaue Augen hatte. Er musste an Germano denken, der ihm in seiner Wohnung in den Quartieri die Lippe hochgezogen hatte, um seine Zähne zu überprüfen, wie man es bei Pferden macht. Diese scheußliche Erinnerung verbannte er schnell in die Abgründe seiner Seele. Ihre Antwort hatte nicht sehr überzeugend geklungen, und deshalb fühlte sich Anthony weniger gehemmt, denn ihr ging es anscheinend genau wie ihm. Ihr Zögern wirkte auf den ersten Blick durchaus berechtigt. Denn sie schien nicht zu »scheinen« wie alle anderen, ihn eingeschlossen. Sie war hübsch, das schon, aber nicht auffallend, mit dunklen Haaren, hellen Augen und einer Figur, die im Sitzen ziemlich ansprechend wirkte. Und doch musste auch sie irgendwelche extravaganten Fähigkeiten haben. Denn was hatte sie sonst, wie sie richtig sagte, hier drinnen zu suchen?

Anthony hing der Frage immer noch nach, als auf einmal die Zigtausend-Watt-Scheinwerfer im *BB*-Haus über sie herfielen und aus den Lautsprechern der Applaus des Publikums wie ein Tsunami heranrollte. »Guten Abend! Guten Abend allerseits!«

Es war die Stimme von Gemma Salieri. Die Direktübertragung hatte begonnen.

Alle verrückt nach BB

In der Redaktion der Tageszeitung *Cronache del Meridione* ging es zu, als spiele ein Heer von Kindern mit dem Inhalt von Überraschungseiern. Unzählige Mausklicks erzeugten ein anhaltendes und ziemlich unangenehmes Grundgeräusch, aber nach ein paar Stunden gewöhnte man sich daran (oder, in schwierigen Fällen, nach einigen Tagen). Für jemanden, der zum ersten Mal seinen Fuß in eine Zeitungsredaktion setzt, war es eine echte Überraschung. Man erwartet das harte *tack, tack, tack* der Tastaturen, auf denen die Journalisten einen mitreißenden Buchstabenstrom erzeugen, aber in Wirklichkeit hört man nur das schwächliche *klick, klick, klick* der Maus.

Den größten Teil des Tages verbrachten die Journalisten damit, im Internet zu surfen, oder sie hingen am Telefon. Zweifellos unerlässliche Tätigkeiten, die zum Verfassen eines guten Artikels dazugehören, auch wenn auf den Monitoren in der Redaktion fast ausschließlich Facebook und Klatsch-Websites aufgerufen wurden. Das eigentliche Verfassen der Artikel – das *tack, tack, tack* – beanspruchte im besten Fall eine halbe Stunde. Der Rest des Tages bestand aus *klick, klick, klick* und war das Ergebnis jahrelanger erbitterter Arbeitskämpfe.

An diesem Tag waren neben Facebook und Klatsch die Websites über die neuen *Big Brother*-Kandidaten sehr gefragt. Berechtigt war dieses Interesse wenigstens teilweise deshalb, weil die Redakteure alles über die Teilnehmer aus Kampanien recherchieren wollten. Darunter zählten nicht nur diejenigen, die wirklich aus der Gegend stammten, sondern alle, die in irgendeiner noch so winzigen Beziehung zu Süditalien standen. Wenn man sich ein bisschen Mühe gab, konnte man jeden Kandidaten mit Kampanien in Verbindung bringen: Vielleicht stammte die Mutter aus Kampanien oder eine Tante, vielleicht hatte der Betreffende eine Vorliebe für *babà*, die süßen kampanischen Hefeteilchen mit Rum, vielleicht war einer seiner Verwandten von der Camorra erschossen worden oder er hatte in Neapel vor dem Hauptbahnhof ein gefälschtes iPad gekauft. Je mehr Teilnehmer sich Kampanien zuordnen ließen, desto mehr Seiten konnte man *Big Brother* widmen. Das lasen die Leute auf jeden Fall – davon war der Chefredakteur überzeugt –, im Gegensatz zu den trostlosen Nachrichten über Verbrechen, Finanzkrise und Arbeitslosigkeit. Die Redaktionskonferenz um 12 Uhr hatte sich ein klares Ziel gesetzt: »Heute wollen wir unsere Leser nicht zum Weinen bringen.«

Lorenzo Scateni war Kriminalreporter. Raubüberfälle, Taschendiebstähle, Morde. Er war einer von denen, die in den Worten seines Chefredakteurs »von Berufs wegen die Leute zum Weinen bringen«. Auch auf seinem Monitor war die Webseite des *Corriere della Sera* aufgerufen, auf der die Teilnehmer porträtiert wurden. Diese Seite war eigentlich schon ziemlich alt, denn die Gesichter und die Namen der Konkurrenten waren schon lange vor der neuen Staffel dem Publikum vorgestellt worden, und Scatenis Zeitung hatte bereits berichtet, dass im *BB*-Haus mindestens ein Typ aus Neapel und einer aus Salerno wohnen würden. Diese Nachricht hatte der Kriminalreporter allerdings nicht mitbekommen, oder er hatte sie, besser gesagt, einfach übersprungen. *Big Brother* gehörte nicht zu seinen Hauptinteressensgebieten. Scateni bildete da jedoch eine Ausnahme, wenn man die Bevölkerung unter dem Blickwinkel seines Chefredakteurs betrachtete.

Nun konnte es vorkommen, dass es sogar in einer Stadt wie Neapel eines schönen Tages weder Morde noch Taschendiebstähle oder Raubüberfälle gab, und dass Scateni deshalb ziellos im Web surfen durfte. Vor allem aber konnte es vorkommen, dass auch er sehen wollte, welche und wie viele heiße Feger diesmal unter den *BB*-Teilnehmern waren. Nach der Mittagspause machte Lorenzo deshalb genauso oft *klick, klick, klick* wie alle seine Kollegen.

Als er mit dem Cursor auf den Vergrößerungsbutton ging, sprang ihm das rot verbrannte Gesicht von Anthony entgegen. Niemand konnte ahnen, dass die gestutzten Brauen das Ergebnis einer Selbstverstümmelung im eigenen Badezimmer waren, längst war es zu seinem Look geworden, sodass es kein Vorher, sondern nur noch ein Nachher gab.

»Schau mal einer an, was für beschissene Typen«, sagte der Journalist halblaut vor sich hin. Er drehte den Monitor zu seinem Kollegen von der Politik und forderte ihn auf, sich das Bild anzuschauen.

»Über diesen Idioten redet man doch schon eine ganze Weile, lebst du denn auf dem Mond?«, meinte der andere gleichgültig.

Ohne auf die Frage einzugehen, erwiderte Scateni: »Das heißt also, der geht ins Fernsehen und sagt: ›Hi Leute, ich bin Neapolitaner‹, und wir gelten dann alle als ebensolche Scheißkerle wie der. Was hältst du davon?«

Unwillig drehte sich der Kollege, der mit seiner Maus fleißig weitergeklickt hatte, zu Lorenzo um. »Also pass mal auf, die Leute sind nicht so bescheuert, wie du denkst. Wenn du den Führer der Lega siehst, glaubst du dann, dass alle Lombarden so sind?«

»Eigentlich schon ein bisschen«, gestand Scateni.

»Dann bist du eben ein Idiot«, verkündete der Kollege. »Dann hättest *du* zu *Big Brother* gehen sollen.«

Ein solches Geplänkel war normal unter den Kollegen der Zeitung, und keiner der beiden maß ihm größeres Gewicht bei. Lorenzo zog eine Lucky Strike aus der Softpackung, die auf dem Computergehäuse lag, und verzog sich auf den kleinen Balkon für die geächteten Raucher. Auf dem Weg dorthin musste er das offene Büro der Kulturredakteure durchqueren. Auch deren Monitore zeigten Bilder von Anthony. Man recherchierte alles über ihn.

Er kam aus bescheidenen Verhältnissen, hatte die Schule abgebrochen und lebte in den Quartieri Spagnoli bei seiner Mutter, einer Hausfrau, die sich mit kleinen Aufträgen als Änderungsschneiderin über Wasser hielt. Man setzte dem Publikum ein typisches Exemplar des rückständigen Süditalieners vor, und deshalb gab es nur zwei Möglichkeiten: entweder das Publikum durch seine Natürlichkeit zu gewinnen oder durch seine Ignoranz abzustoßen, wobei Letzteres viel wahrscheinlicher war. Lorenzo glaubte plötzlich in dem Gesicht etwas wiederzuerkennen, ganz flüchtig, während die Mode-Redakteurin das *Big Brother*-Fenster schloss und ein anderes mit der neuesten Kollektion von Fendi öffnete.

Hatte er dieses Gesicht schon einmal gesehen? Das war gut möglich, denn Scateni war schon öfters in den Quartieri Spagnoli gewesen. Er hatte öfter seinen Kollegen Giorgio Calone dorthin begleitet, der gern einen Joint rauchte und sich in den engen Gassen hinter der Via Toledo an einem der vielen »Stützpunkte« mit Stoff versorgte. Solche Neandertaler hatte er dort viele angetroffen, warum nur kam ihm das Gesicht dann so bekannt vor? Scateni ging auf den Balkon, zündete sich die Zigarette an und versuchte, zwischen den einzelnen Zügen fern vom Lärm der Redaktionsräume nachzudenken.

Dass *Big Brother* einen ehemaligen Häftling gecastet hatte, war mehr als unwahrscheinlich, aber auf jeden Fall sollte er einen Blick auf die Fahndungsfotos werfen, die ihm Polizei und Carabinieri nach den letzten Operationen zugeschickt hatten. Er schaute sich immer alle Fotos an, auch wenn er nichts über den entsprechenden Fall zu schreiben hatte, bei dem gerade jemand erwischt worden war. Jedes Mal überraschten ihn an diesen gequälten, erschreckten, verrohten Gesichtern die Spuren von etwas Unfassbarem, von einem elenden Leben, das auf der Haut und in den Augen unauslöschlich grauenvolle Zeichen hinterlassen hatte. Und dann gab es aber auch diese Engelsgesichter, die man nie auf dem Hals eines Schutzgelderpressers, eines Camorristen oder Mörders erwartet hätte. Hatte denen das Böse nichts anhaben können? Oder waren sie fotografiert worden, als es sie noch nicht im Griff hatte?

Vor ungefähr drei Monaten hatte Scateni sich einen halben Tag lang mit der Frage beschäftigt, warum einem der Typen aus dem Clan Mazzarella auf dem Foto die Nase umgekehrt im Gesicht saß, oben breiter als unten, wodurch er wie ein Irrenhäusler aussah. Die Telefonate mit den Polizeibeamten, die den Fall bearbeiteten, hatten nichts gebracht. Sie beschäftigten sich mit wichtigeren Dingen, etwa damit, Drogen zu beschlagnahmen oder Kriminelle dingfest zu machen, sprich: mit allem, was bei der Presse für ein gutes Image sorgte. Keiner von den höheren Chargen wusste, warum bei diesem menschlichen Wrack die Nase verkehrt herum im Gesicht saß. Und die Tatsache, dass ein Reporter sich einem derart banalen Aspekt widmete, fanden sie ziemlich empörend.

Als er gegen Abend endlich den richtigen Beamten am Apparat hatte, erwartete er eine Geschichte von Schießereien oder Schlägereien mit Eisenstangen gegen den rivalisierenden Clan. Nichts von alledem. »Eine Krankheit«, erklärte der Polizist, »eine seltsame Krankheit. Auch wir haben ihn danach gefragt, und er sagte, er habe das Krankenhaus verklagt, weil sie ihn falsch behandelt hätten.«

Wie trostlos. Da arbeitet einer für den Clan der Mazzarella, und wie macht er sich seine Nase kaputt? Nicht mit einem Schuss aus der Beretta, während er auf der Autobahn in Gegenrichtung den Bullen zu entkommen sucht, nicht mit einem Baseballschläger, weil er die Frau einer großen Nummer gevögelt hat, sondern durch eine Krankheit. Eine beschissene, sinnlose Krankheit.

Der Journalist durchquerte erneut die Kulturredaktion. An der Kaffeemaschine machte er halt, setzte sich an den PC und bereute, schon geraucht zu haben. Kaffee zu trinken, ohne den Genuss mit einer Zigarette »abrunden« zu können, war eine Tortur und hinterließ eine Anspannung, die nicht leicht zu lösen war. Das, was man einen bitteren Nachgeschmack nennt. Er nahm den Hörer auf und wählte rasch eine Nummer.

Im Büro von Commissario Montecalvario in den Quartieri Spagnoli läutete das Telefon dreimal, dann griff seine Hand lustlos nach dem Hörer, weil ihm das Geklingel mehr auf die Nerven ging als die Mühe zu fragen: »Hallo, wer ist am Apparat?«

»Hier ist Lorenzo Scateni. Du arbeitest doch nicht etwa? Das heißt, du tust halt so, wie gewöhnlich.«

»Früher oder später werde ich einen Grund finden, dich verhaften zu lassen, du Idiot.«

Lorenzo dachte an die Ausflüge mit seinem Kollegen, der gern mal einen Joint rauchte, und seine rechte Wange kräuselte sich zu einer Art Lächeln. »Ich wollte dich was Leichtes fragen. Schaust du dir *Big Brother* an?«

»Oh, scher dich zum Teufel«, antwortete der Polizist, als hätte man ihn aufs Schlimmste beleidigt. Offensichtlich fühlte auch er sich nicht als Teil der Welt, die dem Chefredakteur gefiel.

»Sitzt du vor dem Computer?«

»Ja.«

»Dann geh doch mal auf die Seite vom *Corriere*. Hast du's?« Es vergingen ein paar Minuten.

»Jetzt hab ich's.«

»Ok. In der mittleren Spalte, in der blauen, steht ein Artikel mit den Fotos und den Daten aller *Big Brother*-Kandidaten.« Scateni ließ ein paar Minuten vergehen, damit der Polizist Zeit hatte, um die Seite mit den Daten der aktuellen *BB*-Bewohner aufzurufen. »Hast du's?«

»Ich hab's.«

»Okay. Da ist einer, der Anthony heißt. Siehst du ihn? Er hat eine unglaubliche Idiotenfresse.« Keine Antwort. »Siehst du ihn?«

»Ja, ich seh ihn.«

»Perfekt. Und kennst du ihn auch?« Keine Antwort. »Also was nun, kennst du ihn?«, wiederholte der Journalist.

»Wenn du von mir verlangst, dass ich in der Datenbank des Ministeriums recherchieren soll, dann weißt du, dass ich das nicht tun kann. Du kriegst keine Probleme, wenn ich Vor- und Nachnamen und Geburtsdatum eingebe und das Vorstrafenregister anfordere. Aber zu mir kommt dann ein Inspektor vom Ministerium und fragt: ›Lieber Herr Kollege, Sie haben das Strafregister für Soundso angefordert. Gab es Ermittlungen gegen diese Person? Liegt irgendein Verdacht gegen den jungen Mann vor? Oder muss ich Sie zur Sau machen?‹ Das sind Details, die euch Journalisten entgehen, genauso wie vieles andere auch. Nur, dass dann…«

»He«, unterbrach ihn Scateni, »kann ich auch mal was sagen?«

»Schieß los.«

»Ich verlange von dir keine Recherche. Ich hab dich was ganz anderes gefragt: Kennst du ihn? Ist es ein Vorbestrafter? Einer, der dir bekannt vorkommt?«

Wieder Schweigen, der Polizist überlegte. Ja, aber was? Schaute er sich gerade Anthonys Gesicht an, um es mit einem Ort oder einem Datum in Verbindung zu bringen, oder dachte er nur darüber nach, wie er Scateni irgendein dummes Zeug erzählen könnte?

Im Hörer war nur sein Atmen zu hören. Er rauchte und überlegte. Der Journalist mischte sich nicht ein, er wollte ihn nicht unter Druck setzen. Sonst hätte er nur eine ablehnende Reaktion bekommen, und er wollte ihn nicht glauben machen, dass es ihm wirklich wichtig sei, sonst hätte der Polizist etwas bei ihm gutgehabt. Wie beim letzten Mal, als er eine halbe Seite über irgendeine Alte von ihm verlangte, die in einem Schuppen mit zwei Stangen Haschisch in der Schürze festgenommen worden war.

Der Staatsanwalt las tagtäglich alle Zeitungen von der ersten bis zur letzten Seite sorgfältig durch. Die Bullen wussten das genau, und wenn es ihnen mal gelang, jemanden dingfest zu machen, waren sie nicht zimperlich. Sie plusterten sich auf wie die Pfaue und nutzten dafür die Lokalzeitungen.

Noch einige Sekunden Schweigen, ein Zug an der Zigarette, und endlich erwachte der Polizist wieder zum Leben. »Lore', du quatschst einfach zu viel am Telefon. Weißt du, was ich gedacht habe?«

»Nein, was hast du denn gedacht?«

»Dass du immer in dieser verdammten Redaktion feststeckst. Warum kommst du nicht einfach ab und zu mal auf einen Kaffee vorbei?«

Viele, viele bunte Smarties

Der Nihilist kratzte sich am Hintern. Alle anderen saßen mit weit aufgerissenen Augen da, von Angst überwältigte Marionetten in einem teuflischen Spiel: Der eine fasste sich ans Ohr, der andere ins Haar, wieder einer an den Bart. Der Nihilist fasste sich an den Hintern, genauer gesagt, er kratzte sich am Hintern. Die rechte Hand hatte er in der Hose versenkt und bewegte sie mit unmissverständlicher Geste auf und ab. Zur besten Sendezeit richteten sich die Kameras von *Canale 5* vor den Augen von Millionen Zuschauern jetzt auf das *Big Brother*-Haus und auf ihn, der sich am Hintern kratzte.

Gemma Salieris Begrüßung hatte die Gespräche unterbrochen. Alle hatten sich in Positur gebracht – alle bis auf den Nihilisten, der nach wie vor auf seinem Einzelsessel lümmelte.

»Seid ihr schon Freundeee?«, schrillte Gemmas Stimme wie Feueralarm durchs Haus. »Wer antwortet miiir?« Sie hatte die Angewohnheit, die letzten Silben so in die Länge zu ziehen, dass ihre Stimme tatsächlich wie eine Sirene klang.

Miss Elegance krönte sich selbst zur Gruppensprecherin. »Ja, Gemma, alle sind hier voll nett!«, kreischte sie begeistert. Die Zuschauer im Studio verzogen kollektiv das Gesicht vor Schmerz, wahrscheinlich würden ihnen von diesem Schrei die Ohren noch mindestens eine halbe Stunde wehtun.

»Francesca, du musst nicht so schreien«, brüllte die Moderatorin, »du bist auf Sendung, wir hören dich ganz guuut.«

Miss Elegance lachte ein ordinäres Lachen, kein Mensch verstand, warum.

Anthony schaute sich um, weil er wissen wollte, was man jetzt tun sollte oder besser nicht. Ihm war nicht bewusst, dass er es war, der sich von den Teilnehmern am besten darauf vorbereitet hatte, wie er sich im *BB*-Haus darstellen musste. Seine Schüchternheit und sein Minderwertigkeitsgefühl, weil er ja bloß ein süditalienisches Landei war und noch dazu diese gestutzten Möwenbrauen hatte, hinderten ihn jedoch daran, seine Rolle richtig zu spielen.

Die Moderatorin wandte sich mit den letzten belanglosen Fragen an einige der Kandidaten und ließ sie sich dann frei vor den Augen des Publikums produzieren. Die Bewohner des Hauses waren Affen, die sich, zufrieden mit ihrer Käfighaltung, vor einem Heer von Familien zur Schau stellten, um von diesen, statt mit Bananen und frischem Obst gefüttert, per Telefon gevotet zu werden. Der Nihilist spielte die Rolle des Affen bisher am überzeugendsten. Die Kamera zeigte ihn in Großaufnahme, während er die Hand aus der Hose zog, aber der Regisseur hatte immerhin so viel Mitleid mit ihm, dass er ihn nicht auch dann noch filmte, als er sich mit derselben Hand durchs Haar fuhr.

Es war nur ein Augenblick, eine flüchtige Begegnung zwischen Zufall und sechstem Sinn, als Anthony geradewegs einer der vielen Kameras über dem Wohnzimmer ins Auge blickte und die auf ihn zoomte. Die Zuschauer zu Hause hatten den Eindruck, dass dieser junge Mann mit dem verbrutzelten Gesicht ihnen mitten in ihr eigenes Wohnzimmer starrte.

Auch der Onkel hatte diesen Eindruck. Der Grund, warum er sich an seinem Spumante verschluckte, war jedoch ein anderer und hatte auch wenig mit der minderen Qualität des Getränks zu tun. Diesen Kerl hatte er schon einmal gesehen, da war er sich fast sicher. Deshalb wartete er darauf, seine Stimme zu hören und den Akzent zu erkennen, aber während der nächsten zehn Minuten zeigte die Regie nur, wie sich Miss Elegance mit dem Cowboy unterhielt, wie die Blonde sich mit Heidi aus Salerno anfreundete und wie der Nihilist vergeblich versuchte, seinen Sessel zum Schaukeln zu bringen. Dann ergriff wieder die Moderatorin das Wort, die ihr Outfit gewechselt, ihr Dekolleté vergrößert und ihre High Heels erhöht hatte, und kündigte einige kurze Einspielungen über das Leben der Konkurrenten vor ihrem Einzug ins *BB*-Haus an.

Gessica saß neben dem Onkel, auch deshalb, weil in dem Hotelzimmer gerade mal Platz für den Fernseher war. Zafón zu lesen kam nicht infrage. Sie hatte nicht die notwendige Ruhe dafür, denn diese rätselhafte Frage, die der Onkel ihr vor der Sendung gestellt hatte, beschäftigte sie. Was meinte er mit dem Satz: »Wir sind zwei gegen die Polizei, oder irre ich mich?« Hatte er sie im Verdacht? Wie sollte sie sich benehmen? Vielleicht wollte der Boss mit dieser Flucht zu zweit, weit weg von allem und allen, ganz allein mit ihr, seine Frau nur testen und auf Herz und Nieren prüfen, auf der Suche nach einem Verdachtsmoment, das sich dann als begründet erweisen und zum Beweis des Verrats werden konnte – und was dann? War ihr Leben in Gefahr? Wenn der Onkel ihr misstraute, würde Unruhe sein Misstrauen nur vergrößern. Lieber abwarten, damit alles sich von selbst legte. Lieber abwarten, bis sein Ärger verflogen war, wenn es denn nur Ärger war.

Der Film über Miss Elegance zeigte sie in dem Dorf Monteleone in Apulien mit seinen tausendfünfundachtzig Seelen, Tendenz sinkend, die die Kandidatin am Schluss herzlich umarmten und verabschiedeten. Alle hatten ihr etwas geschenkt. Eine Cousine hatte ihr das Abendkleid geschenkt, eine andere die zehn Zentimeter hohen High Heels, wieder eine andere die goldenen Ohrringe. Ihre Großmutter hatte ihr die Perlenkette um den Hals gehängt. Daher also dieser Aufzug. Die Dorfbewohner hatten in Miss Elegance investiert, sie mit Mode- und sogar echtem Schmuck ausstaffiert, in der Hoffnung, dass sie das *BB*-Haus als Siegerin verlassen und ihnen ihren Spieleinsatz verhundertfacht zurückerstatten würde.

Endlich wurde der Film über Anthony gezeigt. Der Kameramann vermittelte von einer Vespa aus ein verwackeltes Bild der Quartieri Spagnoli. Die Einstellungen schwankten auf und ab wegen des holperigen Kopfsteinpflasters, der ganze Stolz der Stadtverwaltung und das Kreuz der Anwohner, die gezwungen waren, mindestens zweimal jährlich ihre Stoßdämpfer zu wechseln. Die epileptischen Zuckungen der Kamera waren durchaus effektvoll, als sie in rasanter Fahrt den Vico d'Afflitto immer steiler hinauffuhr, durch die Via Speranzella, den Vico Conte di Mola und den Vico Sergente Maggiore. Im Kampf gegen Schwärme von Motorrollern in der falschen Fahrtrichtung, deren grobschlächtige Fahrer häufig von Frau und Nachkommenschaft begleitet wurden, offenbarte die Kamera vor den Augen der Nation unbarmherzig die ganze Unregierbarkeit dieser Stadt.

Gessica trat ans Fenster und tat so, als ob sie die feuchten Augen und die Träne nicht bemerkt hätte, die dem Onkel über die rechte Wange lief. Sie wollte ihm die Peinlichkeit ersparen, ihm, dem Ehrenmann, dem Herrscher im Exil, fern von seinem Reich und seinen Leuten. Wer weiß, wie viele Menschen in diesem Film er wiedererkannte. Niemandem konnte er mehr einen Espresso spendieren, von niemandem wurde er respektvoll begrüßt, niemand brachte ihm seine Verehrung, ja seine Liebe zum Ausdruck, wenn er nicht physisch anwesend war. Aber liebten ihn die Leute wirklich? Wenn er nicht der Boss wäre, wenn er nicht die Macht über Leben, Tod und Wohlstand hätte, würden sie ihn dann genauso lieben? Würde er in den engen Gassen der Altstadt auf freundlich lächelnde Gesichter treffen oder auf die finstere Miene von Leuten, die ihn gleich ausrauben würden, so, wie es seine Männer mit dem Rest der Menschheit taten? Gab es einen Onkel, der nicht Camorrist war, oder war er dann einfach nur ein beschissenes Nichts wie alle anderen? Um sich derartige Fragen zu stellen, war es zu spät. Der Onkel war der Onkel, es gab für ihn kein vom Rest der Welt isoliertes Haus, in dem er so tun konnte, als sei er jemand anderes. Alle wussten, was er getan hatte, wo er herkam, was er erreicht hatte, und die freundlich lächelnden Gesichter, der Respekt und die Furcht waren alles, was er verlangen konnte. Sich mit Fragen über echte oder falsche Liebe den Kopf zu zerbrechen, war bloße Zeitverschwendung.

Der Onkel goss sich gerade Spumante ein und führte das Glas an die Lippen, als Anthony auf dem Bildschirm erschien. Um besser zu sehen, kniff er die Augen zusammen: Natürlich, das war der Dealer. Der gehörte zu seinen Leuten. Er war ihm öfter begegnet, wenn er an den Drogenverkaufsplätzen seine Runde drehte, um routinemäßig den Anspruch auf die Kontrolle über sein Revier durch seine Anwesenheit zu bestätigen und zu sichern. An den Namen konnte er sich nicht erinnern, oder vielleicht hatte er ihn nie gewusst. Die Bosse kennen die Namen der kleinen Fische nicht beziehungsweise vergessen sie sofort wieder, weil das ganz normal ist, aber auch, weil es so sein muss. Sich an den Namen von jemandem zu erinnern, ist – ähnlich wie ihn auf dem Handy zu speichern – ein Zeichen von Respekt oder zumindest von Beachtung.

Zu Gessica, die sich in der Zwischenzeit wieder neben ihn gesetzt hatte, sagte er nichts. Ohne bestimmten Grund. Er wollte sie nur nicht darüber informieren und versuchte im

Gegenteil, sich gar nicht anmerken zu lassen, wie überrascht er war. Das fiel ihm übrigens ziemlich schwer. Denn einerseits fragte er sich, wie um Himmels willen der Dealer es geschafft hatte, bei *Big Brother* aufgenommen zu werden, auf der anderen Seite begann die Unruhe ihn mit eisenharter Hand zu packen. Im *BB*-Haus küsste jeder jede, auch wenn zu Hause eine Freundin auf ihn wartete. Alle machten sich lächerlich, auch wenn sie draußen einer respektablen Beschäftigung nachgingen. Das Wichtigste aber war: Alle erzählten alles, auch das, was sie nicht erzählen durften. Der Onkel hoffte inständig, dass dieser Junge mit dem verbrutzelten Gesicht ihn nicht in Schwierigkeiten bringen würde. Bei genauerem Nachdenken wurde ihm jedoch klar, dass Anthony ihm ohnehin nicht mehr Schwierigkeiten bereiten konnte als die, in denen er bereits steckte.

»Das ist mein Friseur«, erklärte Anthony in die Kamera, während er mit dem Rücken die Tür des Friseursalons aufdrückte, »er heißt Giacomo.« Der Kameramann drängte sich mit dem ganzen Team in den Raum und filmte ein paar ältere Männer, die dort herumsaßen und sich unterhielten. Als die Kamera den ganzen Raum einfangen wollte, konnte man im Hintergrund eine menschliche Gestalt erkennen, die sich den Jackenaufschlag bis über den Kopf zog und eiligst das Weite suchte. Dieser Jemand hatte offensichtlich kein gesteigertes Interesse, im Fernsehen zu erscheinen. Der Onkel glaubte einen Vorbestraften zu erkennen, der eigentlich Hausarrest hatte und gar nicht unterwegs sein durfte.

Das Objektiv richtete sich nun auf den Friseur selbst, dessen Blick erstaunt zwischen Anthony und der Kamera hin und her irrte. »Giacomo ist zwar nicht gerade auf der Höhe der Zeit«, erklärte Anthony und blickte selbstzufrieden in die Kamera, »wir jungen Leute aber mögen ihn, weil er uns diesen so endcoolen Haarschnitt macht.« Er fuhr sich mit der Hand durch die gegelten Haare und neigte sein Gesicht ein wenig seitlich nach unten in einer Pose, die seiner Meinung nach verführerisch wirken sollte. »Giacomo, mach dir keine Sorgen. Ich mache Probeaufnahmen für eine Modeagentur. Die Herrschaften sind echt ok, du kannst ganz ruhig sein.«

Während der Onkel über die Bedeutung des letzten Satzes nachdachte und zu dem Schluss kam, dass er wahrscheinlich keine hatte, betrachtete Gessica ihn neugierig und fragte: »Kennst du ihn?«

»Den Friseur? Natürlich kenn ich ihn, das ist Giacomo.«

»Nein, ich meinte den Jungen.«

»Ach so, nein. Den kenne ich nicht«, log der Onkel. »Aber er scheint ein ausgemachter Trottel zu sein.«

Anthony legte dem Friseur eine Hand auf die Schulter, während die Kamera sich auf die Gesichter richtete und die merkwürdigen Augenbrauen des jungen Mannes erst richtig zur Geltung brachte. Als stünde er in geheimer Verbindung mit dem Publikum, lächelte er den Friseur an und sagte: »Wir haben noch eine Rechnung offen, stimmt's, Giacomo?«, und gab ihm einen unerwartet heftigen Klaps auf die Schulter. Giacomo blickte verärgert drein. »Inwiefern?«, fragte eine Stimme aus dem Off. »Nein, nein«, wiegelte Anthony eilfertig ab, »nur in dem Sinn, dass ich ein Konto bei ihm habe. Er kümmert sich um mein Aussehen und ich bezahle ihn jeden Monat.«

»Da schau an!«, sagte einer der älteren Männer zu seinem Nachbarn. »Er zahlt sogar.« Als die Kamera ans Ende des Salons zu den Männern umschwenkte, merkte der Alte, dass er zu laut geredet hatte.

Szenenwechsel. Eine andere Straße, immer noch in den Quartieri Spagnoli. Nun war die Eingangstür des Hauses zu sehen, in dem Anthony wohnte. Die Kamera folgte ihm die hohen, durchgetretenen Treppenstufen zu der Wohnung hinauf, wo seine Mutter in einem Abendkleid, das ihre fülligen Formen lächerlich betonte, die Hausherrin gab. Im Gegensatz zum Friseur war sie über das Erscheinen des Fernsehteams informiert worden. Und sie glaubte, im Gegensatz zum Friseur, dass es sich um Probeaufnahmen für einen Videoclip des neapolitanischen Sängeridols Gigi D'Alessio handelte, und dass ihre Wohnung extra für diese Aufnahmen ausgesucht worden war. Man wolle eine »echte« Szene, hatte ihr der Sohn versichert, eine Szene aus dem »echten« Leben.

Sie setzten sich an den Küchentisch, und die Frau ging an den Herd, um bei einer typisch neapolitanischen Tätigkeit aufgenommen zu werden: Sie bereitete einen Espresso mit dem traditionellen neapolitanischen Kaffeekocher zu, der an einem bestimmten Punkt umgedreht werden muss. In Wirklichkeit hatte sie ebenso wie die meisten Neapolitaner nie vorher so ein Ding benutzt. Der Kauf war ein »Vernunftkauf« gewesen, wie sie es nannte, und die zehn Euro waren gut angelegt, um einen gewissen Showeffekt zu erzeugen. Das war es schon wert, wenn sie dafür ihren Sohn im neuesten Video von Gigi D'Alessio sehen konnte.

Die Leute von *Big Brother* hatten sich klipp und klar ausgedrückt: »Niemand darf wissen, dass *wir* diese Aufnahmen machen.« Sie hatten Anthony auch dabei geholfen, plausible Notlügen wie die Geschichten von der Modeagentur und dem Videoclip zu erfinden. Wie sie von vornherein wussten, hatte Anthony auch allen Grund, seiner Mutter nichts von der Sendung und dem Rest zu erzählen. Sie wäre nicht einverstanden gewesen. Dass ihr Sohn Dealer war, konnte noch durchgehen, aber bei *Big Brother*, das war unvorstellbar. Was die Leute von *Big Brother* allerdings nicht wussten, war, dass Anthony auch sie nach Strich und Faden belogen hatte. Zum ersten Mal in seinem Leben stellte der junge Mann fest, dass er einen hervorragenden Doppelagenten abgab. Wer weiß, wie ihm diese Fähigkeit in Zukunft noch von Nutzen sein konnte.

»Mein Anthony?«, fragte seine Mutter, während sie mit dem Kaffeekocher hantierte, und drehte den Kopf in Richtung Kamera, der sie den Rücken zuwandte. »Er schlägt sich so durch, er tut, was er kann, er hilft alten Frauen beim Einkauf.« Sofort korrigierte sie sich: »Älteren Damen natürlich.«

»Schon gut, das haben wir verstanden«, sagte die Stimme aus dem Off.

»Seit sein Vater tot ist«, fuhr die Frau mit gebrochener Stimme fort, »hat er sich nie unterkriegen lassen. Ich wüsste nicht, wie ich ohne ihn zurechtkommen sollte. Alle mögen ihn.« Sie wischte sich mit dem Handrücken die Tränen aus den Augen, schraubte den Kaffeekocher zu und stellte ihn auf den Herd.

Obwohl im geschnittenen Film keine Frage dazu auftauchte, muss einer aus dem Aufnahmeteam nach Anthonys Vater gefragt haben, denn die Mutter setzte sich nun und begann zu erzählen. »Er war Erdölarbeiter«, erklärte sie. »Er holte das Öl raus und arbeitete auf einer der Plattformen in Afrika, wo sie nach Öl bohren.« Die Mitglieder der Crew hatten wohl verwirrt reagiert, denn Anthonys Mutter blickte missbilligend drein und wiederholte mit einem Kopfnicken: »Ja, Erdölarbeiter.« Wiederum aus dem Off fuhr der Sohn dazwischen: »Ja, Mama, sie haben's kapiert.«

»Eines Tages fing er sich eine böse Krankheit, so eine afrikanische, und starb daran.« Nun begann Anthonys Mutter zu schluchzen, vermochte damit aber bei keinem einzigen Fernsehzuschauer Mitleid mit dem undankbaren Schicksal ihres Gatten zu wecken, denn die Szene wirkte eher wie eine lächerliche Karikatur neapolitanischer Gefühlsseligkeit. »Allmächtiger, er ist tooot!«, rief sie aus, brach in lautes Weinen aus, legte den Kopf auf den Küchentisch und hämmerte mit den Fäusten drauflos.

Anstelle der Innenaufnahmen sah man nun erneut die Gassen der Quartieri. »Sie müssen entschuldigen«, sagte Anthony in die Kamera, »seit Papa gestorben ist, ist sie nicht mehr so ganz auf der Höhe der Zeit.« Völlig gefesselt von dieser primitiven Szene musste der Onkel unwillkürlich lächeln. Die Geschichte von Anthonys Vater kannte er nur allzu gut. Jetzt passte alles zusammen, und er wusste genau, um wen es sich handelte. Gessica dachte, er lächle über den surrealen Tonfall dieses Films, und wagte die Bemerkung: »Wenn ich die sehe, schäme ich mich, aus Neapel zu sein.« Der Boss drehte sich zu ihr um und schaute sie an, sagte aber nichts. Sie glaubte eben immer noch, die achtbare Frau eines achtbaren Mannes zu sein, doch es war schließlich nicht seine Aufgabe, sie vom Gegenteil zu überzeugen.

Die Fernsehcrew klapperte die Via Speranzella der Länge und Breite nach ab. Vor allem der Länge nach, denn, so eng die Straße auch ist, sie zieht sich von einem Ende der Quartieri Spagnoli bis zum anderen. Alle Menschen erzählten die gleiche Geschichte: Anthony sei ein lieber und stets hilfsbereiter Junge, dessen Vater in Afrika bei Erdölbohrungen ums Leben gekommen war.

Sogar der Onkel wunderte sich, wie viel Arbeit da investiert worden war, um all diese Leute zu präparieren. Irgendjemand musste Haus für Haus abgeklappert und allen Bewohnern eingebläut haben, was sie vor der Kamera zu sagen hatten, und niemand schien sich geweigert zu haben. So etwas konnte nur den fünf Monstern gelingen. Aber die fünf Monster handelten nur im direkten Auftrag des Onkels. Was war hier passiert? Im Kopf des Onkels überstürzten sich die Fragen.

Obwohl der Werbeblock eingeblendet wurde, starrte der Onkel weiter ebenso gebannt auf den Bildschirm wie damals, als er vor einigen Jahren den Schlangentanz von Salma Hayek in dem Film *From Dusk Till Dawn* gesehen hatte. Hypnotisiert, total hypnotisiert. Doch anstelle von Salma Hayek sah der Onkel Germano Spic 'n Span, Pasquale Bruzzelì, Alberto den Gangster, Sandruccio die Jungfer und Biagio die Tunte vor sich, und das war kein schöner Anblick.

Warum hatten sie dieses Spektakel ins Werk gesetzt? Arbeiteten sie vielleicht für jemand anderen? Sollte der Junge so viel Moos zusammengekratzt haben, dass er den Clan für eine derartige Dienstleistung bezahlen konnte? Nein, das war absolut unmöglich. Anthony war ein kleines Würstchen, und das bisschen Geld, das er verdiente, stammte samt und sonders aus den Kassen des Onkels. Er bezahlte ihn oder hatte ihn bezahlt, bis er hatte untertauchen müssen.

»Magst du Smarties?«, fragte Gessica.

»Was?«, knurrte der Boss und erwachte aus seinem Schockzustand.

»Die Smarties da. Gleich steckst du noch den Kopf in den Fernseher.« Eben lief die Reklame für die vielen, vielen bunten Schokolinsen.

»Ach, nein. Wobei, schon ein bisschen. Mit Germano und den anderen waren wir vor Kurzem am Überlegen, ob wir nicht in Smarties investieren sollten.«

»In Smarties?«, fragte seine Frau etwas angewidert, nicht wegen der Schokolinsen als solchen, sondern weil der Clan schon in fast alles investiert hatte, von Spielhallen über Einkaufszentren und Pizzerien bis hin zu den größten Banken. Aber Schokolinsen? Das nun wirklich nicht. Der Onkel hatte den Bogen überspannt. »Bah«, brummte Gessica wenig überzeugt und griff nach dem Tramezzino, das noch auf dem Tablett lag. Der Spumante hatte sie wieder hungrig gemacht.

Schatzsuche

Der Onkel musste angefangen haben, Gedichte zu lesen. In irgendeinem zum Bunker ausgebauten Versteck, geschützt vom engsten Kreis seiner Getreuen, hatte er aus Langeweile angefangen zu lesen. Zu diesem Schluss kam Woody Alien, nachdem er über seine neueste Entdeckung nachgegrübelt hatte: Germano Spic 'n Span und Pasquale Bruzzelì, die Schwergewichte des Clans, hatten eine Buchhandlung aufgesucht, um Gedichtbände zu kaufen. Davor allerdings hatten sie bei den ambulanten Verkäufern am Bahnhof die neuesten Schlagerhits erstanden. Der Onkel las Gedichte und hörte Laura Pausini.

Das passte zusammen und war eine plausible Erklärung, die greifbarste. Und doch war es kompletter Blödsinn. Es klang danach, sah so aus und war so stichhaltig wie absoluter Blödsinn. War es denkbar, dass der Onkel, der König der Quartieri Spagnoli, der am meisten gefürchtete Mafiaboss der Altstadt von Neapel, sich plötzlich für Haikus begeisterte? Theoretisch ergab diese Erklärung einen Sinn, gefühlt aber nicht.

Das Leben im Untergrund konnte natürlich seine künstlerischen Neigungen verstärkt haben. Er wäre nicht der erste künstlerisch begabte Camorrist. Wie der Boss aus dem Forcella-Viertel, der Texte für die bekanntesten Schlagersänger Neapels geschrieben hatte, oder der aus Secondigliano, der zwischen Mord und Schutzgelderpressungen Bilder malte und sie sogar in einer Ausstellung zeigte. Aber der Onkel? Der war eigentlich nicht der Typ dafür. Sein Instinkt sagte Woody, dass etwas anderes dahinterstecken musste, ein anderer Zusammenhang, in den diese Bücher und CDs aber verdammt gut hineinpassten. Also musste er diese Piste weiterverfolgen, die ihn vielleicht nicht zum Onkel, aber auf jeden Fall zu einer wichtigen Entdeckung führen würde.

Mit dem Cursor der Maus schloss er das Fenster der GPS-Software. Seit Tagen fuhr das Auto der fünf Monster immer die üblichen Wege ohne irgendeine Abweichung. Alle Wege ließen sich auf eines ihrer Geschäftsfelder zurückführen, auf den Besuch eines Drogenumschlagplatzes oder eine Geliebte. Einzige Ausnahme war die Buchhandlung, die wie ein riesiger Findling das Bild der – eigentlich noch ziemlich lückenhaften – bisher zusammengetragenen Indizien störte. Es war der einzige »lose Faden«, wie Harry Bosch es nennen würde.

Wu blickte auf die Uhr in der rechten Ecke der Task-Leiste, es war halb zwei in der Nacht. Weil er unter Schlaflosigkeit litt, konnte er bis tief in die Nacht arbeiten, und die Arbeit machte ihn schlaflos. Es war ein Teufelskreis. Sein Leiden hatte einen Namen, den Namen des Onkels, und der hatte ihm alles ruiniert. Er hatte sich schon auf das Fest im Polizeipräsidium gefreut, auf die Polizisten, die in der Via Diaz an den Fenstern stehen würden, und auf die applaudierenden Menschen – so wie es in Sizilien geschehen war, als dort dieser gefährliche, jahrzehntelang untergetauchte Boss verhaftet wurde. Auf die Glückwünsche der Minister, die Aufregung des Staatsanwalts und auf die neue Trophäe, die er seiner umfangreichen Sammlung hätte hinzufügen können. Außerdem auf die Fernsehinterviews, die Porträts in den großen Zeitschriften, und wer weiß: Vielleicht hätte es sogar eine Beförderung gegeben.

Aber der Onkel hatte alles ruiniert. Ein paar Sekunden, bevor Woody die Tür aufbrach, war er entwischt. Der Spiegel im Bad war noch beschlagen vom Wasserdampf der Dusche, und in der Mitte prangte ein mit dem Finger gezeichneter Penis.

Kindisch wie die sinnlosen Spraybilder, die die Häuserwände verunzieren. Die Zeichnung des Onkels aber hatte einen Sinn. Sie bedeutete: »Ich hab euch reingelegt, ihr blöden Idioten.« Er hatte noch Zeit gefunden, sie zu verspotten, und es war ihm daran gelegen zu zeigen, mit welch perverser Freude er ihren Fehlschlag genoss. Es gab kein Blaulicht, kein Martinshorn auf der Straße. Der Onkel musste von einem Verräter in den Reihen der Polizei einen Tipp bekommen haben, das war sonnenklar. Warum aber sollte es ihnen, die sie ja schließlich die Bullen waren, nicht ebenso gelingen, den Onkel mit Hilfe eines Verräters aufzuspüren? Dem Polizisten fiel das Sprichwort ein: »Verrat muss mit Verrat vergolten werden.« Das Problem war nur, dass er auf der Seite des Gesetzes stand, während der Onkel sich mit dem Strafgesetzbuch den Arsch abwischte.

Wu nahm den Zettel, auf dem er den ersten Halt des BMW nach der Buchhandlung vermerkt hatte. Dort musste aller Wahrscheinlichkeit nach derjenige zu finden sein, für den die Bücher bestimmt waren, denn der Punkt lag zwar immer noch in den Quartieri Spagnoli, aber keiner der fünf Monster wohnte dort. Vielleicht hatte der Wagen aus anderen Gründen dort gehalten, aber es lohnte sich auf jeden Fall, dort einmal vorbeizuschauen. An Schlaf war ohnehin nicht zu denken.

Woody stöpselte die externe Festplatte vom Computer ab und packte sie in seine Jackeninnentasche. Weil der begründete Verdacht einer undichten Stelle im Polizeipräsidium aufgekommen war, hatte er sich das Verfahren angewöhnt, die für eine Ermittlung wichtigen Daten extern zu speichern.

Nachdem er die quietschenden Balkontüren geschlossen hatte, trat er in den breiten Gang im dritten Stock des Polizeipräsidiums. Nachts war die Beleuchtung auf Sparflamme, und in den großen Fenstern zum Innenhof, in dem die Einsatzwagen des Überfallkommandos parkten, spiegelte sich das verwüstete Gesicht des Polizisten. Bevor er die Antipaniktür zum Treppenhaus aufstieß, blieb er stehen, um sein Spiegelbild zu betrachten. Durch die Dunkelheit und das transparente Glas wirkte es besonders unheimlich. Es war nicht zu leugnen, dass sein Gesicht ein nicht enden wollender Albtraum war, aber die dunklen Schatten akzentuierten es wie das Meisterwerk eines Maskenbildners für Horrorfilme. War das der Grund dafür, dass er mitten in der Nacht mutterseelenallein in den Gängen des Polizeipräsidiums herumstreunte? Oder waren sein spröder Charakter und seine Arbeitswut daran schuld? Hatte dieses Monstergesicht seinen spröden Charakter und seine Arbeitswut hervorgebracht? Es war wie die Geschichte mit der Schlaflosigkeit, die ihn arbeiten, und der Arbeit, die ihn schlaflos werden ließ. Es gab keinen Ausweg. Besser einfach weiterleben und damit basta.

Das Polizeipräsidium hatte vier verschiedene Ausgänge, einen an jeder Seite des Gebäudekomplexes. Um diese Zeit aber war nur noch die Tür an der Via Medina offen. Beim Hinausgehen sah er das übliche Grüppchen an Menschen, die beraubt worden waren und außerhalb der Wache darauf warteten, dass einer der Beamten ein Protokoll aufsetzte und ihnen vor allem etwas Trost spendete. Die allermeisten Raubopfer wussten ganz genau, dass die Delinquenten höchstwahrscheinlich nicht geschnappt wurden, und ihre Anzeige signalisierte mehr den Wunsch sich abzureagieren als die Hoffnung, die Verantwortlichen hinter Gitter zu bringen. Oft bekamen sie von den aufnehmenden Beamten nur ein lakonisches »Wir werden alles tun, aber …«, zu hören. In einer Stadt wie Neapel müsse man sich zuerst um die großen Verbrechen kümmern, und dafür würden alle verfügbaren Kräfte gebraucht. Wu glaubte nicht, dass die Menschen vor der Wache diese Argumentation verstanden, und vielleicht hatten sie sogar recht damit.

Er umrundete zu Fuß die beiden Seiten des Polizeipräsidiums bis zur Via Guantai Nuovi. Von dort aus waren es nur ein paar Schritte zu den Quartieri Spagnoli. Er ging gern ein wenig zu Fuß durch die menschenleere nächtliche Stadt, zumal es unmöglich war, in den Gassen hinter der Via Toledo einen Parkplatz zu finden, sofern man sich nicht über Jahre per Gewohnheitsrecht einen illegalen Privatparkplatz erobert hatte. In den Quartieri besaß jeder einen: am Ende einer Sackgasse, vor einer Durchfahrt oder im Innenhof eines Gebäudes. Alles war festgelegt: Wer den Rollladen vor seinem Geschäft hochzog, wusste, wem das davor parkende Auto gehörte, die Hausbewohner kannten die Autos in ihrem Innenhof, und auch die Polizisten drückten bei den Nummernschildern der Anwohner ein Auge zu. Für Außenstehende galt dies jedoch nicht, und wenn man vermeiden wollte, sein Auto mit zerstochenen Reifen wiederzufinden, war es besser, zu Fuß zu gehen.

Woody ging die Via Ponte di Tappia hinauf, wo tagsüber wegen der Büros und unzähligen Geschäfte ein fürchterliches Chaos herrschte. In der Stille der Nacht hörte Wu nur seine eigenen Atemzüge, die immer schwerer gingen. Da er die steil ansteigende Straße praktisch hinaufgerannt war, verlangsamte er nun seine Schritte. Wenn er mitten in der Nacht jemandem mit seinem Gesicht begegnet wäre, der in Richtung der Quartieri Spagnoli rannte, hätte er ihn angehalten und kontrolliert. Er war immer auf dem Sprung, denn Woody Alien war auch dann im Dienst, wenn er nicht im Dienst war.

Nach ein paar Schritten auf der Via Toledo zwängte er sich zwischen den mit schweren Ketten an den Rohrleitungen der Häuser verankerten Ständen der Straßenverkäufer zum Vico San Sepolcro durch. Diese eisernen Barrikaden mitten auf der

Straße und die Tatsache, dass man sich auf dem Weg in die Gassen ihrem Gesetz beugen und ein paar Meter Platz erkämpfen musste, waren der greifbarste Beweis dafür, dass alles Streben nach Legalität hier eine Ende hatte. Dem Staat war es nie gelungen, hier einzudringen, und die Via Toledo bildete die Grenze zwischen der regierbaren und der sich selbst regierenden Stadt. Wu nahm sich wieder einmal vor, am nächsten Morgen ein paar seiner Leute mit der Feuerwehr zu schicken, um all dieses Durcheinander aus Eisenstangen und Ketten zu beseitigen.

Der Aufstieg schien kein Ende zu nehmen. Schon in der übrigen Stadt war es dunkel genug, aber hier herrschte pechrabenschwarze Nacht. Das unregelmäßige Kopfsteinpflaster zwang Wu darauf zu achten, dass er nicht umknickte und hinfiel oder sich den Knöchel verstauchte. Er war es nicht gewohnt, zu Fuß zu gehen, erst recht nicht auf diesen holperigen Basaltbuckeln.

Ab und zu rauschte ein Motorroller in der einen oder anderen Richtung vorbei. An ihnen war also nicht zu erkennen, in welche Richtung die Einbahnstraße verlief. Der verblichene, aufgeplatzte Putz der alten Häuser drohte sich beim ersten Windhauch zu lösen. Alt. Das war die beste Bezeichnung für den Zustand der Gebäude in dieser Gegend. Nicht antik, nicht wertvoll, nicht von historischem Interesse. Im ganzen Viertel gab es eigentlich nur einige wenige wertvolle Palazzi, die übrigen waren trostlose Wohnhäuser, alt, aber nicht wirklich alt, veraltet, aber nicht erhaltungswert. Und doch war es unmöglich, sie zu sanieren. Pläne dafür waren von städtischen Politikern und Intellektuellen mehrmals ins Spiel gebracht worden, stets aber hatten sich die Mechanismen des Klientelismus gegen die Effizienz durchgesetzt: Die Bewohner, die bei den Wahlen Präferenzstimmen abgeben konnten, wollten unter keinen Umständen ihre Häuser auch nur vorübergehend verlassen, selbst wenn man sie ihnen in dieser Zeit nagelneu herrichtete. Durch einen Trick war deshalb das ganze Viertel zum »historisch wertvollen Denkmal« erklärt worden, Beton und Mörtel inklusive. Damit war die Sache erledigt.

Wu ging durch den Kopf, dass auch die Beschaffenheit dieser Gassen samt ihrer dichten Bebauung Sicherheitsvorkehrungen und staatliche Eingriffe verhinderte. Auch das war ein Grund dafür, dass es dem Onkel gelungen war, sich aus dem Staub zu machen. Zehn Sekunden Vorsprung ermöglichten es in diesem Gassengewirr, auf Nimmerwiedersehen zu verschwinden.

Am Ende des Vico San Sepolcro bog Woody in den Vico Canale a Taverna Penta ein. Ein Blick auf den Notizzettel in der Tasche bestätigte ihm, dass er Glück gehabt hatte. Die Nummer 94 war vom Haus davor und danach ziemlich weit entfernt. Nur deshalb war es möglich gewesen, den Ort, wo der BMW gehalten hatte, genau zu bestimmen. Normalerweise ließ sich durch die Angaben des GPS nur ein Umkreis von zwei bis drei Häusern festlegen.

Die Hausnummer war mit Farbe auf den rechten Torbogen gemalt. Es gab keine Tür, sondern nur eine Art grauverputzten Toreingang unter einem Gewölbe. Von dort gelangte man in einen ungefähr hundert Quadratmeter großen Innenhof, wo gegenüber und auf den beiden Längsseiten die Eingangstüren zu den Wohnungen lagen. Vor diesem Innenhof führte auf der linken Seite eine türlose Öffnung in ein Treppenhaus.

Auf der rechten Seite des Toreingangs befand sich dagegen eine mit einer horizontalen Eisenstange bewehrte Holztür, die mit einem alten, verrosteten Schloss an einem Ring im Türpfosten abgesperrt war. Wu wusste instinktiv, dass er hier suchen musste, denn er ahnte, dass sich hinter dieser Geschichte mit den Büchern irgendetwas Finsteres verbarg, welchen Gebrauch auch immer der Clan davon machen wollte. Wollten sie die Bücher fotokopieren und an die Bewohner des Viertels verkaufen? Wollten sie sie dem Untergetauchten bringen? Oder wollten sie sie verwenden, um sich den Hintern damit abzuwischen? Auf jeden Fall bargen diese Bücher und CDs ein dunkles Geheimnis. Seit Langem vermieden es die Bewohner der Gegend, irgendetwas zu Hause aufzubewahren, was sie in Schwierigkeiten bringen konnte. Für die Polizei war es deshalb äußerst selten geworden, Drogen, Waffen oder Raubkopien in einer Wohnung zu finden. Der Clan nutzte die Wohnungen lieber nicht mehr als Depots, sondern übertrug den Bewohnern die Aufsicht über gewisse Dinge, die sie dann ein paar Meter weiter irgendwo unterbrachten. Auch wenn die Polizei das Versteck dann entdeckte und alles beschlagnahmte, konnten die Fundstücke keiner bestimmten Person zugeordnet werden und waren quasi herrenlos. Der Schaden bestand lediglich in der Beschlagnahmung der Ware, ohne persönliche Anzeige und ohne die Gefahr, dass irgendein ängstlicher Anwohner von den Ermittlern durch Drohungen oder Versprechungen dazu bewegt werden konnte, die Auftraggeber preiszugeben.

Wenn es etwas zu finden gab, dachte Wu, dann würde er es nicht in den Wohnungen finden. Was aber konnte sich hinter dieser morschen Holztür verbergen? Er hielt das Ohr an die Tür, um zu lauschen. Nachts, wenn es so still war, konnte man durchaus das Schnarchen eines Menschen hören. Wu zog den Ring ein bisschen zu sich heran und bemerkte, dass er etwas Spiel hatte. Am liebsten hätte er geklopft, ein bisschen Lärm gemacht und wieder das Ohr ans Holz gehalten, um etwaige menschliche Geräusche wahrzunehmen. Damit aber hätte er auch die Menschen geweckt, die hinter den Türen im Innenhof wohnten. Falls jemand von ihnen die Aufgabe hatte, das

Material hinter der Holztür zu bewachen, schlief der sicher nur mit einem Auge.

Wu kniete nieder, packte ein Stück von dem grauen Putz, der sich von der Wand des Toreingangs gelöst hatte, und zog, immer noch auf den Knien, die Holztür zu sich her. Mit Daumen und Zeigefinger der rechten Hand bildete er ein »O«, legte den Brocken auf den Nagel des Zeigefingers, führte ihn unter der Tür durch und schnippte das Stück Putz ins Innere. Er hörte, wie der Brocken ein paarmal aufschlug. Der dadurch verursachte Lärm war nur von dem zu hören, der sich eventuell dort drinnen befand. Hingekauert und mit dem Ohr an der Holztür wartete Woody einige Minuten und wiederholte das Spiel dann mit einem größeren Brocken. Nichts, da drinnen war niemand, oder jedenfalls niemand, der sich mit seinem kleinen Trick, der schließlich gar nicht so schlecht war, hätte entdecken lassen.

Es blieb das Problem der geschlossenen Tür, aber da er bereits festgestellt hatte, wie morsch das Holz war, wusste der Polizist sich leicht zu helfen. Er zog die Pistole aus dem Gürtel, sicherte sie und schob den Lauf vorsichtig zwischen Ring und Türpfosten durch. Mit Hilfe seiner Jacke, die er sich zur Geräuschdämpfung um die Rechte gewickelt hatte, bewegte er die Waffe vor und zurück. Nach wenigen Minuten lösten sich die Nägel, die den Ring im Türpfosten hielten, und Wu konnte hinein.

Während er die Tür langsam hinter sich anlehnte, bereute er es schon, keine Taschenlampe mitgebracht zu haben, denn beim Abtasten der Mauer konnte er keinen Schalter finden. Doch immerhin hatte er ein Handy dabei. Er zog es heraus und drückte irgendeine Taste, sodass das Display aufleuchtete und anzeigte, dass es nur noch vier Prozent Akku hatte. Lautlos fluchte er in sich hinein. In ein paar Minuten würde ihn das Handy im Stich lassen. Glücklicherweise war der Raum anscheinend nicht sehr groß. Nach ein paar Schritten fand sein Fuß keinen Halt mehr und Wu fühlte die Leere unter sich. Mit zusammengebissenen Zähnen versuchte er sich wieder aufzurappeln: Gebrochen hatte er sich nichts. Bloß mit den Stufen, die den Eingang von dem Raum trennten, in dem er sich jetzt befand, hatte er nicht gerechnet. Er war in einem Souterrain gelandet.

Aus dem Dunkel hob sich schwach ein Fenster zur Straße ab, aber es drang kaum Licht herein, denn auch die Straße war unbeleuchtet. Mit erhobenem Handy drehte sich Wu um sich selbst, um sich einen Gesamteindruck von dem Raum zu verschaffen. An der hinteren Wand stand ein Schreibtisch, zu dem sich Wu an der Mauer entlangtastete. Auf halbem Wege stieß er gegen ein Hindernis und wäre beinahe noch einmal gestürzt. Die Display-Beleuchtung erhellte einen Karton. Mit der Hand fasste er hinein und fand, was er erwartet hatte: Bücher. Er nahm eines heraus, hielt es unter das Display und las: Matsuo Bashō, *Gedichte, Haikus und poetische Schriften*. Wu ließ den Band in den Karton zurückfallen und griff sich einen anderen: *Sechsundsechzig Haikus, mit japanischem Original*. Dann ertastete seine Hand auf dem Grund des Kartons ein Quadrat aus Hartplastik: Die Hülle einer CD. Davon gab es mindestens ein Dutzend. Wu zog eine heraus und beleuchtete sie. Auf dem verblassten fotokopierten Cover stand: *Solo 2.0 – Das neue Album von Marco Mengoni*.

Wu ließ alles an seinem Platz, denn er wollte nicht, dass jemand seine Anwesenheit bemerkte. Die Onkels sollten den Eindruck haben, sich frei und ungestört bewegen zu können, denn nur so würden sie ihn zu etwas Konkretem führen.

Wu stand auf, ging an den Schreibtisch und setzte sich auf den Stuhl dahinter. Das Display zeigte ihm jetzt an, dass er nur noch zwei Prozent Akku hatte. In drei, höchstens vier Minuten würde das Handy verlöschen. Wu öffnete die Schreibtischschublade, die zuerst leer schien. Erst ganz hinten ertastete er den kalten Stahl eines Pistolenlaufs. Auch ohne Licht hätte er sofort erkannt, dass es sich um eine 44er Magnum mit kurzem Lauf handelte, und sie war nicht geladen. Darunter lagen ein paar Blätter, vier oder fünf, nicht mehr. Wu legte sie auf die Schreibtischplatte und hielt das Handy darüber. Sie waren mit Computer geschrieben:

Liebe Gemma,
ich bin der Onkel. Ich will Dir noch einmal schreiben, um Dir zu sagen, dass Du fantastische Augen hast. Ich weiß, Du wirst mir auch heute nicht antworten und auch morgen nicht und auch nicht übermorgen. Ich liebe Dich, seit Du die erste Staffel von Big Brother *moderiert hast, seit Du mit einem Zehn-Zentimeter-Absatz am einen Fuß und einem Tennisschuh am anderen aufgetreten bist, um Deine Solidarität mit Lucrezia zu zeigen, die im BB-Haus an Grippe erkrankt war. Ich habe auch Dein Buch über* Big Brother *gelesen, in dem Du sagst, dass ein Schwimmbecken wie ein Haus im Haus ist oder dass jeder von uns ein Herz wie ein BB-ler hat. Ich schreibe Dir, denn ich will …*

Das Licht des Handys erlosch. Wu blieb regungslos sitzen, nervös und wie gelähmt. Er versuchte, auf den Punkt zu kommen, einen Schluss zu ziehen und dem Ganzen einen Sinn zu geben. Aber es gelang ihm nicht. Die Gedichtbände, die CDs und jetzt diese Briefe. Wu hatte die anderen Briefe zwar nicht lesen können, aber wahrscheinlich hatten sie einen ähnlichen Inhalt. In dem dunklen Keller am Schreibtisch sitzend fühlte er sich völlig verloren.

Er beschloss, dass es für diese Nacht genug war. Beim Verlassen des Kellers würde er die Nägel wieder ins Holz bohren, sodass hoffentlich niemand seinen Besuch bemerkte. Bei einem weiteren Ortstermin sollte er dann am besten eine Taschenlampe mitnehmen.

Einen Fuß vor den anderen setzend ging er nervtötend langsam auf die Stufen zu, die er vorher hinuntergepurzelt war. Ohne das Licht des Handys konnte er nicht einmal die Hand vor den Augen sehen. Als er mehr oder weniger die gleiche Entfernung wie nach seinem Sturz zurückgelegt hatte, tastete er mit der Fußspitze nach der ersten Treppenstufe. Er fand sie, stieg langsam hinauf und tastete nach einigen Schritten mit den Händen nach der Holztür. Stattdessen fasste er gegen eine weiche Oberfläche, ein Kissen, ein riesiges Kissen einen Meter über der Erde. Das Kissen zog sich zusammen und blähte sich wieder auf. Es war ein Bauch. Vor Wu stand reglos ein Mann und atmete.

Ein schmutziges Geschäft

»Mein Sohn? Der hat behauptet, in Ibiza Urlaub zu machen, er ist verschwunden und nicht wieder aufgetaucht. Dann habe ich entdeckt, dass eine verheiratete Frau, die fünfzig Meter von hier in einem finsteren Loch im Erdgeschoss wohnt, ebenfalls dort Urlaub macht. Die sind zusammen abgehauen. Das nenne ich eine Schande!« Der Kellner hinter dem Tresen, ein dicklicher Mann mit weißen Haaren, merkte, dass die Touristen hinten im Lokal, ein Pärchen aus Mailand, das letzte Wort nicht verstanden hatten. »Eine Schande«, wiederholte er und stellte einige Espressotässchen auf den Tresen. Die zwei nickten und drehten sich um. Merkwürdigerweise interessierten sie sich nicht für dieses morgendliche Outing.

Lorenzo Scateni, Chefreporter für die *Cronache del Meridione,* und Marco Cinquegrana, Inspektor im Kommissariat Montecalvario, zeigten dagegen Interesse. Oder taten wenigstens so. Der Kellner tauchte ein Löffelchen in den Espresso des Polizisten, nahm ihn wieder heraus, probierte schlürfend die schwarze Flüssigkeit, nickte wortlos und warf den Löffel in das Spülbecken aus Edelstahl. Der Espresso war süß genug.

Cinquegrana, der in der Nähe arbeitete, war mit dieser abstoßenden Gewohnheit vertraut und sagte nichts. Scateni schaute stillschweigend zu und betete insgeheim, dass der Kellner mit seinem Espresso nicht genauso verfuhr. Er wurde erhört: Einen zu probieren schien zu genügen. Das Touristenpärchen, das kurz zuvor noch hinten im Lokal gestanden und die Vitrine betrachtet hatte, war inzwischen verschwunden. Die bereits bezahlten Espressi, die der Kellner zubereitet und auf den Tresen gestellt hatte, blieben verwaist stehen. Ungerührt leerte der Kellner den Kaffee ins Spülbecken.

Der Journalist fragte sich, ob das Probieren des Espresso oder das Outing die beiden in die Flucht geschlagen hatte. Er hatte den Verdacht, dass der Kellner allen diese Geschichte so laut und ohne die geringste Scheu erzählte, weil er damit vergeblich versuchte, die schwere Sünde abzubüßen, die sein Sohn auch ihm übertragen hatte. Gegenüber der Familie der Frau, den Nachbarn, den Quartieri Spagnoli und der ganzen Welt plagten ihn wohl schreckliche Schuldgefühle.

»Na ja«, murmelte Cinquegrana, um die Spannung abzubauen. »So was passiert halt. Die jungen Leute sind eben so. Der kommt aber ganz bestimmt zurück.« Der Kellner verharrte einen Augenblick reglos und dachte, dass dann eine weitere Demütigung auf ihn zukommen würde. Für ihn wäre es besser, wenn sein Sohn nach dem, was er getan hatte, nie mehr auftauchte. »Trotzdem schade«, fuhr der Polizist fort, »er lieferte den bestellten Espresso so gut.« Scateni blickte ihn zweifelnd an, denn er fragte sich, wie man in den Büros der Gegend beurteilen konnte, ob jemand bestellten Espresso gut auslieferte. Der Kellner dagegen stimmte zu: »Ja, er machte das sehr gut.« Irgendwie konnte man das anscheinend bewerten. Oder sie redeten einfach nur so daher.

»Los, gehen wir«, sagte der Polizist, setzte die Tasse auf den Tresen und machte dem Kellner ein Zeichen, dass er die beiden Espressi auf die Rechnung setzen sollte. »Ja, ja, natürlich«, murmelte der und hob die Hand zum Gruß.

Es war, als trüge Cinquegrana eine Uniform. Sein Gesicht war die Uniform, nicht seine Jeans und das Hemd. Auf der Via Montecalvario bemerkte Scateni, dass man die Anwohner in zwei

Gruppen unterteilen konnte: diejenigen, die den Polizisten respektvoll grüßten, und diejenigen, die sich auf die andere Seite drehten. Einige nahmen sogar Reißaus. Der Inspektor tat so, als würde er die Flüchtenden nicht sehen, und plauderte weiter angeregt mit dem Journalisten. Wer wegrannte, sobald er einen Polizisten sah, hätte eigentlich verfolgt werden müssen. Das geschah auch, jedenfalls ab und zu, vor allem aber dann, wenn es geplant war. Verfolgungsjagden waren Sache der »Falken«, der Bullen auf zwei Rädern, und gingen einen Inspektor, der zu Fuß unterwegs war, um einen Kaffee zu trinken, nichts an.

»Also, Lore'«, setzte der Polizist in einem Augenblick, in dem ihn gerade niemand grüßte, an, »kommen wir zu uns. Ich kenne diesen Typen.«

»Aha, ist er denn vorbestraft?«, fragte Scateni.

»Aber nein, nein ...«, wehrte Cinquegrana eilends ab. »Man muss nicht gleich übertreiben. Sagen wir so: Wenn du einen Artikel über ihn schreiben solltest, könntest du anklingen lassen, dass er den Ordnungskräften bereits bekannt ist. Weißt du, was ich meine?« Scateni wusste es genau. Wenn Journalisten dem Leser zu verstehen geben wollten, dass jemand, der in einen Kriminalfall verwickelt war, schon mit der Polizei zu tun hatte, ohne aber verurteilt worden zu sein oder ohne dass der Autor die genauen Umstände kannte, und den er deshalb nicht als »vorbestraft« beschreiben konnte, hieß es gewöhnlich, er sei »den Ordnungskräften bereits bekannt«. Das konnte alles oder nichts bedeuten. Der Typ war den Polizisten aufgefallen, hatte aber keine rechtskräftigen Vorstrafen.

Eine andere von Journalisten gerne gebrauchte Formulierung besagte, jemand habe bereits nicht näher bestimmte »Erfahrungen mit der Polizei«, denn auch auf diese Weise war ausgeschlossen, dass irgendein übereifriger Rechtsanwalt zur Verteidigung seines Mandanten Anzeige erstattete, weil dieser noch nicht rechtskräftig verurteilt war. Das waren die kleinen Tricks der Kriminalreporter und vertrautes Terrain für Presse und Polizei.

»Er ist also nicht vorbestraft?«, fragte Scateni enttäuscht.

»Nein«, antwortete Cinquegrana, »tut mir leid für dich. Aber hast du tatsächlich erwartet, dass die Kollegen der anderen Zeitungen sich einen Vorbestraften hätten entgehen lassen, der ins *Big Brother*-Haus einzieht? Der einzige Grund, warum sie ihm nicht wie Zecken auf der Pelle sitzen, ist der, dass er formal sauber ist.« Der Polizist hatte recht, denn er kannte die Journalisten gut und wusste genau, wann sie ihre Antennen ausfuhren und wann nicht. Dieser Mann war für die Journalisten aus Kampanien und auch für die aus ganz Italien ein gefundenes Fressen. Der eine oder andere hatte sicher schon bei befreundeten Bullen nachgefragt, aber Anthonys Führungszeugnis war sauber, unberührt und unbefleckt. Die Polizeiberichte dagegen nicht. Die aber waren vertraulich. Es sei denn, man hatte einen »Freund« wie Marco Cinquegrana.

»Ich kann dir nur so viel sagen«, fuhr der Polizist fort, »dass dieser Anthony in verschiedenen Vernehmungsprotokollen auftaucht. Und ich kann dir außerdem versichern – und das weißt du natürlich selbst –, dass dir der nächstbeste Winkeladvokat den Arsch aufreißt, falls du schreiben solltest, dieser Anthony sei ein Camorrist, Dieb oder Dealer, ohne dafür handfeste Beweise zu haben.«

»Ich weiß, ich weiß«, erwiderte der Journalist und schüttelte resigniert den Kopf. »Was hast du also vor?«, fuhr Cinquegrana fort. »Willst du schreiben, er sei ein Dealer ohne Verhaftung, Ermittlungen oder sonst was?«

»Ich weiß!«, ächzte Scateni und wurde immer nervöser. »Wieso, ist er das denn? Ist er ein Dealer?« Der Polizist gab keine

Antwort und senkte den Blick, während sie weiter den Vico Due Porte in Richtung Via Toledo entlanggingen. »Hallo …, bist du noch da?«, setzte der Journalist nach, aber Cinquegrana starrte zu Boden. Und ging weiter.

Hundert Meter vor ihnen bemerkte er einen halb hinter parkenden Autos versteckten Typen, der rasch verschwand. Ohne den Blick von der Straße zu erheben, begann der Polizist wieder zu reden.

»Hast du den da gesehen, der dort abgehauen ist?«

»Natürlich.«

»Ok. Das ist der, der ihn ersetzt hat. Haschisch und Marihuana. Sie arbeiten für den Onkel.«

An Cinquegranas Faulheit hatte der Journalist nie gezweifelt. Aber ebensowenig an seiner Ehrlichkeit. Wenn der Polizist jetzt keine Streife ausschickte, um den Jungen zu verhaften, dann sicher nur deshalb, weil Zeitpunkt und Umstände nicht geeignet waren. Man musste Beweise haben, sie mit dem Stoff erwischen oder sie beim Dealen filmen. Andernfalls verlor man nur Zeit, steckte jemanden ins Gefängnis, der am nächsten Tag schon wieder auf freiem Fuß war. Einen Dealer zu verhaften war viel schwieriger, als man gemeinhin glaubte. Scateni wusste das aus jahrelanger Erfahrung nur allzu gut, da er als Kriminalreporter oft die Polizisten bei Razzien an den Drogenumschlagplätzen begleitet hatte.

Einmal hatte ein Rechtsanwalt in Scampia einfach behauptet – und war damit beim Staatsanwalt durchgekommen –, dass das Briefchen, dass sein Mandant einem jungen Mann ausgehändigt hatte, während die Kamera ihn in flagranti filmte, nichts anderes gewesen sei als ein Päckchen Salz. Sein Mandant sei Zauberer, er verkaufe magische Objekte, Talismane, Glücksbringer und Pülverchen gegen den bösen Blick. Wenn das Gericht unbedingt wollte, könnten sie ihn höchstens verurteilen, weil er keine Rechnung geschrieben habe. Ähnliche Geschichten ereigneten sich tagtäglich. Das Gesetz diente manchmal als unfehlbarer Schutz für die schlimmsten Verbrecher.

»Der ist wirklich ein Problemfall«, sagte Cinquegrana und betonte das letzte Wort. »Sein Vater kam bei einem gescheiterten Raubüberfall ums Leben. Antonio Guardascione hatte einen Tunnel in eine Bank gegraben, und als er den Kopf herausstreckte, sah er sich einem meiner Männer gegenüber. Die Bank verließ er mit den Füßen voran, wie du dir denken kannst. Seitdem hat sein Sohn versucht, so gut – oder so schlecht – wie möglich über die Runden zu kommen.«

Anthonys Vater – ein Bankräuber? Also war das *Big Brother*-Video im Internet, in dem alle von der »afrikanischen Krankheit« des Vaters gesprochen hatten, von vorne bis hinten getürkt und nichts als ein kolossales Lügengebäude? Wie aber war es möglich, dass keiner seiner Kollegen etwas gemerkt hatte? Ganz einfach. Nachdem sie bei ihren Recherchen festgestellt hatten, dass Anthony nicht vorbestraft war, hatten sie sich damit zufriedengegeben und nicht weiter nachgeforscht.

Scateni hätte gern sein Notizbuch aus der hinteren Jeanstasche gezogen, aber er zwang sich dazu, es sein zu lassen. Er wollte den Polizisten nicht merken lassen, wie wichtig ihm diese Informationen waren. Dass Anthony als Dealer gearbeitet hatte, würde er vielleicht nicht nutzen können. Aber die Informationen über seinen Vater waren Dynamit. Und vor allem konnte er darüber schreiben, ohne Anzeigen fürchten zu müssen.

Cinquegrana durfte das nicht wissen, denn sonst hätte er für diesen Gefallen mindestens das Zehnfache an Gegenleistungen verlangt. Beim Stehlen gefasste Immigranten, Zigarettenschmuggler, Wucherer, die kleine Leute schröpften. Und dann würde Scateni ganze Nachmittage damit verbringen müssen, seinen Chefredakteur davon zu überzeugen, dass dieser Polizist eine wertvolle Quelle war und man ihn deshalb zufriedenstellen musste, wenn er als Entgegenkommen einen Artikel von dreißig Zeilen verlangte. Nein, es war besser, das Notizbuch nicht zu zücken. Lieber das Risiko eingehen, ein paar Details zu vergessen, und sich nur im Kopf Notizen machen.

»Junge«, sagte der Polizist, »du weißt schon, dass ich dich in den nächsten Tagen anrufen werde?«

»Klar«, antwortete Scateni, »ich stehe ganz zu deiner Verfügung.«

»Diese Geschichte über den Vater«, fuhr Cinquegrana fort, beugte sich zu ihm herüber und kniff die Lider zusammen, »die kennt niemand …«

»Ja, ja, das hab ich schon kapiert«, gab der Journalist zurück.

Der Polizist kannte einen Teil der Wahrheit. Er wusste, dass die Geschichte des Vaters unbekannt war, das Wichtigste aber wusste er nicht, nämlich dass Anthonys Mutter und das ganze Viertel in dem von *Big Brother* ausgestrahlten Filmbericht Millionen von Fernsehzuschauern einen kolossalen Bären aufgebunden hatten und nun glaubten, damit durchzukommen. Und es war besser, den Polizisten darüber nicht aufzuklären. Denn so ein saftiger Leckerbissen würde Scateni für immer zu seinem Sklaven machen.

Scateni betrat die Redaktion durch den Flur der Verwaltungsbüros, um direkt in das offene Büro zu kommen, in dem er seinen Schreibtisch hatte. Er war hoch konzentriert und wollte alles, was er im Kopf hatte, erst gut verarbeiten, bevor er mit seinen Kollegen sprach. Die hatten einen guten Riecher und erkannten an seinem Blick, seinen Bewegungen oder einfach daran, dass er sich absonderte, dass er wohl einen Coup landen würde. Es war noch nicht der richtige Zeitpunkt, das Material mit den anderen zu teilen. Zuerst musste er genau überlegen, was zu tun war. Die Nachricht herauszugeben, ohne auf die Wirkung vorbereitet zu sein, wäre beruflicher Selbstmord. Er musste darüber nachdenken, wen man interviewen, von wem man Erklärungen und Kommentare einholen könnte, bevor ihn alle, vom Chefredakteur bis zum letzten Mitarbeiter, unausweichlich mit Hypothesen bombardieren würden.

Und wenn der Polizist sich durch eine Namensgleichheit hatte täuschen lassen? Wenig wahrscheinlich. Cinquegrana hatte bei seinen Worten nicht an Namen, Nachnamen und Geburtsdaten gedacht (auch wenn es einen Anthony Guardascione geben könnte, der am selben Tag wie der *Big Brother*-Typ geboren war), sondern an Gesichter und Geschichten aus seinem beruflichen Alltag. Denn er kannte dieses Viertel in- und auswendig. Er hätte ihn in jedem Fall erkannt, auch wenn der Journalist ihm nicht den Namen genannt hätte.

Doch Scateni ging seit einiger Zeit lieber auf Nummer sicher. Dies nicht getan zu haben, hatte ihn kürzlich in allergrößte Schwierigkeiten gebracht. Fast wäre er fristlos entlassen worden, nachdem er einen armseligen Obsthändler, der ein Messer nur zum Säubern von Artischocken zu handhaben wusste, des Raubüberfalls bezichtigt und sich dafür eine handfeste Verleumdungsklage eingehandelt hatte. Und all das nur, um vor seinen Kollegen an der Sache dran zu sein und eine Sensation zu landen. Diesmal nicht, diesmal wollte Scateni vorsichtig sein.

Andererseits war es riskant, die Presseabteilung von *Big Brother* zu kontaktieren. Es konnte passieren, dass die Produzenten, nur um die Nachricht in der ihnen genehmen Form zu verbreiten und die Informationen, über die der Journalist verfügte, unter Kontrolle zu halten, andere Journalisten mit einer domestizierten Version der Wahrheit versorgten. Erklärungen von *Big Brother* zu verlangen, würde deshalb nicht nur das Risiko bergen, gar keine zu bekommen, sondern auch, dass die Journalisten der Konkurrenz in vollkommen verwässerter Form ebenfalls informiert wurden. Dabei würde so etwas herauskommen wie: »*Big Brother* wusste schon alles, hielt es aber als große Überraschung zurück«, oder: »*Big Brother* wusste alles, wollte aber diesem armen jungen Mann, der es zu etwas bringen will, eine Chance geben.« Sensation ade, Wahrheit ade.

Nachdem Scateni eine Stunde lang dumpf vor sich hin gebrütet hatte, beschloss er, die Presseabteilung von *Big Brother* zu kontaktieren. Diese Sensation war seine Karriere nicht wert, auch weil es nicht um den Sturz einer Regierung oder um den Pulitzerpreis ging.

Um seine Meinung nicht wieder ändern zu können, griff er rasch zum Telefon und rief einen Kollegen von der Kulturabteilung an. Nachdem er die Handynummer der Pressesprecherin der Sendung notiert hatte, legte er auf, wählte mit der gleichen Hast die neue Nummer und erwartete, dass sich am anderen Ende eine Kollegin meldete, die kurz vor der Verrentung stand, eine, der man die Pressearbeit für ein derart populäres Medienereignis problemlos anvertrauen konnte.

Scateni wurde auf dem falschen Fuß erwischt. Das zarteste und sanfteste »Hallo«, das er je vernommen hatte, drang durch die kilometerlangen Leitungen und über die Relaisstationen, die Neapel von Mailand trennen, wo die Pressesprecherin von *Big Brother* saß. Die Stimme hätte einem kleinen Mädchen gehören können oder der Fee Klingklang aus Nimmerland.

Mit nie gekannter Umsicht und Höflichkeit erklärte Scateni der jungen Kollegin, was er über Anthony herausgefunden hatte. Als er ihr wirklich alles erzählt hatte, ohne dass sie ihn ein einziges Mal auch nur durch einen lauen Einwurf unterbrochen hätte, wartete er auf ihre Reaktion.

Aber die Reaktion kam nicht. Das Telefon blieb stumm bis auf gewisse Hintergrundgeräusche, vielleicht von einem Flughafen oder Bahnhof. Wie konnte man ein solches Persönchen, vielleicht sogar allein, mit dem Flugzeug verreisen lassen? Scateni hätte beinahe gefragt, ob sie nicht Lust hätte, in den kommenden Tagen einmal in Neapel vorbeizuschauen.

Nach einer fast beunruhigend langen Pause (war sie Opfer eines Taschendiebs geworden, hatte man ihren Koffer gestohlen?) begann die Fee Klingklang wieder zu sprechen.

»Ich habe mich gefragt …«

»Ja …«, fiel Scateni im Ton des umsichtigen Beschützers ein.

»Also, Sie haben mir all diese Sachen erzählt …«

»Eben. Aber du kannst mich ruhig duzen, wenn du willst«, ließ sich der Journalist herab.

»Ich sagte, Sie haben mir all diese Sachen erzählt. Aber was, verdammt noch mal, wollen Sie eigentlich von mir? Sagen Sie's mir oder ich schick Sie zum Teufel, und damit hat sich's.«

Auf Lorenzo Scateni wirkten diese Worte wie eine Ohrfeige, die seinen Kopf wie ein verrückt gewordenes Metronom von einer Seite zur anderen ausschlagen ließ. Ein gerade vorbeigehender Kollege sah, dass er über und über rot wurde, und blieb ernsthaft besorgt stehen. Scateni machte ihm ein Zeichen, dass er gehen solle. »Passen Sie auf, ich habe zu tun«, fuhr die Fee fort. »Wenn es sonst nichts gibt …«

»Nein, warten Sie«, erwiderte der Journalist atemlos, als hinge er in den Seilen. Bei anderen Gelegenheiten hätte er angesichts einer derartigen Reaktion aufgelegt und in einem Artikel Ströme von Gift über den armen Pechvogel vergossen. Aber dieses übertriebene Gebaren brachte ihn aus dem Gleis, denn er war »vernünftige schlechte Manieren« gewohnt und nicht daran, am Telefon von der Fee Klingklang abgewatscht zu werden. Er war abgestürzt wie ein Computer mit dreißig geöffneten Fenstern und einem Überfluss an Informationen, der nicht einmal mehr die elementarsten Operationen ausführt und einfach nicht mehr reagiert.

Schließlich entschied er sich für Ehrlichkeit. »Offen gestanden habe ich eine derartige Reaktion nicht erwartet. Habe ich Sie mit dem Gesagten irgendwie beleidigt?«

»Nein, beleidigt nicht«, antwortete die Fee, »aber bedroht. Sie klangen drohend. Sie glauben, Sie könnten uns drohen, wenn Sie all diese Scheiße über unseren Teilnehmer schreiben? Schreiben Sie nur, aber denken Sie daran, dass uns das nur zugutekommt. Wissen Sie, wie man so etwas nennt? Marktanteil, Audience, Share, alles Konzepte, die euch Dinosauriern des gedruckten Wortes sehr oft unbekannt sind. Wenn Sie also von uns Informationen haben wollen und damit drohen, uns zu schaden, muss ich Sie darauf aufmerksam machen, dass das komplett abwegig ist. Sie riskieren höchstens eine Anzeige, wenn Sie etwas schreiben, was nicht stimmt.«

Getroffen und versenkt. *Big Brother* hatte die Pressearbeit nicht einer vertrottelten Alten, sondern einer ausgebufften Jungen anvertraut, die aggressiv wie ein Kampfhund und ohne Erbarmen war. Vielleicht sah sie außerdem noch zum Fürchten scharf aus. Aber da war mehr, da war etwas Anomales in ihrer Reaktion auf den Anruf des Journalisten. Die Fee wusste genau, wo es langging, und sie folgte einem Drehbuch. Diesen Eindruck hatte jedenfalls Scateni. Das Drehbuch gab jedoch nicht das herkömmliche Verhältnis zwischen Journalisten und Pressestellen wieder. Die junge Frau verfuhr nach anderen Schemata, die sie so gut kannte, dass sie selbst dann vollkommen selbstsicher agieren konnte, wenn sie sich wegen eines Artikels über die ganze Sache hätte Sorgen machen müssen.

Bluffte sie nur? Plötzlich wurde das Bild klarer: Sie bluffte nicht, sondern wollte verhandeln. Sie wollte ihn dazu bringen, die Waffen zu strecken, die Bank zu verlassen und die Geiseln freizugeben, weil sie ihm suggerierte, andernfalls werde er in einem schwarzen Sack hinausgetragen. Angriff als Verteidigungsstrategie. Vielleicht gab es einen Ausweg.

»Wollen Sie also behaupten, dass die Geschichte von Anthonys Vater in der Version, in der ich sie kenne, falsch ist?«

»Nein, nur hat man uns im Stadtviertel etwas ganz anderes erzählt. Und wenn Sie so einen Scheiß schreiben, wird der Sender im Interesse des Teilnehmers dafür sorgen, dass Sie am Schluss ohne Unterhose dastehen.«

Scateni ging jämmerlich unter, die Fee ohrfeigte ihn und behandelte dabei seine Wangen wie einen Punchingball. Er musste reagieren, und zwar schnell.

Der Punkt war, dass der weibliche Pitbull recht hatte. Es bestand immerhin eine geringfügige Wahrscheinlichkeit, dass Cinquegrana danebenlag und Anthony mit irgendeinem armseligen Kerl aus den Quartieri Spagnoli verwechselt hatte. Das war sehr unwahrscheinlich, aber dennoch möglich. Scateni hatte schon oft erlebt, dass Polizisten und Carabinieri ein schlechtes Gedächtnis hatten, es wäre nicht das erste Mal. Für ihn jedoch wäre es das letzte Mal, darauf konnte er wetten. Die Zeitung hätte nicht noch einmal seinetwegen Entschädigungsleistungen übernommen. Er hatte bereits kurz vor der Entlassung gestanden, und es lohnte sich nicht, die Redaktion fliegend statt gehend zu verlassen. Doch er konnte ebenso wenig auf diese demütigende Art unterliegen. Deshalb versuchte er zu bluffen.

»Ok, dann haben wir nur Zeit verloren«, sagte er. »Wenn Sie sagen, dass die Geschichte falsch ist, ich aber, dass sie wahr ist, dann werde ich meine Version schreiben und Amen.«

»Einen Moment!«, erwiderte die Fee. »Ich habe nicht behauptet, dass sie falsch ist, sondern nur, dass wir eine andere kennen und im Augenblick die Ihre nicht verifizieren können. Wir sprechen gern von Dingen, die sich verifizieren lassen. Es gibt so viele begründete und beweisbare Geschichten, dass ich nicht verstehe, warum jemand eine Anzeige riskieren sollte für eine Geschichte, die so … unklar ist.« Was zum Teufel wollte sie mit dem letzten Satz sagen? Und warum klang die Fee jetzt ein kleines bisschen versöhnlicher als am Anfang?

»Unklar?«, fragte Scateni eigentlich nur, um das Gespräch nicht abreißen zu lassen.

»Genau. Die Konkurrenten machen ein solches Bohei, bevor sie ins Haus einziehen, dass man verrückt werden könnte, wenn man über jeden Einzelnen ausschließlich unwiderlegbare und hundertprozentig beweisbare Sachen schreiben wollte. Sie wissen doch, dass im Haus noch jemand aus Kampanien ist?«

Der Journalist merkte endlich, worauf seine Gesprächspartnerin von Anfang an hinauswollte. Sie war noch zynischer und gemeiner, als er geglaubt hatte. Und es war nicht leicht, zynischer und gemeiner als er selbst zu sein.

»Ja, natürlich weiß ich das«, antwortete er.

»Wissen Sie, dass er schwul ist?«, fragte die Fee unvermittelt. Ein Tauschangebot. Sie bot ihm eine Geschichte zum Tausch gegen eine andere an. Aber warum?

»Die ist auch gut«, erwiderte Scateni. »Aber mir gefällt die andere besser. Und außerdem sind beide nicht zu verifizieren, um Ihre Worte zu gebrauchen.«

»Da irren Sie sich«, erklärte die junge Frau kategorisch. »Diese ist verifizierbar. Ich könnte Ihnen ein nur für Sie bestimmtes kurzes Kommuniqué zukommen lassen, das Aussagen des Kandidaten enthält. Schließlich unterschreiben unsere Schützlinge eine Haftungsausschlusserklärung.« Diese fiese Verräterin verkaufte den anderen Teilnehmer aus Kampanien, um die Geschichte über Anthonys Vater zu unterschlagen.

»Ich ziehe weiterhin die andere Geschichte vor«, insistierte der Journalist. »Aber dennoch müssen Sie mir etwas erklären: Wenn für Sie beide Geschichten die gleiche Wichtigkeit haben, warum wollen Sie dann die zweite herauskommen lassen und die erste unterdrücken?«

»Sie täuschen sich schon wieder«, widersprach die Fee. »Ich habe nie gesagt, dass wir sie unterdrücken wollen. Nur würden wir sie gerne selbst benutzen. Um während der Staffel etwas Stimmung zu machen. Verstehen Sie, was ich meine?«

Natürlich verstand Scateni. *Big Brother* wollte seinen »Schützling« selbst verbraten. Die Geschichte von Anthonys Vater gab viel mehr her, bloß hatten *sie* die Mittel, sie zu nutzen, er aber nicht. Scateni kam auf den Gedanken, dass sie die Wahrheit vielleicht von Anfang an gekannt hatten, lange bevor er zum Hörer gegriffen und sie ihnen erzählt hatte.

»Jetzt haben Sie die Wahl: Wollen Sie eine unklare Geschichte, bei der Sie eine Anzeige riskieren, oder eine von *Big Brother* beglaubigte wahre Geschichte?« Scateni, der kurz vor der Entlassung gestanden hatte, zögerte keinen Augenblick.

An die Spitze des Verkehrs

Ilaria saß im *Diary Room*. Die Atmosphäre schien ihr nicht gerade geeignet, einem intime Bekenntnisse zu entlocken, sondern erinnerte sie an den Probenraum, in dem ihr Ex den größten Teil der Woche zubrachte. In ihrem Dorf, das kaum mehr als zweitausend Einwohner zählte, gab es nicht viele Zerstreuungen. Deshalb widmeten sich die jungen Leute dem Studium, der Musik oder den Drogen, ohne dass das eine das andere ausschloss. Besonders der Gedanke, dass sie unter anderem deshalb mit ihrem Freund Schluss gemacht hatte, weil er zu viel Zeit im Probenraum verbracht hatte und zu selten Händchen haltend mit ihr spazieren gegangen war, machte ihr das Ambiente des *Diary Rooms* nicht gerade sympathisch. Im Gegenteil, alles hier ging ihr ziemlich auf die Nerven. Den roten, wie Eierkartons geformten Schaumstoff an den Wänden hatte man anscheinend geradewegs aus einem Probenraum übernommen oder aus einem Sarg. Beide Vorstellungen gefielen ihr nicht.

Da meldete sich die Stimme von *Big Brother* und fragte sie etwas.

»Ja, Großer Bruder«, antwortete sie. »Wir haben uns unterhalten. Er wirkt ganz sympathisch. Ein bisschen gehemmt, aber sympathisch.«

Big Brother stellte eine andere Frage.

»Mit den anderen komme ich gut zurecht. Man muss sie nur nicht allzu ernst nehmen. Francesca zum Beispiel scheint gerade einer Soap entstiegen zu sein. Felice ist merkwürdig, man meint, er könnte von einem Moment auf den anderen Selbstmord begehen. Hast du ihn etwa deshalb ins Haus aufgenommen, um mit der Live-Übertragung des Selbstmords einen Zuschauerrekord zu erzielen?« Sie lachte allein vor sich hin. *Big Brother* stellte eine weitere Frage.

»Weißt du, wir sind erst ein paar Tage hier. Wie viele sind es: Vier Tage? Fünf? Hier drinnen verliert man das Zeitgefühl, das weißt du ja … Er hat mir nicht viel erzählt. Seine Mutter ist Hausfrau, hat er gesagt, er schlägt sich mit kleinen Jobs durch und hilft alten Leuten in der Nachbarschaft. Das ist alles. Außerdem macht er manchmal komische Gesichter und fährt sich mit der Hand durch die Haare. Gestern Morgen beim Frühstück hatte ich den Eindruck, er dreht eine Pirouette, ganz allein vor dem Spülbecken in der Küche. Aber ich war gerade erst wach geworden, vielleicht habe ich mich getäuscht.«

Big Brother stellte Ilaria eine weitere Frage.

»Ja, ziemlich vage«, antwortete die junge Frau. »Er sagte, der sei tot, er sei in Afrika gestorben.«

Big Brother sagte ihr noch etwas, dann entließ er sie aus dem *Diary Room*.

»Okay, das werde ich tun«, erwiderte sie beim Aufstehen und öffnete die Tür zum Flur des *BB*-Hauses.

Im Wohnzimmer lag Miss Elegance hingefläzt auf dem Sofa und ließ die Perlen ihrer Halskette wie einen Rosenkranz durch die Finger gleiten. Ihr Blick verlor sich ins Leere, in die Stille von Monteleone di Puglia und die Schläfrigkeit der Karyatiden, die auf ihren Sieg hofften.

Der Nihilist säuberte sich mit der Verschlusskappe eines Kugelschreibers die Fingernägel, während Tex Willer auf dem Laufband rannte und mit der einen Hand seinen Cowboyhut festhielt, damit er ihm nicht davonflog. Wo waren alle anderen? Von draußen drangen durch die Schallschutztüren gedämpfte

Geräusche herein, es klang wie das regelmäßige Auf- und Abschwellen von Stadionchören. Aber man hörte nicht nur Stimmen, sondern auch Musik. Irgendjemand hatte den Ghettoblaster aufgedreht, und die anderen sangen mit oder stimmten, genauer gesagt, Fangesänge an. Aber für wen oder was? Ilaria zog eine der Schiebetüren auf, und die Musik prallte an ihre Ohren. Eine Reihe von *Oh! Oh! Oh! Oh!* folgte auf vier auch mit den Füßen auf dem Boden mitgeklopften Viertelnoten.

Mit ihren Flipflops überquerte sie den Rasen bis zur rechten, ganz versteckten Seite des Innenhofs, die vom Wohnzimmer aus nicht einsehbar war. Dort waren alle versammelt, wie Ilaria schnell feststellte, außer einem: Anthony fehlte. Im Näherkommen bemerkte sie, warum sie ihn nicht gleich entdeckt hatte: Umringt von den anderen sang er und tanzte, was das Zeug hielt. Und diese Pirouette, gütiger Himmel, die wiederholte er alle fünf Sekunden. Also hatte sie sich gestern beim Frühstück doch nicht getäuscht.

Du bist die Königin in meinem Herzen,
Erlöse mich doch von den bitteren Schmerzen.
Ich gestehe, dass ich dich brauch,
Bitte sag mir, du brauchst mich auch.

Was war das bloß für eine Musik? Und vor allem: was für eine Art zu tanzen? Alle schienen vollkommen hingerissen zu sein von den grotesken, sinnlichen Bewegungen des Neapolitaners. Ein junger Mann mit halb offenem Hemd, enthaarter Brust und solariumverbrannter Haut, der sich wie eine Mischung aus dem »federnden« Adriano Celentano und einer Parodie auf Ricky Martin bewegte. Anthony wiegte sich in der Hüfte, strich sich mit den Handflächen über die Brust, presste die Rechte aufs Herz und breitete dann die Arme aus, um seinen Schmerz in die Welt hinauszuschreien. Und wenn er sich zurückbeugte, bis sein Gesäß fast die Fersen berührte, sah es aus, als vollführte er im falschen Moment auf dem falschen Fest einen Lapdance. Anthony war nicht einfach von *Big Brother* ausgewählt worden, er war für *Big Brother* geboren. Ilaria verbarg mit der Hand ein Lächeln: Wieso war die Welt nicht längst auf ihn aufmerksam geworden?

Ilaria drängte sich zwischen die Menge zu dem bühnenreifen Sänger und Tänzer durch. Sie wollte sich einen Platz in der ersten Reihe erkämpfen, merkte aber sofort, dass ihr unvermutetes Erscheinen Anthony verunsicherte. Er wollte nicht, dass sie ihm bei seiner Vorführung zuschaute. Vielleicht hatte er seine Show absichtlich in dem Moment begonnen, als sie in den *Diary Room* gerufen wurde. War er vielleicht an ihr interessiert oder war es ihre bloße Anwesenheit, die ihn aus dem Konzept brachte? Instinktiv spürte sie, dass dieser etwas sonderliche Typ mit den gestutzten Augenbrauen weit weniger zu fürchten war als die anderen Marionetten im *BB*-Haus. Alle folgten hier einem Drehbuch, auch Anthony. Aber bei den anderen nahm sie eine klare Trennung, einen tiefen Graben wahr zwischen dem, was sie in ihrem Inneren waren, und dem, was sie nach außen darstellen wollten. Anthony dagegen war mit Leidenschaft bei der Sache. Allerdings nur so lange, bis sie dazugekommen war.

Mit einem verzerrten Solo der Elektrogitarre klangen die letzten Takte des Liedes aus. Alle klopften Anthony auf die Schulter, lachten zustimmend und klatschten begeistert. Er beschränkte sich zum Dank auf einige Pirouetten mit Verbeugung. Bis auf Ilaria gingen alle weg. Anthony bemerkte ihre Anwesenheit, obwohl er mit dem Rücken zu ihr die CD aus dem Ghettoblaster nahm.

»Na, so was!«, sagte sie mit ihrem hübschen Lächeln, um die peinliche Stille zu durchbrechen. »Du organisierst deine Vorführungen also genau dann, wenn ich nicht da bin?« Die Röte auf Anthonys Wangen vereinte sich mit seiner künstlichen Bräune, sodass sein Gesicht in Sekundenschnelle die Farbe eines überreifen Pfirsichs annahm. »Weißt du doch«, erwiderte er mit gesenktem Blick, aber gerunzelter Stirn und selbstzufriedenem Ton, »ich hab dir doch gesagt, dass ich hip und cool bin. Ab und an überkommt es mich, und dann tanze ich das, was gerade in ist, und singe solche Schmachtfetzen: Es ist nicht meine Schuld.«

»Nein, schon klar«, sagte Ilaria nachdenklich, »es ist nicht deine Schuld …«, und fügte hinzu: »Wollen wir uns ein bisschen unterhalten oder willst du noch weiter schmachten?« Er breitete die Arme aus, als wollte er sagen: »Wenn du unbedingt willst, kann ich dir entgegenkommen.«

Ilaria ging ihm voraus ins Haus und führte in unter dem Getuschel der anderen *BB*-Bewohner durchs Wohnzimmer in den Schlafraum. Dort setzte sie sich auf das Bett im hintersten Winkel und forderte ihn auf, es ihr nachzutun. Anthony glaubte, einen Coup gelandet zu haben, und sah schon eines der erotischen Spielchen vor sich, an die *Big Brother* die Zuschauer gewöhnt hatte. Seine Hoffnungen wurden jedoch enttäuscht, denn Ilaria lehnte sich ungefähr einen Meter von seinem Körper entfernt mit dem Rücken ans Kopfende. Da hier offensichtlich nichts zu holen war, legte Anthony sich quer ans Fußende und verschränkte die Hände hinter dem Kopf.

»Hm«, machte das Mädchen und wartete darauf, dass er das Eis brechen würde. Doch sie verlangte zu viel, vor allem nach diesem peinlichen Zwischenfall mit seiner albernen Tanzerei. Also setzte sie erneut an mit einem: »Wie geht's dir?«

»Na ja«, gab Anthony zurück und starrte mit traurig-verträumten Augen an die Decke, *»so wie im Herbst am Baum Blatt um Blatt.«*

»Wie bitte?«, fragte Ilaria verwirrt und reckte den Hals. Sie kannte Ungaretti nicht.

»So wie im Herbst am Baum Blatt um Blatt«, insistierte Anthony, weil er davon überzeugt war, dass alle Menschen, die weder aus Kampanien noch aus Neapel stammten und die keine Dealer waren, die Verse des Dichters kennen müssten, von deren Existenz er bis kurz vor seinem Einzug ins *BB*-Haus keinen blassen Schimmer gehabt hatte.

»Gut«, schnitt ihm Ilaria das Wort ab, »ich wollte mich nur ein bisschen entspannen und plaudern. Hier hat man immer den Eindruck, arbeiten und dauernd aufpassen zu müssen, findest du nicht auch? Die Zuschauer zu Hause halten uns für Faulpelze, aber in Wirklichkeit stehen wir hier ständig unter Hochspannung, ein elendes Leben.«

»Auf Erden besteht selbst ein Schmetterlingsleben vor allem aus Hast«, antwortete Anthony, der jetzt zu den japanischen Autoren gewechselt war. »Jeder steht allein auf dem Herzen der Erde. Getroffen von einem Sonnenstrahl: Und plötzlich ist Abend.« Das ergab wenig Sinn, aber einen japanischen mit einem italienischen Dichter zusammenzuspannen, schien ihm eine geile Sache. Er kam sich vor wie eine Art »DJ der Poesie«.

Außerdem, und das war das Wichtigste, hatte auch Ilaria das Letzte als Gedicht erkannt. Das heißt, sie hatte verstanden, dass Anthony nicht nur cool, sondern auch gebildet war. »Meiner Meinung nach bist du ein bisschen durcheinander«, sagte sie, ohne dieser Bemerkung allzu viel Gewicht beizumessen. »Hast du dich je gefragt, was unsere Eltern denken, wenn sie uns im Fernsehen sehen?«

Anthony dachte an seine Mutter und wie sie wohl getobt hatte, als sie mitbekam, dass er bei *Big Brother* im Fernsehen war. Diese Schande! Wie sie es wohl erfahren hatte? Hatte der Metzger es ihr erzählt? Die Nachbarin? Giacomo, der Friseur?

»Glückwunsch, Signora! Ihr Sohn ist bei *Big Brother*, und da sagen Sie uns gar nichts?« Die Bewohner der Quartieri siezten sich zwar, mischten sich aber ungeniert in alle Angelegenheiten ein. Selbstverständlich würden sie seine Mutter nach *Big Brother* fragen, weil sie für den Film diese Komödie hatten aufführen müssen und sich nun endlich einen Reim darauf machen konnten. Anthony wollte lieber nicht an den Augenblick denken, wenn er das *BB*-Haus verlassen musste und in sein richtiges Zuhause würde heimkehren müssen. Vielleicht würde ihn seine Mutter schon vor der Tür erwarten und ihn vor aller Welt fertigmachen. Damit würde er bestimmt auf YouTube landen und im ganzen Land zur Lachnummer werden. Hässliche Gedanken, besser nicht hochkommen lassen, zu uncool.

»Entschuldige«, sagte Ilaria, »ich wollte natürlich sagen, deine Mutter. Das war dumm von mir.«

»Mach dir keine Sorgen«, beruhigte sie Anthony. »Mein Vater ist stets bei mir. Ich bin darüber hinweg.« Er versuchte schnell die Geschichte mit dem Erdöl, Afrika und der Krankheit zu rekapitulieren, falls noch einmal die Sprache darauf kommen sollte. Aber Ilaria überrumpelte ihn.

»Erzähl mir doch mal von dem schönsten Augenblick, den du mit ihm verlebt hast. Magst du?«

Anthony wurde ernst, starrte ins Leere und schien plötzlich etwas zu fixieren. Ilaria folgte seinem Blick, konnte aber nichts entdecken. Er stützte sich auf den rechten Ellbogen und schaute sie unverwandt an, als prüfe er ihren Gesichtsausdruck. Dann ließ er sich wieder aufs Bett zurückfallen, diesmal mit auf dem Bauch gefalteten Händen. Seine Augen hefteten sich erneut auf den Punkt an der Decke. Er holte tief Atem und begann zu erzählen.

»Wir waren mit dem Scooter unterwegs und standen an der Kreuzung Via Santa Teresa, Via Salvator Rosa und Via Pessina vor dem Nationalmuseum. In den Fernsehnachrichten sagen sie immer, dass dort die Luftverschmutzung Neapels am schlimmsten ist, und damit haben sie auch tatsächlich einmal recht. Wenn man bei starkem Verkehr vorbeikommt, brennen einem richtig die Augen. An dem Tag gab es viel Verkehr und mir brannten total die Augen. Papa war in einer Bar am Ponte della Sanità gewesen, weil er mit einem Freund etwas Geschäftliches besprechen musste, und hatte mich mitgenommen. Von dort aus musste er noch in eine andere Bar, auch wieder wegen Geschäften mit einem Freund, in der Via Don Bosco.

Er war schon spät dran, wollte aber nicht rasen, weil ich hintendrauf saß: Wir hatten beide keinen Helm, und ich war erst fünf. Er stieß ein paar Flüche aus, ich kann mich nicht genau erinnern, welche, auf jeden Fall waren es sehr lange Flüche. Er dachte wohl, dass ich sie nicht verstehe, aber ich verstand sie schon und hab mich immer gefragt, wie er es schaffte, jeden Tag einen neuen Fluch zu erfinden. Er gehörte zu den Leuten, die immer hupen und schon eine halbe Sekunde, bevor es überhaupt grün wird, zu hupen anfangen. So war er: total nervös. Die Autos waren noch gar nicht losgefahren, der Smog legte sich schwer aufs Gemüt, und er drückte dauernd auf die Hupe und spielte mit Gas und Bremse. Ich wurde ganz seekrank, dabei rührten wir uns noch nicht mal vom Fleck.

Ich wusste genau, dass er eigentlich losrasen wollte und sich nur zusammenriss, weil ich dabei war. Papa war ein Meister auf dem Motorrad und gewohnt, schnell zu fahren. Als ich es nicht mehr aushielt, hab ich gerufen: ›Los, fahr doch!‹ Vor dem Museum festgenagelt zu sein, während er dauernd rumhupte, war eine harte Geduldsprobe, ich konnte einfach nicht mehr. Papa tat aber so, als hätte er mich nicht gehört, und ich hab noch mal gesagt: ›Los, fahr doch!‹ Diesmal hab ich ihm sogar in den Rücken geboxt, aber nur ganz leicht, ich wollte ihm nicht wehtun, sondern nur sagen: ›Los, fahr doch!‹

Ich konnte sein Gesicht im Rückspiegel sehen. Erst war er angespannt und nervös, dann fing er urplötzlich an zu lachen. Absurd: als hätte sich sein Gesicht gelöst, aufgeweicht und entspannt. Er fing an zu lachen und rief: ›Halt dich fest, heute bring ich dich *an die Spitze des Verkehrs.*‹ Ich verstand nicht, was er meinte. An die Spitze des Verkehrs? Von der Spitze des Verkehrs hatte ich noch nie etwas gehört. Er aber schon, das war klar. Und ich glaube, dass er schon ein- oder auch zweimal dort gewesen war. Nach dem, wie er davon gesprochen hat, musste es ein geheimer Ort sein, etwas, wovon man nur unter vorgehaltener Hand sprechen durfte.

Sobald ich mich festhielt, drehte er das Gas auf und der Scooter ging ab wie eine Rakete. Mein Papa lehnte sich in den Kurven nach rechts und links wie die Rennfahrer beim MotoGP, nur dass er zwischen den Autos Slalom fuhr. Wenn er auf eine rote Ampel zufuhr, beschleunigte er noch mehr. Der Polizist an der Kreuzung pfiff zwar wie verrückt, konnte sich aber die Nummer nicht aufschreiben, weil Papa den Fuß nach hinten gestreckt und das Nummernschild verdeckt hatte. Echt cool, was?

Hinter der Kreuzung bog er nach links in die Via Foria ein, wo auch wieder ein langer Stau war. Er aber hat nicht abgebremst, sondern ist direkt darauf zugefahren. Da hab ich gedacht, jetzt knallt er voll gegen den Kofferraum von dem Panda vor uns. Aber in letzter Sekunde drehte er nach rechts ab und fuhr auf den Gehsteig der Galleria Principe di Napoli. Es war das erste Mal, dass ich gesehen habe, wie er zwischen den Fußgängern Slalom fuhr. Nicht zwischen den Autos durch, sondern tatsächlich zwischen den Fußgängern. Und er hat keinen einzigen auch nur berührt. Wahnsinn! Er kannte alle Stellen, wo der Bürgersteig für Behinderte abgesenkt ist, und fuhr dauernd rauf und runter. Manchmal konnte ich ihn im Rückspiegel sehen, er lachte und lachte wie verrückt.

An der Kreuzung der Via Duomo griff der Polizist wieder zur Trillerpfeife, aber als er sah, dass Papa das Nummernschild mit dem Fuß verdeckt hatte, rannte er uns erst ein Stück hinterher, und wie er merkte, dass er es nicht schaffen würde, in die andere Richtung. Da war sein Motorrad geparkt. Papa hob schon fast ab, und die Leute haben ihm aus den Autos nachgeschaut, sie beugten sich zur Windschutzscheibe vor, weil sie es nicht glauben konnten. Einige haben geflucht.

Papa raste, was das Zeug hielt, und legte sich in die Kurven. Und ich hab mich an ihm festgeklammert. Um ehrlich zu sein, hab ich am Anfang Angst gehabt, dann aber nicht mehr, dann hab ich auch gelacht. Ich war glücklich. Wir sind nicht schnell gefahren, weil wir zu spät dran oder die Polizisten hinter uns her waren. Wir waren einfach deshalb so schnell, um die Geschwindigkeit zu spüren und weil wir *die Spitze des Verkehrs* erreichen wollten.

Immer auf den Bürgersteig und wieder herunter sind wir durch die ganze Via Foria gefahren, ohne auch nur ein einziges Mal abzubremsen, bis zur Piazza Carlo III. Natürlich war auch dort ein Mordsverkehr, aber über den Bürgersteig ging es nicht, weil da Autos parkten. Ich war neugierig, was sich Papa jetzt ausdenken würde, aber er fuhr einfach geradeaus auf die Grünflächen zu. Plötzlich, mitten im Fahren, befahl er mir: ›Steig ab.‹ Ich hab's nicht verstanden, aber ich vertraute ihm. Mit ihm fühlte ich mich sicher. Ich hob das rechte Bein, um mich umzudrehen und abzusteigen, und da hielt er genau in dem Augenblick vor dem Bürgersteig der Grünanlagen.

Der Bordstein war zu hoch, und wenn ich sitzen geblieben

wäre, hätte er aufgesetzt und wäre zum Stehen gekommen. Er aber ließ das Vorderrad hochgehen, setzte dann die Füße auf den Boden und gab Gas, sodass auch das Hinterrad hochkam, ohne dass er im Sattel saß. Einfach genial.

Ich sprang wieder auf, da meinte er zu mir: ›Hast du dich je gefragt, was es heißt, *an die Spitze des Verkehrs* zu kommen?‹ Dann raste er weiter wie ein Verrückter, ohne auf meine Antwort zu warten. Im Slalom ging es zwischen Bänken, Frauen, Alten, Kindern, Hunden und Abfalltüten hindurch. Als er am Ende des Bürgersteigs angekommen war, stand er auf, ließ sich wieder in den Sattel fallen und nutzte die Gegenbewegung der Stoßdämpfer, um das Hinterrad unversehrt über den Bordstein zu bringen, und bog dann nach rechts ab. Dabei trat er mit dem Fuß gegen den Kühler eines Autos, um es zu stoppen. Sonst hätte der uns wie ein Sandwich gegen die Stoßstange des Wagens davor gedrückt. Dann ging's wieder über den Bürgersteig, wo die Leute auf den Bus warteten und zur Seite sprangen. So gewannen wir Zeit und mussten nicht Slalom fahren.

Der Himmel wurde immer klarer, den Smog vor dem Museum hatten wir längst vergessen. Doch der Stau hörte nicht auf. So schien es wenigstens. Es war einfach kein Ende abzusehen. Aber der Himmel wurde immer klarer, Meter für Meter wurde er klarer. Ich sah eine Taube neben uns herfliegen und wollte sie herausfordern: ›Los, flieg!‹ Aber Papa war schneller.

Es war nicht mehr so laut, und die Luft war besser, nicht mehr so stickig. Sie war wie die Luft im Gebirge, wie ich es einmal auf dem Monte Faito erlebt habe, als wir mit der ganzen Familie ein Picknick gemacht haben. Dabei waren wir immer noch in der Via Don Bosco, mitten in der Stadt. Dann kamen noch andere Vögel, diesmal waren es Möwen. Weiß, schön und elegant. Wie kamen die in die Via Don Bosco?

Papa lachte immer noch, und ich auch. Dann aber fuhr er langsamer. Warum fährt er langsamer, habe ich mich gefragt. Ich hab gedacht, der Scooter ist kaputt oder das Benzin ist alle. Aber nein, er fuhr einfach langsamer. Er stellte den Scooter ab und ließ mich absteigen. Dann hat er ihn aufgebockt und gesagt: ›Schau, hast du so was schon mal gesehen?‹

Es gab keine Autos mehr, keinen Krach. Die Möwen drehten ihre Runden, und der Himmel war wie in einem Disney-Film. Alles war friedlich, so friedlich, wie es nur an einem geheimen Ort sein kann. Mein Vater hatte mich *an die Spitze des Verkehrs* gebracht.«

Liebe Gemma, ich schreibe dir

Der Fettwanst saß wie bei Anthonys Ausbildung hinter dem Schreibtisch. Der Stuhl brach fast unter ihm zusammen, und die Lehne bog sich gefährlich unter dem Gewicht seines wulstigen Rückens. Vor ihm saß der neugierige Polizist mit dem Künstlernamen Woody Alien, als Sitz diente ihm allerdings nur der Karton mit den Gedichtbänden. Nun, da das Licht an war – statt eines Schalters hing eine Schnur von der Decke, die Wu im Dunkeln nie gefunden hätte –, konnten sie sich gegenseitig begutachten. Der Fettwanst lachte freundlich, ja fast mitfühlend. Er wusste, dass er sich in einer vorteilhaften, oder doch zumindest gleichwertigen Situation befand. Dieses eine Mal wenigstens.

»Peppino der Stinker«, sagte Wu mit spöttischer Feierlichkeit.

»Schau mal an, wen man des Nachts alles treffen kann …«, erwiderte der Fettwanst mit noch breiterem Grinsen. Er hatte Grübchen auf den Wangen. Wenn er nicht Camorrist gewesen wäre, hätte er gut und gern im Fernsehen Witze erzählen können. Er aber war Camorrist – und sogar ein guter.

»Es funktioniert nicht wie im Film«, fuhr der Polizist fort, stand von seinem improvisierten Sitz auf und begann umherzugehen. »Ich habe keinen Durchsuchungsbefehl, das stimmt. Ich bin in Privateigentum eingedrungen, stimmt auch. Aber du weißt, wie das ist: Wen kümmert's? Ich sehe nirgends den Eigentümer dieses Kellers. Bist du es etwa?« Peppino gab keine Antwort, und sein Lächeln gefror ihm auf den Lippen.

»Nein, du bist es nicht«, entschied der Polizist. »Wo aber wohnt der Eigentümer dieses Lochs? Kennst du ihn? Will er mich anzeigen? Da ist mein Personalausweis.« Aus seiner Brieftasche zog er einen verblichenen Ausweis und warf ihn auf den Schreibtisch. Peppino schaute ihn nicht einmal an, holte aber tief Luft und knackte mit den Fingerknöcheln.

»Herr Inspektor«, sagte der Fettwanst endlich, »niemand will dich anzeigen. Der Eigentümer ist ein Freund von mir, ein Cousin. Er hat mich angerufen, weil er Geräusche gehört hat, und deshalb bin ich gekommen, um nachzusehen. Das ist alles. Ich bin noch nie hier gewesen.«

»Du bist noch nie hier gewesen«, erwiderte Wu kopfschüttelnd. »Aber den Lichtschalter hast du gefunden, ohne auch nur ein Streichholz anzuzünden. Du redest einen Haufen Scheiße, Peppino. Aber das interessiert mich nicht. Zwei Sachen interessieren mich, und zwar so sehr, dass ich sogar die 44er in der Schreibtischschublade vergessen könnte. Darauf lassen sich doch sicher eine Menge Fingerabdrücke finden? Stimmt's? Und vielleicht wurde damit sogar der ein oder andere Schuss abgegeben? Also, Nummer eins: Wozu habt ihr die Bücher und CDs gebraucht? Und Nummer zwei: Was soll dieser Brief des Onkels?«

Der Fettwanst atmete tief durch, sodass sein Bauch gegen den Schreibtisch stieß. An die Pistole, die Fingerabdrücke darauf und alles übrige hatte er nicht gedacht. Die Waffen gingen von Hand zu Hand, es war praktisch unmöglich zu wissen, wer die 44er benutzt hatte, um einen Mord zu begehen. Weil der gezogene Lauf auf den Geschossen unverkennbare Spuren hinterließ, war jedes Geschoss eindeutig einer Pistole zuzuordnen. Wenn sie Waffen fanden, konnten die Ermittler feststellen lassen, ob diese bei vorangegangenen Bluttaten benutzt worden waren. Und wenn jedes Geschoss zu einer bestimmten

Pistole führte, dann konnte die Pistole auch zu dem ahnungslosen Schützen führen. Schöner Mist. Der Bulle saß eindeutig am längeren Hebel, und vielleicht war es ziemlich fehl am Platz, weiter wie ein Minderbemittelter zu lächeln. Von Peppinos Wangen verschwanden die Grübchen.

»Nur eine«, sagte der Stinker.

»Hm?«

»Nur eine. Ich verrat dir nur eine Sache. Die andere weiß ich nicht.« Das war offensichtlich gelogen, aber der Fettwanst wollte verhandeln. Er hatte Angst, dass man die Waffe mit irgendeinem Fall in Verbindung brachte, wusste aber, dass die Polizei nicht feststellen konnte, ob er zu dem Zeitpunkt, an dem sie benutzt worden war, auch Eigentümer der Pistole war. Das mochte als überflüssiges Detail erscheinen, aber im Rahmen eines Prozesses spielte es eine wesentliche Rolle. Ein guter Verteidiger hätte dies zugunsten seines Mandanten genutzt. Im schlimmsten Fall wäre er wegen illegalen Waffenbesitzes angeklagt worden, und es war nicht einmal sicher, ob man ihn deshalb verurteilte. Nicht schlecht für einen Fettwanst mit Grübchen. Der Fettwanst wusste aber auch, dass die Pistole des Bullen im Gegensatz zu seiner eigenen geladen war. Deshalb würde er keine Dummheiten begehen, um etwa die 44er verschwinden zu lassen oder abzuhauen. Mit einem Bauch wie dem seinen war an einen fluchtartigen Sprint ohnehin nicht zu denken.

»Welche?«, fragte Wu. »Welche willst du mir verraten?«

»Die mit den Briefen«, antwortete der Stinker. »Ich sag dir was über die Briefe. Die Bücher können dir egal sein. Wir lesen eben gern Gedichte. Punkt.«

Die Briefe also. Nicht den Brief. Wu hatte mit seiner Vermutung richtig gelegen, dass es mehrere gab. Er ging nervös hin und her. Die Augen des Dicken verfolgten ihn, wie man bei einer Tennispartie den Ball verfolgt. Dann setzte sich der Polizist wieder auf den Karton, stützte die Ellbogen auf die Knie und das Kinn in die Hand. Er fixierte Peppino und dachte angestrengt nach. Natürlich war es demütigend, sich auf Verhandlungen mit einem solchen Subjekt einzulassen, aber der Einsatz war hoch. Der Dicke konnte ihn auf eine neue Spur bringen, neue Ermittlungen möglich machen, um den Weg zum Onkel zu finden. Und den Onkel dingfest zu machen war alles, was jetzt zählte.

Wu packte den Karton an zwei Seiten und zog ihn sitzend bis vor den Schreibtisch. Er wollte den Fettwanst genau beobachten, jede Falte seines Gesichts, jede Bewegung von Augenbrauen und Lippen, um zu verstehen, ob er log. Wäre das der Fall, würde die Diskussion eine andere Richtung nehmen. »Los«, sagte Wu.

»Die haben wir gefunden. Wir waren schneller als ihr. Als der Onkel abgehauen ist und sich einige Tage lang nicht gemeldet hat, sind wir in seine Wohnung gegangen. Wir wollten sehen, wie wir ihn erreichen und ihm helfen könnten, wir wollten eine Telefonnummer, eine Botschaft oder irgendwas Nützliches finden.« Peppino hob resigniert die Hände. Er wirkte ehrlich und unverstellt, oder er war ein hervorragender Schauspieler.

»Wir haben das Unterste zuoberst gekehrt«, entgegnete Wu, »da war nichts.«

»Ihr wisst nicht, wie man sucht. Ihr lernt, Sachen zu finden, wir, sie zu verstecken. Jeder Clan hat seine eigene Methode, Drogen zu strecken, jeder Clan hat seine eigene Methode, Schutzgeld zu erpressen, und jeder Clan hat seine eigene Methode, Sachen zu verstecken. Wusstest du das nicht? Jetzt weißt du's.«

»Weiter.«

»Wir dachten, der Onkel hätte uns einen Zettel mit einer Nachricht hinterlassen. Eine Nummer oder eine Botschaft hätte er auf jeden Fall aufgeschrieben. Deshalb haben wir einen Zettel gesucht, und zwar da, wo man Zettel versteckt: in Büchern.«

»Was redest du da für einen Mist? Die Bücher haben wir genauestens untersucht.«

»Von wegen genau. Ich hab dir doch gesagt, dass ihr nichts vom Suchen versteht. Das Bücherregal des Onkels ist in zwei Teile geteilt: Links stehen seine Bücher, rechts die seiner Frau. Wenn du jetzt noch einmal nachschaust, findest du da ein großes Buch mit Pappeinband. Wenn du das Buch umdrehst und es von unten anschaust, so als wolltest du die Unterhose sehen, siehst du, dass der hintere Buchdeckel in der Mitte aufgeschnitten ist, und zwar der ganzen Länge nach mit einer sehr scharfen Klinge. Der Schnitt ist so fein, dass er nicht zu sehen ist, wenn man nicht weiß, dass er da sein muss. Dazwischen lässt sich ein zusammengefaltetes Papier hineinschieben.« Der Fettwanst deutete auf die Schreibtischschublade. »Oder auch mehrere.«

Der Polizist dachte nach. Verdammt gut, überlegte er. Der feste Einband wurde durch ein paar Blatt Papier nicht ausgebeult, und die waren praktisch so eingeklemmt, dass sie auch nicht herausfallen konnten, wenn das Buch aus dem Regal genommen wurde. Wenn die Polizei wie üblich die Bücher öffnete und ausschüttelte, um eventuelle »Zusätze« herausfallen zu lassen, würde das versteckte Blatt Papier nicht einmal verrutschen.

»Gefällt dir die Geschichte?«, fragte der Stinker, als er den unwillkürlichen Ausdruck der Überraschung in den Augen des Polizisten wahrnahm. Die Grübchen kamen wieder zum Vorschein.

»Der eigentliche Punkt ist ein anderer«, fügte er hinzu, »und zwar der: Diese Briefe sind eine Überraschung für dich, und das waren sie auch für uns. Aber weißt du, was die größte Überraschung war?« Wu schüttelte den Kopf.

»Das Buch mit dem aufgeschnittenen Einband war Gessicas Kochbuch, das sie mindestens fünfmal in der Woche aufschlug und das sie und nur sie benutzt hat. Sie war es, die die ausgedruckten Briefe des Onkels aufbewahrte. Vielleicht hatte der Onkel sie gar nie ausgedruckt, vielleicht hat er sie als E-Mail geschickt. Aber Gessica ist irgendwie dahintergekommen. Und hat sie in ihrem Buch aufgehoben. Wir haben aus dieser Geschichte einen Schluss gezogen.«

»Welchen?«, fragte der Polizist und kratzte sich nervös an den Schläfen. Es war überhaupt nicht warm, und trotzdem schwitzte er.

»Dass Gessica unseren Onkel letztlich nicht wirklich geliebt hat. Aber das wusstest du ja schon. Oder irre ich mich?«

Die Rache einer Frau

Polizeipräsidium Neapel
Via Medina 75
80133 Neapel

Kriminalpolizei
Dezernat I – Organisierte Kriminalität
und Schwerverbrechen

Am 17. März d. lfd. J. um 10.32 Uhr in der Via Medina 75 in den Büros des Polizeipräsidiums Neapel, Kriminalpolizei, Dezernat I, bestätigt der unterzeichnende Beamte, dass Gessica Cavallaro erschienen ist. Die anwesende Person erklärt, frei und aus eigenem Entschluss die folgenden spontanen Aussagen gemacht zu haben:

»Der Onkel hat es im Schweiße seines Angesichts zu etwas gebracht. Auch im Schweiße derjenigen Leute, von denen er Schutzgeld erpresst hat. Er war nie gewalttätig und hat nie Unruhe gestiftet. Er verlangte Geld von den Geschäftsleuten, und wenn sie nicht zahlen wollten, sagte er zu ihnen: ›Eine weise Entscheidung, denn in diesen Zeiten ist Sparsamkeit immer gut.‹ Die Leute konnten es kaum glauben, verabschiedeten ihn freundlich und sagten sich: ›Schau an, das ist der erste Gentleman-Camorrist.‹ Dann wurden sie von der Feuerwehr aus dem Schlaf gerissen, weil ihr Geschäft in Flammen aufgegangen war.«

ANTWORT AUF NACHFRAGE: »Ja, ich erinnere mich an die Namen vieler Geschäfte, von denen der Onkel Geld eingezogen hat, und kann sie als Anlage zu dieser Aussage angeben.«

AAN: »Schon seit Jahren treibt der Onkel die Schutzgelder nicht mehr persönlich ein. Der Onkel ist der Boss, kein ›Handlanger‹. Er schmeißt den Laden, entwickelt Ideen. Einmal hat mir jemand erzählt, dass die großen Architekten nicht selbst die Gebäude zeichnen, die sie planen, sondern nur eine Skizze entwerfen, die dann alle, die für sie arbeiten, Millimeter für Millimeter ausarbeiten, mit Zirkel und Winkeldreieck und allem, was dazugehört. Der Onkel macht es genauso, er ist der Künstler. Er befiehlt: ›Weniger Kleidung, mehr Diskotheken. Weniger Drogen, mehr öffentliche Aufträge.‹ So ungefähr. Die anderen arbeiten dann die Projekte aus, und er segnet sie ab.«

AAN: »Alles geht durch die Hände der fünf Bosse unter ihm: Das sind Alberto der Gangster, Germano Spic 'n Span, Sandruccio die Jungfer, Pasquale Bruzzelì und Biagio die Tunte.«

AAN: »Über diese Personen weiß ich wenig. Darüber kann ich Ihnen bei anderer Gelegenheit mehr sagen, falls mir noch etwas Sachdienliches dazu einfällt.«

AAN: »Die Geschäftstätigkeit des Onkels hat sich im Laufe der Jahre verlagert. Er hatte schon immer das Zeug zum Unternehmer und macht jetzt nur noch das. Er kennt sich in jedem Bereich aus, im Drogengeschäft und beim Schutzgeld ebenso wie bei öffentlichen Aufträgen. Er entscheidet, wie viel Geld er in welches Geschäft investiert. Ich spreche von vollkommen legalen und in vielen Fällen auch sehr profitablen Geschäften. Der einzige Unterschied zwischen dem Onkel und einem ›sauberen‹ Unternehmer ist der, dass der Onkel nie Finanzierungsprobleme hat. Wenn er in eine kritische Lage gerät, holt er sich frisches Kapital, indem er Schutzgelderpressungen und den Drogenhandel ausweitet oder einen neuen öffentlichen Auftrag an Land zieht, mit ein bisschen Druck auf einen städtischen Referenten. Der Onkel ist praktisch das, wonach alle streben, nämlich ein Unternehmer, der Verluste nicht zu scheuen braucht. Seine Versicherung sind die Geschäftsinhaber, die Drogen und die Politik. Wenn die Wirtschaft ihn auspresst, presst er sie aus.«

AAN: »Er ist nie erwischt worden, weil er sein Handwerk versteht. Das Geld aus den illegalen Geschäften wird nicht direkt in legale Aktivitäten transferiert. Erst wenn eine bestimmte Summe zusammengekommen ist, wird diese auf verschiedene Konten der Karibik-Insel Anguilla überwiesen. Die Kontonummern habe ich Ihnen vor meiner Einlassung übergeben (s. Anlage 24b). Von diesen Konten werden Rechnungen über nie geleistete Arbeiten und Dienstleistungen an Unternehmen bezahlt, die von Strohmännern geführt werden. Auf diese Weise kehrt das Geld wieder in die Kassen des Onkels zurück, auch wenn die Investitionen dann andere Personen tätigen.«

AAN: »Nein, nicht seine Freunde. Diese Leute hat er nie gesehen, sie machen das beruflich. Sie verleihen ihren Namen gegen Geld, lassen sich gut bezahlen und tun das, was man ihnen aufträgt. Sie haben keinerlei Beziehung zum Onkel, es sind weder Freunde noch Verwandte noch sonst etwas. Sie haben nicht einmal seine Telefonnummer und wissen auch nicht, wo er wohnt. Das ist die Garantie dafür, dass die Polizei im Falle einer Kontrolle keinen Hinweis auf den Onkel finden würde. Es sind nur Strohmänner. Jemand sagt ihnen, was sie tun sollen, wie viel sie in welches Geschäft investieren müssen, und sie tun es. Schließlich ist es nicht ihr Geld.«

AAN: »Die Summe der in die verschiedenen Aktivitäten investierten Gelder geht aus den Rechnungsbüchern hervor, die ich Ihnen vor meiner Einlassung übergeben habe.« (s. Anlage 27b)

AAN: »Warum ich Ihnen all diese Dinge erzählt habe? Ich könnte Ihnen jetzt sagen, das geht Sie nichts an. Alle Informationen, die ich Ihnen gegeben habe, entsprechen der Wahrheit und sind nachprüfbar. Trotzdem werde ich Ihnen antworten, damit niemand sagen kann, dass die Frau des Onkels eine Verräterin ist. Nun gut, ich habe Ihnen all diese Dinge nur aus einem einzigen Grund offenbart: Der Onkel hat mich betrogen, und jetzt betrüge ich ihn.«

Dieser verdammte Fettwanst

»Na, du bleichst ja richtig aus!«

Gaspar, der Römer, hatte recht. Auf Anthonys Gesicht waren die Verbrennungen vom Solarium einem braunen, ziemlich gleichförmigen Grundton gewichen: einer Sonnenbräune, wie sie sich alle wünschen. Aber für ihn war das nichts. Er kam sich leichenblass vor, und je länger er sich im Spiegel betrachtete, desto müder fühlte er sich, als ob seine Kräfte zusammen mit den Hautverbrennungen schwänden. Wie ein Samson, dessen Stärke nicht von der Länge der Haare, sondern von der Röte seiner verbrannten Haut abhing.

Zum Glück hatte ihm *Big Brother* ein Versprechen gegeben: Wenn er bei der nächsten Direktübertragung ins Studio seinen Tanz zeigen würde, sollte er eine Sonnenbank ins Haus bekommen. Eine Sonnenbank nur für sich, und für die anderen Bewohner natürlich auch, aber das Wichtigste war, dass seine Bräune nicht verging. Die anderen konnten tun und lassen, was sie wollten. Er scheute den Vergleich nicht.

Der Römer Gaspar hatte recht. Seit er im *BB*-Haus war, oder genauer: seit Anthony ihn zum ersten Mal wahrgenommen hatte (denn am ersten Tag hatte er sich nicht bemerkbar gemacht), war nur allzu klar erkennbar gewesen, worin sein *»Shining«* bestand. Er machte sich über alle Welt lustig. In Sekundenbruchteilen erfasste er die Fehler seines Gegenübers und wusste sofort, wie er den anderen demütigen konnte. Es spielte keine Rolle, dass in seinem Vornamen ein »e« fehlte, dass er eine Lederweste über dem nackten Oberkörper trug und zwar ein schönes Gesicht und blonde Haare hatte, aber leider auch abstehende Ohren, die ihn dramatisch entstellten. Er war Gaspar, und wer versuchte, ihm blöd zu kommen, war erledigt. Den nahm er auseinander, weil er Schwächen fand, die nicht einmal die eigene Mutter erkannt hätte. Er zerrte diese Schwäche ans Licht, zog sie ins Lächerliche und machte sie zum Gespött der ganzen Welt. Das war sein *»Shining«*, und mit diesem *»Shining«* übte er Macht aus.

Einige hatten versucht, dagegen anzugehen, und waren jämmerlich gescheitert. Nur der Nihilist konnte sich einigermaßen sicher fühlen. Einmal hatte Gaspar zu ihm gesagt, er sehe aus wie der große Lebowski nach einer schweren Hirn-OP, aber der Nihilist war nicht darauf eingegangen. Und auch Gaspars weitere Versuche, ihn mit einer Flut von Beschimpfungen und Vergleichen zu provozieren, waren ins Leere gelaufen. Am Ende hatte er seine Pfeile verschossen und der Showeffekt war verpufft. Da ihm nun nichts mehr einfiel, um den Nihilisten zu verspotten, drehte er sich weg, wenn er ihm im Haus begegnete. Der Nihilist hatte ihm eine Niederlage beigebracht, sein Repertoire erschöpft und seine Verwundbarkeit bewiesen.

Alle anderen aber schafften es nicht, gelassen zu bleiben, wenn Gaspar sie auf den Arm nahm. Trotz guter Vorsätze fielen sie immer wieder auf ihn herein. Selbst die leiseste Reaktion wurde ihnen zum Todesurteil. Der Römer benutzte eine mörderische Taktik. Die erste Beleidigung besaß nur sechzig Prozent der vollen Durchschlagskraft, aber nach der ersten Reaktion folgte eine zweite viel stärkere, und schließlich die volle Ladung. Und dann blieb nur noch die Kapitulation.

Anthony hatte Angst. Gaspar hatte die Veränderung seiner Hautfarbe bemerkt. Das war gefährlich. Mit physischen Drohungen zu kontern war ausgeschlossen, die anderen Bewohner hätten ihn sofort nominiert und das Publikum hätte ihn umgehend rausgewählt. Auch von einer anders gearteten Reaktion war wie gesagt abzuraten. Anthony saß am Frühstückstisch und goss sich gerade fettarme Milch über eine Tasse Cornflakes. *Big Brother* wollte, dass seine Schäfchen in Form blieben.

»Hey«, machte Gaspar. Er ließ nicht locker. Anthony spürte, wie sich an seinem Haaransatz Schweißtropfen bildeten. »Hör mal, ist das wirklich wahr?«

»Was?«, fragte Anthony und vertiefte sich in seine Müslischale, weil er das Schlimmste befürchtete.

»Deine Schwester hat mir gesagt, dass du die CDs von Michael Jackson von hinten hörst, um schwarz zu werden.«

Okay, der erste Treffer. Wie sollte Anthony reagieren? Aufstehen und gehen? Das wäre feige gewesen. Er hasste *Big Brother* abgrundtief dafür, dass sie diesen Scheißkerl aus purer Bosheit ins *BB*-Haus geholt hatten. Was hätte Gaspar gesagt, wenn er Peppino den Stinker gesehen hätte? Nichts. Denn Peppino hätte die 44er genommen und ihn umgelegt, bevor er noch die erste Beleidigung zu Ende gebracht hätte, die sechzigprozentige. Peppino, das Schwein, Peppino, der Kerkermeister, Peppino, der Gewalttätige, Peppino, der zu ihm gesagt hatte: »Du gehst da rein wegen dem Onkel und dann haust du ab und verpisst dich.«

Anthony hatte den Auftrag, dem Onkel während der Direktübertragung im Fernsehen zu sagen, wer ihn verraten hatte, und dabei Gessicas Namen zu erwähnen. Dabei bestand jedoch die Gefahr, dass ihn irgendein allzu schlauer Polizist vielleicht in ein paar Jahren, wenn sich das Ganze klarer überschauen ließ, wegen Begünstigung anzeigte. Und was wäre, wenn der Onkel seine Frau umbrachte, weil sie ihn verraten hatte? Das war gar nicht so abwegig. Dann konnte es sogar sein, dass er sich eine Anklage wegen Beihilfe zum Mord einhandelte. Ganz abgesehen von den Ohrfeigen, den Drohungen mit der Pistole, der wochenlangen Ausbildung im Kellerloch der Quartieri Spagnoli mit all den Gedichten, Songs und Tanzschritten, die er hatte auswendig lernen müssen. Und trotz alledem hatte Peppino Anthonys unschuldige Bitte, seinen Aufenthalt im *BB*-Haus so lange wie möglich auszudehnen, mit einer angedrohten Ohrfeige beantwortet und gesagt: »Du gehst da rein wegen dem Onkel und dann haust du ab und verpisst dich.«

Was für ein Scheißkerl, dieser Fettwanst. Ein Scheißkerl, den er sogar um ein Haar ein bisschen ins Herz geschlossen hatte. Oder wenigstens so etwas in der Art. Und in dem Aufnahmestudio, wo sich Filippo wie ein schwankender Wolkenkratzer hin- und herbewegte, hatte er sich sogar nach ihm gesehnt. Wenn man jedoch über einen Menschen noch kein endgültiges Urteil gefällt hat und die Überprüfung seiner Charaktereigenschaften noch kein eindeutiges Resultat ergibt, obwohl es in Richtung Ablehnung tendiert, dann genügt eine Kleinigkeit, um die Verurteilung unwiderruflich zu machen. Diese Kleinigkeit war für Anthony die Ohrfeige nach den Proben mit Filippo im Studio der Via Tasso gewesen, die ihn für Stunden betäubt hatte. Und das nur, weil er ein kleines bisschen aus sich herausgegangen war. Diese Ohrfeige hatte ihn endgültig frustriert und so vom Jugendlichen zum Erwachsenen gemacht, weil er eine grundlegende Tatsache begriff: Es ist nicht wahr, dass jeder von uns irgendwo etwas Gutes hat, auch wenn es abgrundtief verborgen sein mag. Es existieren Menschen auf dieser Welt, in denen es nicht einmal das kleinste bisschen, nicht einmal eine minimale Spur von Gutem gibt. Manche Menschen sind einfach nur Scheißkerle, und Peppino war einer davon.

Anthony hörte Schritte, die sich der Küche näherten. Wie schön, dass jemand kam, um ihn aus Gaspars Klauen zu retten. In Shorts und einem hellgrünen T-Shirt, das ihre blauen Augen betonte, tauchte Ilaria auf. »Da schau her! Arielle, die Meerjungfrau!«, rief der Römer. »Aber ist denn heute Ebbe?«

Ilaria nahm Anthony an der Hand und ging mit ihm hinaus, während Gaspar nur zu den Zuschauern etwas sagte, die *Big Brother* im Pay-TV auch außerhalb der Übertragungszeiten des Privatsenders verfolgten.

Sie setzten sich auf eine der Bänke am Pool. »Danke«, sagte Anthony, »ich hätte ihm beinahe geantwortet, aber dann habe ich mir gesagt: lieber nicht. Es lohnt sich einfach nicht, sich mit einem so unsensiblen Menschen einzulassen.«

»Nein, du hast recht«, antwortete Ilaria zustimmend. »Und außerdem ist heute Abend das Spiel, da musst du dich konzentrieren.«

Für die Direktübertragung im Studio hatte *Big Brother* »die große Nacht der Geständnisse« vorgesehen. Jeder Teilnehmer sollte den anderen eine Geschichte aus seinem Leben erzählen, die er bisher geheim gehalten hatte, weil sie ihm peinlich oder unangenehm war. In der Sendung konnten aus Zeitgründen nicht alle Geständnisse vollständig übertragen werden, aber die Regie würde diejenigen für das Publikum auswählen, die auf das größte Interesse stießen.

Ehrlich oder nicht, natürlich konnten die Teilnehmer auch etwas erfinden, und *Big Brother* würde es auf keinen Fall merken. Aber vielleicht waren die Programmgestalter sogar bereit, die schauspielerischen Fähigkeiten der Konkurrenten zu prämieren.

»Was wirst du gestehen?«, fragte Ilaria. Anthony brauchte ein paar Minuten, bevor er antwortete. Bisher hatte er nicht darüber nachgedacht. Was konnte er schon erzählen außer den kolossalen Lügen über seinen Vater? Konnte er die Wahrheit über seine Arbeit als Dealer oder über seine Möwenbrauen sagen? Ersteres hätte ihn direkt ins Gefängnis gebracht, mit Letzterem hätte er sich vor aller Welt lächerlich gemacht. Anthony wurde sich plötzlich klar darüber, dass er nichts Wahres erzählen konnte, denn in seinem Fall wäre es mehr als bloß peinlich gewesen. Zu lügen war allerdings anstrengend, sehr anstrengend. Er hatte schon so viel gelogen und dabei eine Menge Energie verbraucht. Schließlich fasste er einen Entschluss.

»Ich werde etwas Schlimmes erzählen, was mir als Kind zugestoßen ist. Ein Fettwanst hat mich entführt und mich mehrere Wochen lang in einem Kellerloch festgehalten.«

Ilaria riss ungläubig die Augen auf. »Donnerwetter, das ist ein hervorragendes Geständnis. Wenn du es gut erzählst, könntest du sogar gewinnen. Aber es ist natürlich ein Lügenmärchen. Oder nicht?« Anthony runzelte beleidigt die Stirn: »Von wegen Lügenmärchen. Es ist die Wahrheit.«

»Ach du lieber Gott … wie schrecklich! Und was hat er mit dir gemacht?«

»Er hat mich gezwungen zu singen und zu tanzen, er ließ mich Gedichte aufsagen. Und ich musste mich so anziehen, wie er wollte.«

»Guter Gott.« Ilaria konnte es nicht fassen und war sehr beeindruckt. Ihre weit aufgerissenen blauen Augen waren in ihrer ganzen Schönheit zu bewundern, und Anthony konnte alle Farbnuancen unterscheiden. Er senkte den Blick und nickte: »Es war fürchterlich.« Wenn er an den Fettwanst dachte, glaubte er das wirklich. Im Grunde war sein Geständnis nur eine halbe Lüge. Nur die zeitliche Einordnung und ein paar Kleinigkeiten stimmten nicht.

»Vielleicht war es einer von diesen Psychopathen, die ein Kind verloren haben«, wagte Ilaria einzuwerfen, »die die Kinder anderer Leute stehlen und ihnen die Kleider ihres verstorbenen Kindes anziehen. Logisch, das muss irgend so ein Verrückter gewesen sein …« Sie suchte in Anthonys Augen nach Zustimmung, er aber nickte nur.

»Und dann?«, fragte sie. »Wie ist es ausgegangen? Wurde er verhaftet?« Anthony konnte nicht Ja sagen, denn dann hätte sie ihn nach dem Namen des Wahnsinnigen gefragt, und *Big Brother* hörte mit. *BB* hörte immer mit. »Nein«, antwortete er, »ich konnte fliehen, aber als ich die Polizei dorthin führte, wo ich gefangen gehalten worden war, war niemand mehr da.«

»Scheiße«, sagte Ilaria sichtlich enttäuscht, »er ist ungeschoren davongekommen.« Schimpfwörter passten nicht zu ihrem Gesicht. Doch es stimmte schon, der Fettwanst war ungeschoren davongekommen. Er hatte ihn versklavt, drangsaliert und terrorisiert und würde zuletzt vom Onkel sogar noch Lob für seine hervorragende Arbeit ernten.

»Das ist nicht gerecht«, gab Ilaria zu bedenken, »es ist wirklich nicht gerecht, dass ein Scheißkerl wie der ungeschoren davonkommt. Findest du nicht auch?«

Anthony stützte das Kinn auf die Faust und kniff die Augen zusammen. Im Wasser des Pools spiegelte sich das Bild des Hauses, dieses Käfigs voller Narren, dummer Gänse und falscher Cowboys, von denen jeder eine besondere Macht, ein *»Shining«* besaß. Nur Ilaria nicht. Sie hatte sich bisher noch nicht geoutet. Und inzwischen war es ziemlich spät, um sich zu outen. Sollte sie etwa keines besitzen? Sollte *Big Brother* sie ins Haus geholt haben ohne irgendein *»Shining«*? Nein, auch sie musste etwas Besonderes haben. Sie war hübsch, aber zurückhaltend. Sie stellte ernsthafte Fragen, und ihr Bedauern klang aufrichtig. Was war ihr Geheimnis? Anthony wollte es entdecken, er wollte mehr Zeit für sich haben und herausfinden, was da gerade zwischen ihm und Ilaria im Entstehen war, gleichgültig, ob dabei Liebe oder Freundschaft herauskam. Aber der Fettwanst hatte sich unmissverständlich ausgedrückt: »Du ziehst da ein, sagst, was du zu sagen hast, und verschwindest von der Bildfläche.« Und der Fettwanst war ungeschoren davongekommen.

»Nein«, sagte Anthony, »das ist nicht gerecht.«

Die große Nacht der Geständnisse

Big Brother hatte den Kandidaten einen vergifteten Apfel serviert, und das Gift war die Lüge. Jeder hatte die Möglichkeit, sein Geständnis zu erfinden, aber er musste es gut erfinden und vor allem meisterhaft vortragen. Die Bestrafung durch das Fernsehvolk hing wie ein Damoklesschwert über ihren Köpfen: Wenn das Publikum Lüge witterte, würde die Strafe auf dem Fuße folgen. Deshalb bot das Lügen zwar auf der einen Seite eine Chance für die, die kein besonders interessantes Geständnis auf Lager hatten, auf der anderen Seite barg es aber auch ein hohes Risiko.

Die Bewohner saßen vor dem Haus im Kreis. Man hatte sie mit einem Stoß Holz, Streichhölzern und Grillanzündern versorgt. Außerdem wurde ihnen ein Handbuch zur Verfügung gestellt, in dem Schritt für Schritt erklärt war, wie man ein Lagerfeuer entfacht. Mehr konnte *BB* nicht tun. Ohne diese Hilfestellung allerdings hätte die Gefahr bestanden, dass die *BB*-ler vor lauter Ungeschick das Feuer nicht anbrachten und die Sendung ruinierten.

Der Cowboy sagte: »Ganz ruhig, Kinder, das mach ich schon«, kniete sich hin und studierte mit nervtötender Langsamkeit das Handbuch. Kaum hatte das Holz endlich Feuer gefangen, sprang Heidi aus Salerno, zufrieden und rundlich, wie er war, in den Pool, und das aufspritzende Wasser löschte unbarmherzig die ersten Flammen. Gaspar fragte ihn daraufhin, wo er am 26. Dezember 2004 gewesen sei, als fünfzehn Meter hohe Wellen die Küsten Asiens verwüsteten. Der Cowboy brachte neues

Holz zum Brennen und Heidi hütete sich, noch einmal in den Pool zu springen.

Als es völlig dunkel war, warfen die Flammen im Hof dramatisch zuckende Schatten auf die Hauswand und auf die Mauer, die die Bewohner vom Rest der Welt trennte. Das Holz knackte, und Heidi sah in seinem Bademantel aus wie ein Kind, das man zur Strafe in die Ecke gestellt hat. Alle anderen saßen andächtig im Kreis um den immer höher aufsteigenden, tanzenden Feuergott. Endlich hatten sie ihre Ruhe. Solange das Feuer brannte, musste man nichts erzählen und sich nicht aufspielen. Im Schneidersitz, das Gesicht im Halbschatten und vom Widerschein des züngelnden Lichts gestreichelt, waren sie alle Schauspieler, auch wenn sie sich nicht rührten.

»Dann erzähle ich mal meine Geschichte«, sagte Miss Elegance, und die anderen nickten zustimmend. Francesca trug ein schwarzes Kostüm und wie üblich ihre Perlenkette. Sie saß mit überkreuzten Beinen auf der Wiese vor dem Haus und sah aus wie eine arme Adelige, die man beim Verlassen des Theaters entführt und vergewaltigt hatte.

»Ich hatte Sex per E-Mail«, hub sie an. Die anderen warfen sich wie im Stafettenlauf Blicke zu, die von einem Punkt des Kreises zum anderen sprangen. Francesca war als Dritte an der Reihe. Vor ihr waren zwei dran gewesen, die Gaspar sogleich als hoffnungslose Fälle abgetan hatte. Der Erste, ein Mann um die vierzig, der sich Cico nannte, hatte seinen Lebenslauf gefälscht, um einen Arbeitsplatz zu ergattern. Eigentlich nichts Besonderes, abgesehen davon, dass er die Stelle tatsächlich bekommen hatte und immer noch dort arbeitete. Offensichtlich musste er großes Vertrauen in die Popularität von *Big Brother* setzen, wenn er sich keine Sorgen machte, nach seiner Zeit im *BB*-Haus eine neue Arbeit zu finden.

Nach Cico hatte Salma gesprochen, die eigentlich Salina Magnaghi hieß. Den Namen der mexikanischen Schauspielerin hatte sie durch Verschmelzung der ersten Buchstaben ihres Vor- und Nachnamens für sich vereinnahmt. Das Ergebnis war angesichts ihrer leichenblassen Haut und ihrer eingefallenen Wangen ziemlich verstörend. Nicht einmal Gaspar hatte den Mut aufgebracht, eine Leiche namens Salma zu verhöhnen, die als ihr »Geständnis« verkaufte, dass sie einmal einer Freundin eine Packung Tampons aus der Tasche gestohlen hatte.

Jetzt starrten alle Miss Elegance an. Sie versuchte sich gegen das Kreuzfeuer der Blicke zu wehren: »Hä, was ist los?«

»Aber soll das heißen …«, fragte Heidi, der seine Strafecke verlassen hatte, »also, soll das heißen … mit der Webcam?«

»Nein, nein«, erläuterte Francesca, »wirklich per E-Mail. Wir waren erst seit Kurzem zusammen, als er mal auswärts arbeiten musste und wir uns eine Weile nicht sehen konnten. Ihr wisst schon, wie das ist. Er schickte mir eine ziemlich leidenschaftliche Mail, ich antwortete ebenso leidenschaftlich, er darauf noch leidenschaftlicher, und dann fing er mit Sachen an wie: ›Jetzt mach ich das, dann werde ich das machen‹ usw. Richtig Sex, versteht ihr?« Sie verstanden.

»Entschuldigung, kannst du das mal richtig erzählen?« Da hatte sich doch tatsächlich der Nihilist zu Wort gemeldet. Das Sex-per-E-Mail-Geständnis hatte sogar ihn geweckt, und er saß jetzt mit gekreuzten Beinen, gefalteten Händen und nach links geneigtem Oberkörper da, um Miss Elegance jenseits des Feuers zu sehen. *Big Brother* sagte nicht, was übertragen wurde und was nicht, aber alle waren sich sicher, dass diese Geschichte auf jeden Fall vollständig gesendet wurde.

»Nach der Arbeit habe ich mich hingesetzt, um einen Artikel für eine Online-Zeitung zu schreiben. Ich weiß nicht, ob ich es euch schon gesagt habe, aber ich habe auch schon mal als Journalistin gearbeitet. Also, ich schrieb gerade einen Artikel über einen Kinderspielplatz voller Hundescheiße, wirklich eine Schande – da kam auf einmal die erste Mail. Als Antwort schrieb ich ohne nachzudenken so was wie: ›Ciao, Schatz, ich schreibe gerade einen wichtigen Artikel und bin hundemüde. Am liebsten würde ich ins Bett gehen.‹ Ja, so etwas Ähnliches war es, wenn ich mich nicht irre. Und er antwortete: ›Ins Bett? Du willst ins Bett gehen? Aber wie ins Bett?‹ Das heißt, er ging wirklich aufs Ganze. Er hat damit angefangen, nicht ich. Aber ich hab mitgemacht. Auf jeden Fall war es ziemlich schwierig, per Mail Sex zu haben, ihr wisst schon, wie das ist. Wenn du gerade richtig abgehst und darauf wartest, dass die nächste E-Mail kommt, aber sie kommt nicht, und du klickst dauernd auf Senden/Empfangen, Senden/Empfangen, Senden/Empfangen ... Es kommt aber nichts, und wenn dich dann jemand sehen könnte, wie du so dasitzt, würde er denken, du spinnst ... Ihr wisst schon, wie das ist. Dann kommt die Mail und du machst weiter mit dem Sex im Kopf, und dann heißt es wieder: ›Keine neuen Nachrichten.‹ Und du sitzt da wie bestellt und nicht abgeholt.« Die anderen schauten sie mit weit aufgerissenen Augen an, Francesca zog alle Aufmerksamkeit auf sich und ließ für niemanden Raum.

»Irgendwann las ich dann im Betreff: ›Warten auf Antwort‹«, fuhr sie fort, »und da wollte ich schon weitermachen, ihr wisst ja, wie das ist, aber es war Werbung für schlank machende Algen. Dann kam eine andere Mail, und das war die, auf die ich gewartet hatte, und dann schon wieder eine. Und da sagte ich mir: ›Wow, er ist so heiß, dass er gleich zwei Mails auf einmal schickt.‹ Dabei war das nur die von der Online-Zeitschrift, die den Artikel über die Hundescheiße wollte.« Einige ihrer Zuhörer brachen in Gelächter aus, was Francesca offensichtlich übel nahm. An ihrem »Geständnis« war nichts Lustiges, jedenfalls konnte sie nichts Derartiges erkennen. Sie verzog das Gesicht und verstummte.

»Ach, komm schon«, sagte der Nihilist, »lass mich nicht auf dem Trockenen sitzen, bitte.« Francesca verstand ihn nicht, fühlte sich aber wichtig und fuhr fort.

»Beim Zurückschreiben brachte ich dann etwas durcheinander. Statt auf die vorletzte Mail antwortete ich auf die letzte, sodass ich an den Chefredakteur eine erotische Botschaft und an meinen Freund den Artikel über die Hundescheiße schickte. Meinem Verlobten schien das gerade recht zu sein, denn er fing an, mich mit schamlosen Mails zu bombardieren, die nicht zitierfähig sind. Auch der Chefredakteur schickte fortan erotische Mails. Es war die Hölle. Ich musste mich von meinem Freund trennen, weil ich merkte, dass er wirklich ein kompletter Psychopath war, und auch von der Online-Zeitung trennte ich mich, was ich nicht weiter erklären muss.«

Volltreffer. Francesca hatte einen Knaller gelandet, und ihr Geständnis schien sogar der Wahrheit zu entsprechen. Sie log nicht oder schauspielerte so gut, dass sie dabei vollkommen natürlich wirkte. Alle *BB*-Bewohner bogen sich vor Lachen, der Cowboy und die Blondine, auch Gaspar, Anthony und Ilaria, Salma, Cico, Heidi und selbst der Nihilist. Ja, auch der lachte, unglaublich, aber wahr.

Als Nächster war Heidi aus Salerno an der Reihe, der angesichts eines derart gelungenen Geständnisses von Anfang an eingeschüchtert wirkte. Unter diesen Umständen sieht einer immer wie ein Lügner aus, selbst wenn er die Wahrheit spricht, dachte Anthony, der inzwischen im Kopf die Geschichte seiner Entführung durchging und betete, dass sie glaubwürdig klingen möge. »Ich will ein Geständnis für ihn ablegen«, unterbrach Gaspar, bevor Heidi anfangen konnte. »Lieber *Big Brother*, unser Freund hat mit einer Arschbombe in den Pool das Feuer gelöscht. Dann hat Tex Willer neues Holz nachgelegt und es wieder zum Brennen gebracht. Heidi aber kann nichts dafür, nur seine Arschbacken sind schuld.« Heidi wurde feuerrot und wollte aufstehen, genauso wie der Cowboy. Beide setzten sich aber wieder hin, weil sie ans Publikum dachten, an das Gewaltverbot, an den Traum vom Sieg bei *Big Brother* und alles, was so dazugehört. Anthony dachte darüber nach, wie es wäre, wenn sie alle gleichzeitig auf den Römer losgingen: *Big Brother* konnte doch nicht alle Kandidaten auf einmal rausschmeißen? Inständig hoffte er, dass Gaspar schon an diesem Abend nominiert wurde, damit er ihn endlich los war.

»Vollkommene Mondnacht, zerrissen vom Streit in der Familie«, murmelte Anthony, diesmal auf die Haikus der Beatgeneration setzend, aber Ilaria kannte auch Kerouac nicht. Das Auswendiglernen der Haikus war verlorene Liebesmüh gewesen. Der Fettwanst war einfach zu blöd: Er hätte ihm Gedichte von Neruda beibringen sollen, die romantischen Frauen gefallen und die wirklich jeder kennt – und nicht diese doofen dürren Haikus, bloß weil er glaubte, damit Eindruck zu schinden. Stattdessen riefen sie bei den anderen lediglich Zweifel an seiner geistigen Gesundheit hervor.

Der Salernitaner brauchte ein paar Minuten, um das Blut aus seinem Kopf abfließen zu lassen, dann setzte er zu seinem »Geständnis« an, auch wenn er eigentlich längst angezählt war. Heidis Geständnis war sicherlich das bisher schlechteste, und obwohl noch nicht alle an der Reihe gewesen waren, dachte jeder, dass es auch das schlechteste bleiben würde.

Heidi erzählte, wie er in seiner Jugend ein paar Freunde in der Pizzeria durch abstruse Manipulationen in der Rechnung ausgetrickst hatte, sodass er nicht nur gesättigt, sondern auch mit zehn Euro zusätzlich in der Tasche heimkehrte. Er wollte als guter Sohn Kampaniens als Schlaumeier dastehen, kam aber nur als mickriger Geizhals rüber. Am Ende seiner Erzählung lachte er mindestens zwanzig Sekunden lang allein, als wollte er sich selbst davon überzeugen, wie lustig er war, während alle anderen Bewohner ihn betreten anstarrten.

Aus den Lautsprechern tönte Gemma Salieris Stimme und brachte Heidis letzte Gluckser zum Schweigen. »Das kannst du besser«, rief sie. »Wir sind davon überzeugt, dass du es besser machen kannst – wir wissen sogar, dass du es besser machen kannst.«

Heidi blickte um sich, ohne etwas zu verstehen. Vergebens suchte er in den Augen der anderen Hilfe. Auch sie wussten nicht, was *Big Brother* damit sagen wollte, warum er nur während Heidis Geständnis eingegriffen hatte. Der Salernitaner lachte erneut, um die Situation zu entschärfen, und sagte: »Nein, das ist die beste Geschichte, die ich habe.«

Schweigen. *Big Brother* war verstummt. Die Teilnehmer warfen sich ratlose Blicke zu. Einer meinte, man sollte einfach mit den Geständnissen fortfahren.

»Na loooos!«, ließ sich erneut Gemmas Stimme vernehmen. »Warum legst du uns nicht ein *echtes* Geständnis ab … ein wirklich ehrliches?«

»Inwiefern?«, fragte Heidi und wurde rot, während ihn die anderen misstrauisch beäugten.

»Heute ist in einer Zeitung in Kampanien ein hübscher Artikel erschienen«, dröhnte die Stimme der Moderatorin aus dem Lautsprecher. Anthony fragte sich, wieso die Stimme im Freien so dröhnen konnte. Mysterien der Akustik.

»Dieser Artikel«, fuhr die Moderatorin fort, »beschäftigt sich mit der besonderen Art, wie du die Liebe lebst. Er behauptet, dass dein Herz für einen anderen Menschen schlägt, und zwar für einen Mann. Das hast du selbst während der Probeaufnahmen erzählt: Warum willst du jetzt diese wundervollen zärtlichen Gefühle verheimlichen?«

Heidi erhob sich mit einer katzenhaften Geschmeidigkeit, die man seiner Statur nicht zugetraut hätte, rannte wie ein Besessener zum Pool und sprang hinein, um sich den Augen der Kameras zu entziehen. Ein weiterer Tsunami löschte das Feuer, und die Kameras hatten nichts mehr aufzunehmen: Es war stockdunkel, weil die übrigen Lampen in Erwartung des Lagerfeuers für »die große Nacht der Geständnisse« ausgeschaltet worden waren. Aus dem Pool war kein Geräusch, kein Lebenszeichen zu vernehmen. Der Nihilist schlug beiläufig vor: »Es könnte zum Beispiel irgendjemand nachschauen, ob er noch lebt.« Wie immer war es der Cowboy, der sich erhob.

Das vollkommene Verstummen der Teilnehmer war nicht nur Zeichen ihrer Verstörung, sondern sprach auch für ihr angestrengtes Nachdenken. Da Heidis Homosexualität nun aufgedeckt war, fürchteten sie alle jedwede Regung, die von *Big Brother* bespitzelt werden konnte. Wie man sich in der Frage von Homosexualität und schwulem Verhalten positionierte, konnte über Sieg oder Niederlage des jeweiligen Kandidaten entscheiden. Wie sollte man reagieren? Sollte man freundliches Verständnis zeigen und dabei Gefahr laufen, als Schleimer zu gelten, oder sollte man das Ganze besser mit einem Witz abtun und riskieren, als homophob dazustehen? Sollte man überrascht tun und dem Publikum zu verstehen geben, dass diese Entdeckung wirklich wichtig war, oder durch Nichtbeachtung einem Mitstreiter die Chance geben, sich zu profilieren? Eine verzwickte Lage.

Big Brother sagte nichts. Offenbar war die Direktübertragung unterbrochen worden, weil man fürchtete, Heidi habe sich wirklich umgebracht. *BB* wollte zunächst die Wirkung seiner infamen Taktik abwarten und dann über das weitere Vorgehen entscheiden.

Anthony hatte sich inzwischen auf dem Rasen ausgestreckt. Der Himmel breitete sich über ihn wie ein schwarzes Laken mit unzähligen winzigen Löchern, durch die das Sternenlicht fiel. Hinter diesem Laken musste eine riesige Lampe brennen und wer weiß, was passieren würde, wenn man es wegriss. Alle Menschen würden bei lebendigem Leib verbrennen, Plagen und Dürre auf der Erde herrschen, eine Katastrophe, schlimmer als die Apokalypse.

Eine Ameise kroch Anthony ins Ohr, und er schüttelte den Kopf, um sie loszuwerden. Auf dem Laken war ein Flugzeug zu erkennen. Anthony fragte sich, wo all diese Leute hinwollten und warum. Er war noch nie geflogen. Wenn er bei *Big Brother* gewinnen würde, könnte er sich eine schöne Reise in der Business Class genehmigen. Vielleicht nach Mexiko oder nach Amsterdam. Dort konnte man einfach im Geschäft »was zum Rauchen« kaufen. Das musste komisch sein, einen Dealerkollegen ohne Teufel im Leib zu sehen, einen, der einfach so hinter dem Tresen steht und einen Polizisten freundlich bedient.

Aber nein, *Big Brother* würde er wohl nie gewinnen. Er musste ja sofort von der Bildfläche verschwinden, sobald er seinen Auftrag erledigt hatte. Vielleicht würde das schon heute Abend sein, wenn die Moderatorin ihm dazu Gelegenheit gab. Die Ameise krabbelte ihm erneut ins Ohr, diesmal deutlich hartnäckiger. Doch es war keine Ameise, sondern Ilarias Hand, sanft wie die einer Mutter, eines Vaters oder einer Freundin. Eine Hand, die ihn gern hatte. Anthony drehte sich um, hatte ihr Gesicht vor sich, und dann berührten ihn ihre Lippen. Sie küsste ihn und küsste ihn wieder, während die Kameras ausgeschaltet waren und noch alles im Dunkeln lag. Sie tat es nicht für die Fernsehzuschauer, sondern nur für sich, nur für sie beide.

Der Salernitaner Heidi hatte sie durch das Löschen des Feuers einen Augenblick lang aus dem Haus entkommen lassen. Jetzt waren sie in der wirklichen Welt oder vielleicht in einer Dimension X auf halbem Weg zwischen Wirklichkeit und Fantasie. War das die Welt der Märchen? Und sie beide, waren sie Eindringlinge oder ins Exil verbannte Seelen, die endlich heimgefunden hatten? Lange würde dieser Zustand sicher nicht anhalten. Die anderen redeten aufgeregt durcheinander, das Schweigen war gebrochen, aber für Anthony und Ilaria war es nur ein x-beliebiges Hintergrundgeräusch. Niemand beachtete sie, und was sie miteinander trieben, wäre ohnehin nur bei angestrengtem Hinsehen zu erkennen gewesen. Die beiden nahmen heftiges Getrappel wahr, wie beim Start eines Marathonlaufes. Die anderen rannten zum Pool, aus dem der Cowboy den Salernitaner gerettet hatte.

Ilaria und Anthony hielten sich noch im Arm, als Heidi unter Tränen stammelte, er sei gar nicht schwul, sondern habe bei den Probeaufnahmen für *Big Brother* gelogen, um seine Chancen zu verbessern. Bei diesem neuerlichen Geständnis bedachte er nicht, dass er mit dieser Taktik sowohl diejenigen (zahlreichen) Zuschauer gegen sich aufbringen würde, die Lügner hassten, als auch die (ebenso zahlreichen) homophoben. Letztlich war er sowohl als fingierter Schwuler als auch als Lügner zum Ausscheiden verdammt. Auch weil seine Mitbewerber, die derartige Überlegungen sehr wohl angestellt hatten, die Gelegenheit sofort beim Schopf packen würden, um ihn zu nominieren und dem Gott mit dem digitalen Auge als wohlfeiles Opfer darzubringen.

Ilaria führte ihre Lippen an Anthonys Ohr. Er spürte ihren Atem und genoss es, von einem Mädchen geküsst zu werden, das ihn nur einmal hatte tanzen und singen hören. Er hegte zwar den Verdacht, dass ihr seine »Pop Dänz«-Darbietungen völlig egal waren, ja irgendetwas sagte ihm, dass sie sogar gerne darauf verzichtet hätte. Vielleicht war sie in ihrem Innersten auch ganz cool und wusste nur noch nichts davon? Anthony betete darum, dass die Moderatorin nicht ausgerechnet an diesem Abend das Wort an ihn richten würde, damit er noch eine Weile im *BB*-Haus bleiben konnte, gerade so lange, dass er Ilaria ein wenig besser kennenlernen konnte – und sich selbst.

Aber der Befehl des Fettwansts hing ihm drohend im Nacken. Anthony hatte schon seinen Gestank in der Nase, sah, wie er die verdammte 44er mit Kurzlauf hob und mit seinem fetten Finger abdrückte. Solange der Dickwanst frei herumlief, war es nicht klug, länger hier drinnenzubleiben. Es lohnte sich nicht, für eine weitere Woche im *BB*-Haus sein Leben zu riskieren, aber es lohnte sich ebenso wenig, alles hinzuschmeißen, um wieder Dealer in den Quartieri Spagnoli zu werden. Gab es keinen Ausweg?

»Das darf auf keinen Fall so ausgehen«, flüsterte sie. Anthony verstand nicht so ganz, was sie damit meinte. Im Dunkeln kam er ihren Augen ganz nahe, wurde aus ihnen aber auch nicht schlauer.

»Der Fettwanst, der dich als kleinen Jungen entführt hat. Er darf nicht so einfach davonkommen.« Auch sie dachte an den Fettwanst, auch sie suchte nach einer Lösung. Die wahre Geschichte und die, die Ilaria kannte, stimmten zwar nicht überein. Vielleicht aber sollte der Stinker tatsächlich nicht die Oberhand behalten. In Anthonys Kopf zeichnete sich allmählich ein Ausweg ab. Sein Herz begann heftig zu klopfen und seine Halsmuskeln verkrampften sich.

*

Die Lichter gingen wieder an und trafen die vom Dunkel erweiterten Pupillen wie Peitschenhiebe. Auf dem Rückweg vom Pool nahmen die *BB*-Bewohner Heidi in die Mitte und schafften es irgendwie, allesamt eine Hand auf die Schultern des gebrochenen Konkurrenten zu legen.

Man bildete wieder einen Kreis, die Direktübertragung setzte von Neuem ein, und Heidi erklärte den Italienern, dass er gelogen hatte, weil er unbedingt ins *BB*-Haus einziehen wollte. Danach legte der Cowboy sein Geständnis ab, dann der Römer Gaspar und schließlich die Blonde. Als der Nihilist an die Reihe kam, wunderte es niemanden zu hören, dass er nichts zu erzählen hatte. In einer kurzen, aber heftigen Diskussion drohte *Big Brother*, ihn ausscheiden zu lassen, aber der Nihilist entgegnete, er solle sich doch zum Teufel scheren. Das passte zu seiner Rolle, und diese Szene ließ seine Charaktereigenschaften nur noch schärfer hervortreten. Dann kamen die nächsten Kandidaten an die Reihe, einer langweiliger als der andere. Eine männliche Stimme rief einen nach dem anderen auf, und die Regie übernahm die Direktübertragung nur, wenn die Geschichte interessant wurde. Wenn dagegen die Moderatorin das Wort ergriff, war man sicher auf Sendung.

Doch Anthony hörte gar nicht zu. Er starrte vor sich hin ins Leere. In Gedanken war er ganz woanders, bei einem Fettwanst mit Pistole in der Hand, der ihn wieder und wieder ohrfeigte und zwang, zu tanzen und zu singen wie eine Zirkusattraktion. Entsprach es nicht eigentlich der Wahrheit, dass dieser Fiesling ihn entführt hatte? Ilaria, offenbar der einzige lebendige

Mensch in dieser künstlichen Umgebung, drehte sich zu ihm um und nickte. Sie fühlte und verstand, worüber er nachdachte. Anthony hatte den Eindruck, als wisse sie über alles Bescheid – auch, dass er sogar ihr allerlei vorgeschwindelt hatte – und als führe sie ihn langsam, aber mit fester Hand, irgendwohin.

»Anthonyyy!« Gemma Salieris Stimme traf ihn wie eine Ohrfeige des Stinkers. Er erwachte aus seiner Erstarrung und riss die Augen auf wie ein Hase, der nach einem Jahr der Gefangenschaft plötzlich die Stalltür aufgehen sieht. Los, hau ab, tu, was du tun musst, und folge deinen natürlichen Instinkten. Bloß, dass ihm die »Freiheit« Angst machte, die sich jetzt vor ihm auftat. Anthony blickte zu Ilaria, die ihm noch einmal kühl zunickte. Dieses Mädchen trug eine unglaubliche Stärke und Zielstrebigkeit in sich. War das vielleicht ihr *»Shining«*? Nein, innere Stärke war nicht das richtige *»Shining«* für *Big Brother*, sondern für das wirkliche Leben. Hier drinnen war sie eine schwache Konkurrentin mit baldigem Verfallsdatum. So funktionierte das Ganze letztlich: Draußen stark bedeutete drinnen schwach und umgekehrt. Wer ein guter Schauspieler ist, taugt nicht fürs wirkliche Leben, und wer zu leben versteht, ist kein guter Schauspieler.

»Ciao Gemma!«, meldete sich Anthony und fuhr sich mit der Hand durch die Haare.

»Anthony, du bist an der Reihe«, forderte die Moderatorin ihn auf, »lege dein Geständnis ab.«

»Ja, ok …« Anthony war aufgeregt und zögerte, denn diese Gelegenheit musste er nutzen. Wer weiß, wann sich eine andere bieten würde. Auf der anderen Seite des Bildschirms, vielleicht sogar auf der anderen Seite der Welt sah ihm der Onkel zu. Der Onkel saß vor dem Fernseher, das war das Einzige, dessen man absolut sicher sein konnte. Sicherer als die Tatsache, dass sich die Erde dreht, sicherer als der eigene Tod. Mochte die Welt zum Stillstand kommen, mochten in Neapel und Kalabrien sechs Menschen deshalb sterben und die Bosse der 'Ndrangheta zum Teufel gehen, der Onkel würde doch niemals auch nur eine einzige Sendung von *Big Brother* versäumen. Und jetzt hing seine Rettung von einem jungen Mann mit gestutzten Möwenbrauen ab.

Aber da war auch der Fettwanst auf der anderen Seite des Bildschirms. Da waren die fünf Monster, und alle hingen an seinen Lippen. Anthony drehte sich wieder nach Ilaria um. Nun hing alles von ihr ab. »Das darf auf keinen Fall so ausgehen«, glaubte Anthony zu hören. Nein. Peppino konnte ihn nicht wie eine Marionette benutzen, er durfte nicht so davonkommen. Er durfte einfach nicht so davonkommen.

»Gemma, bevor ich anfange, möchte ich meinen Onkel grüßen, der in den Quartieri Spagnoli wohnt.« Anthony wartete einige Sekunden auf die Bestätigung, noch auf Sendung zu sein.

»Ok, du kannst ihn grüßen.«

Gut, das war der Augenblick, es gab keine Zeit zu verlieren. Anthony richtete sich auf, er kniff die Augen zusammen und wurde so ernst wie noch nie in seinem Leben. Jetzt war er es, der die Pistole in der Hand hatte.

»Ciao Onkel, ich liebe dich. Ich wünsche mir so sehr, dass du wieder nach Hause kommst, du fehlst mir so.« Die Zuschauer vor dem Fernseher glaubten, eine dieser rührseligen Szenen mitzuerleben, die am Nachmittag und frühen Abend ausgestrahlt werden und die ältere Frauen zu Tränen rühren. Verwandte vereinen sich, Paare finden wieder zusammen, alles live vor der Kamera. Diesmal handelte es sich jedoch nicht um eine Versöhnung. Anthony sprach ein Todesurteil aus.

»Es gibt jemanden, der es bereut, dich schlecht behandelt zu haben und der dich um Entschuldigung bitten möchte.« Er suchte wieder Ilarias Blick, und sie nickte ihm noch einmal zu. Sie war einverstanden.

Vor Anthonys innerem Auge zogen wieder die Wochen seiner Ausbildung im Souterrain der Quartieri vorüber, die Gewalt und die Grausamkeiten, die ihm sein Folterknecht angetan hatte. Und das einzige Mal, als er ihn als Freund anzusprechen versucht hatte, um ihm seine geheimen Hoffnungen auf eine Karriere im Showbusiness zu gestehen, hatte er dafür eine denkwürdige Ohrfeige einstecken müssen. Die Gedanken führten ihn noch weiter zurück in die Zeit, als der Clan ihn einst rekrutiert hatte, weil er wusste, dass seine Mutter kein Einkommen besaß und sein Vater mausetot war. Die endlosen Tage, an denen er Drogen verhökerte, und die Raffzähne, die das Geld zählten. Für ihn gab es keine Zukunft. Man musste offensichtlich nicht erst sterben, um den Film des eigenen Lebens an sich vorbeiziehen zu sehen. Oder vielleicht lag er ja gerade im Sterben, um in einem besseren Leben wiedergeboren zu werden.

Anthony atmete tief durch und streckte die Brust heraus, das Blut zirkulierte schneller in seinen Adern.

»Ich meine Peppino. Peppino den Stinker.«

Addio Big Brother

In dem Hotelzimmer, in dem der Onkel mit seiner Frau Gessica Unterschlupf gefunden hatte, war nur sein Herzklopfen zu vernehmen. Er hätte nie gedacht, dass man die Schläge eines fassungslosen Herzens hören kann, ohne das Ohr an die Brust zu legen. Und auch Gessica hätte es nie gedacht. Jetzt aber konnte sie sein Herz hören und er das ihre.

In der Sendung war unmittelbar nach Anthonys »Gruß« die Werbung eingeblendet worden, der Boss hatte langsam und mechanisch den Ton abgeschaltet und war zu Stein erstarrt. Ein Granitblock mit bebendem Herzen.

Gessicas Herz hatte schon vor dem seinen zu rasen begonnen, als Anthony vom »Bereuen«, von »Entschuldigung« und der schlechten Behandlung des Onkels in den Quartieri Spagnoli gesprochen hatte. Diese Worte erschütterten sie ähnlich wie eine Angeklagte, der gerade die Todesstrafe verkündet wird. Mit dem Unterschied, dass ein Angeklagter immerhin schon im Voraus weiß, dass ihm der Prozess gemacht wird, während sie von diesen Worten wie von einem eiskalten, starken Wasserstrahl getroffen wurde. Da sie mit dem Onkel allein im Zimmer war, hatte sie um ihr Leben gefürchtet. Er hätte sie umbringen können, ohne dabei seine Lage als gesuchter Schwerverbrecher weiter zu verschlimmern. Ihre Leiche hätte er irgendwo in der Umgebung verscharren können. Der Onkel wusste, wie man gewisse Dinge erledigte.

Dann aber war sie begnadigt worden. Der Gnadenerlass war aus unerfindlichen Gründen plötzlich vom Himmel gefallen. Das »Warum« hatte keine Bedeutung mehr, sondern nur noch ihr Überleben. Das Herz des Onkels hatte mit dem ihren zu rasen begonnen, und beide fürchteten, es könne den Brustkasten sprengen, auf den Boden fallen und stundenlang weiterpulsieren.

Der Onkel hatte jetzt verstanden, warum dieser junge Mann im *Big Brother*-Haus war und vor allem, wer ihm geholfen hatte, diese ganze Farce ins Werk zu setzen. Nur die fünf Monster waren dazu imstande und sie hatten es nur für ihn getan, für ihren Boss, um ihn den Namen des Verräters wissen zu lassen.

Im Grunde hatte er immer gewusst, dass man diesem verdammten Dickwanst nicht über den Weg trauen durfte. Zu ehrgeizig, zu sehr darauf erpicht hochzukommen, zu fett. Und am Ende hatte er ihn ganz allein, ganz ohne fremde Hilfe an die Bullen verkauft. Dass der Clan Anthony bei *Big Brother* eingeschleust hatte, konnte nur bedeuten, dass Peppino wohl auf eigene Faust gehandelt hatte, dass keine Verschwörung gegen den Onkel im Gange war.

Bloß ein machthungriger Fettwanst. Oder vielleicht war ja Geld im Spiel. Vielleicht hatte die Polizei aus einem Fonds des Ministeriums Geld für Informanten bekommen, wie damals vor seiner Zeit, als viele große Bosse verhaftet worden waren. In der Öffentlichkeit war kaum bekannt, dass abgesehen von den Fähigkeiten der Ermittler bei der Verhaftung der untergetauchten Bosse nicht selten rein ökonomische Faktoren eine Rolle spielten und es durchaus entscheidend war, ob die Polizei den Tipp eines Informanten bezahlen konnte. Offensichtlich hatte der Fettwanst keine allzu hohen Forderungen gestellt, oder der Onkel war es den Bullen einfach wert. Dafür, ihn in Handschellen abzuführen, lohnte es sich, eine ordentliche Summe springen zu lassen.

Wortlos betrachtete Gessica den Onkel, während sich ihre Gedanken in zwei verschiedene Richtungen bewegten: Die eine war ihre Rettung (Warum bin ich gerettet? Haben die vielleicht einen Bock geschossen und fälschlicherweise den Fettwanst angeklagt?), die andere ihr Ehemann (Was wird der Onkel jetzt tun? Was denkt er? Wird er herausbekommen, wer ihn wirklich verraten hat?). Sie hatte so trockene Lippen, dass sie sie unbedingt befeuchten musste, mit Wasser, mit dem billigen Spumante, notfalls mit Benzin. Aber sie wagte nicht, sich zu bewegen. Jede Bewegung hätte den Onkel gestört, und wie er dann reagieren würde, war unvorhersehbar.

Zum ersten Mal in seinem Leben schaute der Onkel *Big Brother* nicht bis zum Ende an. Als Gessica sah, wie er die Fernbedienung in die Hand nahm und den roten Knopf drückte, blieb ihr schier das Herz stehen. Daran konnte sie ermessen, wie wütend und wie finster entschlossen er war. Sie hatte ihn nie in einem solchen Zustand gesehen, er hatte nie auch nur die Möglichkeit in Erwägung gezogen, die Sendung vorzeitig auszuschalten. Eher wäre er umgekommen, vielleicht sogar in einem Feuergefecht. Aber den Fernseher mitten in der Sendung auszumachen, nein, das war ein Jahrhundertereignis. Davon würden alle jahrelang erzählen.

Der Boss erhob sich langsam und schwer atmend, ging zur Garderobe, nahm seine Jacke, zog sie über und sagte zu seiner Frau gewandt: »Ich muss jetzt gehen.«

Ihr rann eine Träne über die Wange, als sie ihn die Tür öffnen und hinter sich zuziehen sah. Eine Krokodilsträne.

Das Richtige

Niemand schenkte Anthonys Geständnis Glauben. Als Kind entführt und von einem Fettwanst gezwungen, auf Befehl zu tanzen, zu singen und sich zu verkleiden. Dann wie durch Zauberei wieder frei. Und das alles, ohne dass auch nur eine einzige Zeile darüber in den Zeitungen gestanden hätte. Die Bewohner des *Big Brother*-Hauses hatten kein Mitleid mit ihm: Sie nominierten ihn für den Rauswurf. Anthony musste sich also überhaupt nicht anstrengen, um rauszukommen. Es waren die anderen, die für ihn entschieden.

Auf jeden Fall lag zwischen der Nominierung und der Publikumsentscheidung über sein Ausscheiden eine Woche. Die konnte er nutzen, um Ilaria besser kennenzulernen. Ilaria mit den blauen Augen, Ilaria, die Sanfte, aber Vernünftige, die Weiche, aber Entschiedene.

Ilarias Geständnis war wirklich eine Katastrophe. Ehrlich gesagt hatte Anthony den Eindruck, dass sie es, ohne vorher auch nur das kleinste bisschen nachzudenken, einfach aus dem Ärmel schüttelte. Sie erzählte, wie sie als kleines Mädchen in ihrem Dorf in Kalabrien den Katechismusunterricht geschwänzt hatte, um mit ihren Cousins Fußball spielen zu gehen.

Ilaria kam aus einer weitverzweigten Familie. Alle Verwandten wohnten nahe beieinander in einem bestimmten Teil der Gemeinde Locri in der Nähe von Reggio Calabria.

Sie wusste, was eine Familie wert ist, und Anthony wünschte sich, sie kennenzulernen, die Familie von Ilaria, wünschte sich, eine Schwiegermutter, Schwäger, Cousins, Onkel und Tanten zu haben. Nicht so wie in den Quartieri Spagnoli, wo er allein mit seiner Mutter lebte, die nicht mehr ganz richtig im Kopf und nur so lange stolz auf ihn war, solange er Stoff verhökerte.

»Du hast das Richtige getan«, versicherte ihm Ilaria. Sie saßen auf der riesigen Couch im Wohnzimmer, während die anderen mit Töpfen und Pfannen hantierten, um irgendein Gericht zu erfinden, mit dem sie beim Publikum punkten konnten, ohne die eigenen Geschmacksnerven vollkommen zu ruinieren. Miss Elegance, die bisher als Favoritin galt, probierte mit dem Finger die Gewürze in durchsichtigen Döschen. *Big Brother* hatte sich einen Spaß daraus gemacht, auf dem Küchenregal eine Reihe exotischer Gewürze aufzustellen, in der Hoffnung, irgendjemand werde es wagen, sie zu benutzen. Francesca war gerade dabei.

»Du weißt nicht, was ich wirklich getan habe«, entgegnete Anthony und starrte auf die Fingernägel seiner gefalteten Hände. »Du kannst es nicht wissen.«

Er glaubte, aus dem Augenwinkel ein Lächeln auf ihrer linken Wange wahrzunehmen, aber als er sich ihr zuwandte, war es bereits verschwunden. Sie legte ihm eine Hand auf die Schulter, schüttelte ihn leicht und sagte aufmunternd: »Reiß dich zusammen, du hast eine großartige Zukunft vor dir. Ich kann sie schon sehen. Glaubst du nicht?«

»Nein, leider glaube ich es nicht«, antwortete Anthony kopfschüttelnd. Er versuchte, sich seine Zukunft vorzustellen, und sah sich in dieser Zukunft mit einem Bündel über der Schulter auf Arbeitssuche in der Welt umherirren. Er würde wie der Onkel verschwinden müssen, aber ohne das Geld des Onkels, ohne dessen Beziehungen und ohne sein Erbarmen. Denn sobald der Onkel den Betrug erkannt haben würde, wäre Anthony auch auf dem höchsten Gipfel des Himalaya nicht mehr sicher vor ihm. Und wen der Onkel suchte, den fand er für gewöhnlich.

Das alles hatte er sich nun einzig und allein um der ungeheuren Befriedigung willen eingebrockt, sich am Fettwanst gerächt zu haben. Wie konnte Ilaria behaupten, er habe das Richtige getan? Er hatte sich praktisch mit eigener Hand eine Grube gegraben, aber auch mit ihrer Hilfe, denn sie hatte ihn mit sicherer Hand an den Rand des Abgrunds geführt. Gewiss, die wagemutige Entscheidung hatte er selbst getroffen, aber den Weg dahin hatte sie vorgezeichnet. Sie, die ihn jetzt an den Schultern packte und ihm sagte, er solle sich zusammenreißen, alles werde bestens für ihn laufen.

»Du bist ja nicht gerade mutig gewesen mit deinem Geständnis«, sagte Anthony zu ihr. »Die Geschichte mit dem Fußball und dem Katechismusunterricht wird dir keine großen Probleme bereiten, wenn du wieder nach Hause kommst.«

»Schon, aber meine hat wenigstens gestimmt«, murmelte sie.

»Bei dir zu Hause wird nie irgendjemand darüber reden«, fuhr Anthony fort und kam allmählich in Fahrt. »Ok, du kommst aus einem Kaff. Aber wen interessiert das schon, dass ein kleines Mädchen seine Eltern hinters Licht geführt hat, um spielen zu gehen? Niemanden, es interessiert echt niemanden. Ich dagegen kann nicht mehr nach Hause zurück. Ich versichere dir: Ich kann nicht mehr nach Hause zurück.« Anthony hielt inne, denn es traf ihn ein Gedanke wie ein Hammerschlag.

»Entschuldige«, sagte er, »aber was soll das heißen: ›Meine hat wenigstens gestimmt‹?«

»Wie bitte?«, fragte sie zurück.

»Was soll das heißen: ›Meine hat wenigstens gestimmt‹?«, wiederholte Anthony und rückte mit dem Oberkörper näher an sie heran.

»Du machst mir Angst«, wehrte sie ihn ab. »Ich weiß gar nicht, wovon du redest. Ich habe nie etwas Derartiges gesagt.«

Doch, sie hatte es gesagt, und er hatte es genau gehört. Sein Gehirn hatte den Satz gespeichert und aufgehoben, um ihn Anthony ins Gedächtnis zu rufen, sobald er sich wieder beruhigt hatte. Und er war sich sicher, den Satz so gespeichert zu haben, wie er gefallen war, ohne dass er sich geirrt oder etwas hineininterpretiert hätte. Vielleicht glaubte Ilaria, dass er die Geschichte der Entführung erfunden hatte. Natürlich hatte er gelogen, aber sie schien sie doch zuvor für bare Münze genommen zu haben, und es gab keinen Grund, ihr zu misstrauen. Es mochte schwierig sein, alle anderen davon zu überzeugen, ganz zu schweigen vom Publikum vor den Fernsehern, sie aber hatte gesagt: »Ich glaube dir.«

War sie nicht ehrlich gewesen? Jetzt war sie bestimmt nicht ehrlich, wenn sie weiter behauptete, den Satz nicht ausgesprochen zu haben. Schau mal einer an, Ilaria mit den blauen Augen konnte auch lügen.

Und was hatte diese Diskussion überhaupt zu bedeuten? Nach dem ersten Kuss der erste Streit? Aber welchen Sinn hatte das eigentlich alles noch? Welche Zukunft hatte ihre Beziehung angesichts dessen, was er angerichtet hatte?

»Von dir lasse ich mich nicht darüber belehren, was Ehrlichkeit bedeutet.« Anthony war erregt und nahm, weil ihm das Blut in die Wangen stieg, wieder die Farbe an, die er bei seinem Einzug ins *BB*-Haus noch gehabt hatte. »Ich lasse mir nichts sagen von einer, die stur weiterlügt. Ich hab ganz genau gehört, wie du mich einen Lügner genannt hast.«

Die Auseinandersetzung hatte an Lautstärke zugenommen, und die Mitbewohner hatten Gewürze und Kochgeschirr abgestellt, um von der Küche aus zuzuhören. Anthony war in Fahrt, ganz er selbst und ganz authentisch. Er hatte wie am ersten

Abend die Dimension X erreicht, diesmal aber keineswegs aus angenehmen Gründen. Für ihn existierten die Kameras von *Big Brother* nicht mehr und ebensowenig die Verblüffung seiner Mitbewohner in der Küche. Jetzt ging es einzig um ihn und Ilaria.

»Ausgerechnet du sprichst von Ehrlichkeit«, ging er weiter auf sie los, »du, die du noch nicht einmal deinen Nachnamen genannt hast, seit du im *Big Brother*-Haus bist.«

Abrupt drehte sie sich zu ihm um und fixierte ihn wie nie zuvor, unverfroren und beinahe herausfordernd.

»Aus meinem Nachnamen mache ich keinerlei Geheimnis. Ich heiße Strangio.«

Der Tod fährt 2. Klasse

Es war kalt im Abteil. Das konnte eigentlich nicht sein, denn trotz der fortgeschrittenen Jahreszeit herrschten draußen noch spätsommerliche Temperaturen. Aber der Onkel fror. Er war endlos die Landstraßen entlanggelaufen. Hatte einen Fuß vor den anderen gesetzt, die ganze Nacht hindurch. Er wollte kein Taxi rufen, keinen Blicken begegnen und keine Worte wechseln. Er wollte nur sein Vorhaben zu Ende bringen, ohne jeden Aufschub.

Der Onkel hatte ein gutes Händchen. Außer im Falle des Stinkers. Sein Misstrauen gegen dessen hinterhältigen Charakter hatte ihn nicht in Alarmbereitschaft versetzt. Nie hätte er geglaubt, dass Peppino sich gegen ihn wenden würde. Er war nicht nur zu fett, sondern auch zu feige dazu. Offensichtlich hatte sich der Onkel jedoch in dieser Hinsicht geirrt. Er hatte ihn falsch eingeschätzt und die Arglist dieses Haifischs unterschätzt. Und das war der erste schwere Fehler seines Lebens.

Nach Verlassen des Zimmers hatte er sich an der Rezeption unter den Tresen geduckt und war, ohne gesehen zu werden, ins Freie gelangt, in die gesichtslose Umgebung eines gesichtslosen Dorfes. Er war am Rand einer Straße unterhalb einer steilen Böschung entlanggewandert, bis er den Bahnhof erreicht hatte. Dort hatte er den Fahrplan studiert. Er wusste nicht, wie lange er auf der Bank vor dem Bahnhof gewartet und vor sich hin gestarrt hatte. Und wenn ihn jemand gefragt hätte, wäre er nicht einmal in der Lage gewesen zu sagen, wo er sich eigentlich befand.

Die Augen brauchte er nur, um nicht zu stolpern. Ansonsten war in seinem Kopf ein anderer Sender eingeschaltet, ein Privatsender mit einem einzigen Zuschauer und einem einzigen Programm namens Rache.

Das Gleiche galt für die Landschaft, die am Abteilfenster vorüberzog. Offenes Feld, ein Dorf, wieder offenes Feld, dann eine Stadt. Aber sein Blick war ein Pfeil, und ein Pfeil darf nur nach vorne gerichtet sein, nie zur Seite. Die einzige Aufgabe eines Pfeils ist die, sein Ziel zu treffen, und die Gleise waren der Weg, der ihn Minute um Minute, Sekunde um Sekunde seinem Ziel näher brachte.

Peppino der Stinker. Er hatte ihn von der Straße aufgelesen, als er noch von kleinen Einbrüchen lebte, und hatte ihm immer bessere und wichtigere Aufgaben übertragen, bis er ihn schließlich zum Manager der Drogenumschlagplätze gemacht hatte. Er hatte ihm einen Scooter gegeben, damit er in den engen Sträßchen der Quartieri von einer »Basis« zur anderen pendeln konnte, und außerdem hatte er ihm die Verantwortung für die Einnahmen, die Überwachung der Lieferungen und die Beziehungen zu den Lieferanten übertragen.

In ein paar Jahren hätte er ihn befördert. Er hatte es ihm noch nicht gesagt, damit er sich nichts einbildete, denn schon jetzt neidete Peppino den fünf Monstern ihre Macht und konkurrierte dauernd mit ihnen. Er hätte ihn in den inneren Kreis aufgenommen, sobald ein Platz frei geworden wäre. In ein, höchstens zwei Jahren. Bis dahin wäre sicher einer von den fünf Monstern verhaftet oder bei einer Schießerei getötet worden oder hätte eine eigenständige Gruppierung gebildet. So lief das. Niemand blieb lange im mittleren bis gehobenen Dienst: Entweder stieg man weiter auf oder man purzelte die Treppe wieder hinunter. Die Stufen in der Mitte waren verdammt instabil, aber Peppino hätte gerade anfangen können sich zu strecken, um die nächste Stufe zu erklimmen. Stattdessen hatte er ihn verraten, sein Todesurteil unterzeichnet und mit dokumentenechtem Stift den Namen seines Henkers daruntergeschrieben.

Das Urteil musste der Onkel vollstrecken, dafür gab es keine Alternative. Obwohl der Boss sich fast sicher war, dass die fünf Monster keine Schuld traf, wog dieses »fast« doch tonnenschwer. Kontakt zu einem von ihnen aufzunehmen, um den Stinker aus dem Weg zu räumen, wäre in mehrfacher Hinsicht höchst riskant geworden. Vor allem bestand die Gefahr, entdeckt zu werden, denn das Erste, was die Bullen veranlasst hatten, noch bevor sie den Onkel auf die Liste der meistgesuchten Verbrecher setzten, war die Überwachung ihrer Telefone. Darüber hinaus gab es das Restrisiko, dass seine Getreuen mit dem Fettwanst unter einer Decke steckten und jemand anderes Anthony bei der Inszenierung seines Auftritts geholfen hatte. Das war zwar sehr unwahrscheinlich, musste aber doch einkalkuliert werden.

Der Onkel hörte Stimmengewirr im Gang. Schiebetüren gingen auf und wieder zu, und der Lärm kam immer näher. Vielleicht war es der Schaffner, vielleicht auch nicht. Er hörte, wie sich die Tür des Nebenabteils öffnete, und schob die Gardine beiseite, konnte aber im Gang nichts sehen. Wer auch immer die Tür aufgeschoben hatte, war schon im Abteil verschwunden. War es möglich, dass die Polizei im Zug eine Kontrolle durchführte?

Das Fenster ließ sich nicht öffnen, und auch wenn er es zertrümmert hätte, konnte er sich nicht einfach aus dem Zug stürzen. So etwas gab es nur im Film. Der Onkel trug keine Waffe bei sich, und es gab nirgends ein Versteck. Deshalb blieb er mit klopfendem Herzen sitzen und betete zu Gott, er möge ihm die Vollendung seiner Mission gewähren. Ihm fiel selbst auf, dass dieses Gebet nicht sehr sinnvoll war, ja dass es vielleicht besser gewesen wäre, Gott nicht erst ins Spiel zu bringen, wenn man gerade jemanden umbringen wollte.

Die Tür öffnete sich mit einem Ruck und glitt dann in der Führung ganz nach hinten.

»Brauchen Sie etwas, Chef?«, fragte ein fliegender Händler, ein verdammter, beschissener Händler. Und noch dazu einer aus Neapel. Hatte der Zug Kampanien etwa schon erreicht? Nicht unbedingt. Manchmal stiegen die fliegenden Händler in die Fernzüge und fuhren von Mailand bis Ragusa durch ganz Italien. Beinahe wäre der Onkel aufgesprungen und hätte dem Mann mit voller Wucht die Faust ins Gesicht geschlagen. Nur mit übermenschlicher Anstrengung hielt er sich zurück. Der Händler wartete.

»Tempos, Wäscheklammern, Socken, Unterhosen, Müllbeutel …«

»Nein danke«, knurrte der Onkel mit zusammengebissenen Zähnen.

»Nicht mal ein Duftspray fürs Auto?«

»Nein danke«, sagte der Onkel noch einmal und sah ihm in die Augen. Der junge Mann kapierte, dass es keinen Sinn hatte, schob sein Wägelchen aus dem Abteil und packte den Griff der Tür, um sie zuzuziehen. Als der Händler schon fast draußen war, entdeckte der Onkel einen Gegenstand, der ihm nützlich sein konnte. »Oh, warten Sie!«, rief er ihn zurück, nahm eine Baseballkappe vom Haken und zog zehn Euro aus dem Portemonnaie. »Eigentlich wären es …«, protestierte der Händler vorsichtig.

»Verschwinde«, beschied ihm der Onkel. Der junge Mann gehorchte.

Auf der ganzen weiteren Fahrt trug der Boss die Baseballkappe tief in die Stirn gezogen. Nach sechs Stunden erreichte der Zug den Hauptbahnhof von Neapel. Für den Onkel war eine Sekunde vergangen oder aber eine Ewigkeit. Auch diesmal hätte er das nicht zu unterscheiden vermocht.

Der Gnadenstoß

Gessica hatte die ganze Nacht gegrübelt und kein Auge zugetan. Schließlich entschied sie sich fürs Überleben. Oder zumindest für den Weg, der ihr die größten Überlebenschancen bot. Um neun Uhr morgens, als die Geschäfte gerade erst die Rollgitter hochgezogen hatten, verließ sie das Hotel und kaufte mit den letzten dreißig Euro, die ihr verblieben waren, ein ganz primitives Handy. Ohne Kamera, ohne Bluetooth, ohne alles. Nur eingehende und abgehende Anrufe, das war das einzig Wichtige.

Der Onkel würde dahinterkommen, würde zu ihr zurückkehren und sie umbringen, wie man die schlimmsten Verräter aus dem Weg räumt. Die Wut einer Frau, die eine geheime Liebschaft ihres Mannes entdeckt, würde er nie verstehen. Es wäre schon schwierig geworden, ihm zu erklären, wie sie überhaupt in den Besitz der Briefe gekommen war, aus welchem Grund sie sein E-Mail-Konto auf dem Laptop geöffnet und seine versendeten und empfangenen Nachrichten gründlicher als ein penibler Ermittler durchstöbert hatte.

Die Briefe hatte sie ausgedruckt, den Deckel des Kochbuchs aufgeschnitten, wie sie es so oft bei den Kollegen ihres Mannes beobachtet hatte, und sie darin aufbewahrt.

Viele Gedanken waren ihr durch den Kopf gegangen. Anfangs hatte sie die Briefe für eine Scheidungsklage verwenden wollen, diese Hypothese aber schnell wieder verworfen. Die Trennung vom Onkel anzugehen wäre Selbstmord gewesen, vielleicht nicht im wörtlichen Sinn, zumindest aber in finanzieller Hinsicht: Der Boss konnte sich die besten Anwälte des Landes leisten.

Auf jeden Fall hatte sie die Briefe im Deckel des Kochbuchs aufbewahren wollen, falls der Boss eines Tages beschließen sollte, kompromittierende E-Mails zu löschen. Wenn jemand sie fragen würde, warum sie die Nachrichten des Onkels durchsucht hatte, wüsste sie darauf keine Antwort. Tatsache ist, dass Frauen das einfach mal machen, Punkt.

Gessica hatte die ganze Nacht wach gelegen und mit weit aufgerissenen Augen an die Decke gestarrt, während der Onkel neben ihr schnarchte und wer weiß was träumte. Als der Boss am nächsten Morgen das Haus verlassen hatte, um einen seiner Rundgänge im Viertel zu machen, war sie ins Polizeipräsidium gestürzt und hatte das Unglück ins Rollen gebracht. Es war eine Affekthandlung gewesen, nachdem sie eine ganze Nacht lang trübe Gedanken gewälzt hatte. Ein Wutausbruch, eine Befreiung, wie eine Ohrfeige mitten ins Gesicht. Aber Ohrfeigen brachten niemanden ins Gefängnis. Ihr Wutausbruch schon.

Dass sie einen Fehler begangen hatte, war ihr schon beim ersten Mal klar geworden, als sie mit Tränen in den Augen das Polizeipräsidium verlassen und in den Schaufenstern eines Einkaufscenters ihr Spiegelbild betrachtet hatte, um zu entscheiden, mit welchem Gesichtsausdruck sie dem Onkel entgegentreten sollte. Würde sie in der Lage sein, so zu tun, als sei nichts passiert? Und wie würde sie reagieren, wenn die Polizei mit einem Ermittlungsbescheid zu Hause auftauchte?

Ermittlungsbescheide waren nie gekommen. Die Polizei hatte den Onkel nicht einbestellt, kein Polizist hatte an die Tür geklopft. Nach einer Woche war lediglich Gessica kontaktiert worden. Ihr Handy hatte geläutet, als der Onkel sich gerade fertig machte, um das Haus zu verlassen, und sie hatte so getan, als sei der Metzger dran. Das Bestellte liege bereit und könne unten im Geschäft abgeholt werden. Statt zum Metzger zu gehen, hatte sie sich dann in einen Türeingang gestellt, die letzte Nummer der versäumten Anrufe gewählt und gefragt: »Was zum Teufel wollt ihr noch von mir?«

Die Antwort lautete: »Wir wollen, dass Sie noch einmal kommen.«

Der Fehler, den sie begangen hatte, war zu groß, als dass sie wieder hätte zurückrudern können. Die Aufforderung der Polizei zu missachten war zu riskant, wie die Polizisten am Telefon durchblicken ließen: Der Boss könnte »durch Zufall« entdecken, dass jemand ihn verpfiffen habe. Das hätte für Gessica die sichere Todesstrafe bedeutet. Aber Frauen haben einen sehr starken Überlebenswillen, und deshalb war sie erneut ins Polizeipräsidium gegangen und hatte ihrem Mann weitere Dolchstöße versetzt, bis er erledigt war. Des einen Tod, des andern Brot.

Alles wäre reibungslos verlaufen, wenn es nicht in der Via Medina eine undichte Stelle gegeben hätte, durch die der Onkel gewarnt worden war. Sie hätte ohne den Onkel mit einer ungeheuren Last auf dem Gewissen weitergelebt, aber sie wäre zumindest am Leben geblieben. Und in ihrer Lage war das schon eine ganze Menge.

Doch wie ein Kranker, der im Koma liegt, aber nicht das Licht am Ende des Tunnels erreichen will, sondern sich mit aller Kraft an sein längst verwirktes Leben klammert, gab der Onkel nicht auf. Sie musste ihm den Gnadenstoß versetzen, jetzt, wo sie es noch konnte, das war ihre letzte Chance.

Wie in alten Zeiten

Der Onkel saß auf dem heruntergeklappten Deckel einer stinkenden Toilette. Er musste nicht, aber das war im Augenblick einfach der einzige Platz, um sich hinzusetzen. Das Örtchen war so eng, dass er mit den Knien gegen das Waschbecken stieß und wegen der Wadenkrämpfe in regelmäßigen Abständen aufstehen und sich erneut hinsetzen musste.

Die fünf Monster hatten dafür gesorgt, dass die Wohnung des Stinkers rund um die Uhr bewacht wurde, um zu verhindern, dass ein Abgesandter des Onkels ihn erwischen und umbringen konnte. Auch sie hatten die Folge von *Big Brother* gesehen und wussten, dass alles schiefgelaufen war. Jetzt wollten sie wenigstens dafür sorgen, dass Peppino mit heiler Haut davonkam.

Niemand hätte je damit gerechnet, dass der Onkel mit einer Pistole in der Hand durch die Quartieri Spagnoli spazieren würde, um den Fettwanst umzulegen, aber man konnte nie vorsichtig genug sein, und deshalb hatte man Peppino einen bewaffneten Jungen als Gorilla beigesellt.

Sein Begleitschutz meldete sich um neun über die Gegensprechanlage. Der Fettwanst kam herunter und ging links um den Häuserblock herum in eine Sackgasse. Dort hatte er seinen Scooter stehen, ohne Kettenschloss oder Wegfahrsperre. Niemand hätte es je gewagt, den Scooter des Stinkers zu stehlen.

Peppino drehte den Schlüssel im Zündschloss um, und der Motor startete mit einem scheppernden Geräusch. Die Scooter waren ja gestohlen, da achtete niemand auf Kleinigkeiten.

Wenn einer nicht mehr funktionierte, ließ man ihn einfach hinter einer Abfalltonne stehen und holte sich einen neuen. Peppino war mit dem Vorderrad schon aus der Sackgasse heraus und hob gerade den rechten Arm, um seinen Begleitschutz heranzuwinken, als er ein *Pfff* hörte und der Scooter ins Schleudern geriet.

Der Stinker hielt an, bockte sein Gefährt wieder auf und kniete nieder, um den Reifen zu begutachten. Der Hinterreifen war platt. Mit nacktem Auge war ein linsengroßes Loch zu erkennen.

Peppino ging einige Schritte zurück, um das Kopfsteinpflaster zu untersuchen. Fast am Ende der Sackgasse steckte zwischen zwei Pflastersteinen ein Nagel mit der Spitze nach oben.

Lieber Onkel, ich schreibe dir

Seit einer Stunde saß sie am Schreibtisch. Mit dem Zeigefinger der linken Hand wickelte sie ihre schwarzen Haare energisch zu Locken, die sich sofort wieder auflösten. Mit der rechten Hand trommelte sie auf das Papier vor sich, auf dem nur sechs Worte standen:

Lieber Onkel, es tut mir leid.

Das war das Einzige, dessen sie sich sicher war: dass es ihr leidtat. Es tat ihr leid, die Liebesbriefe an die Moderatorin von *Big Brother* gefunden zu haben, es tat ihr leid, keine Erklärung dafür verlangt zu haben, sondern sofort zur Polizei gestürzt zu sein, um ihm einen tödlichen Schlag zu versetzen. Es tat ihr leid, dass sie nicht mehr zurückkonnte, dass sie diese Affekthandlung, die ihrer beider Leben zerstörte, nicht wieder rückgängig machen konnte. Es tat ihr leid, natürlich tat ihr es leid.

Lieber Onkel, es tut mir leid.

Fiel ihr wirklich nicht mehr dazu ein? Auf dem Schreibtisch stand die leere Flasche mit dem billigen Spumante vom Vorabend, als sie sich immer noch in der Illusion gewiegt hatte, die Flucht hätte einen Ausweg eröffnet oder das Ende zumindest noch offen gelassen. Jetzt war alles sonnenklar. Es war aus, endgültig aus. Die leidenschaftliche Liebe des Onkels zu *Big Brother* war zu groß gewesen, war zu weit gegangen und hatte jedes vernünftige Maß überstiegen. So weit, dass er sich in dieses Flittchen verliebt hatte. Letztlich war es seine leidenschaftliche Liebe zu *Big Brother*, die ihn vernichtete. Und nicht nur ihn, sondern auch alles, was einmal zwischen ihm und Gessica gewesen war. Diese Leidenschaft hatte das Vertrauen zerstört, die eigentliche Grundlage ihrer scheinbar so soliden Beziehung. Den Rest hatte sie selbst besorgt, mit der Wut und der finsteren Entschlossenheit einer verletzten Frau.

Lieber Onkel, es tut mir leid.

Es tat ihr wirklich leid. Aber dieser Mistkerl hatte es so gewollt.

Sie knüllte das Papier zusammen und warf es in den Papierkorb. Dann nahm sie das Handy und wählte die Nummer von Woody Alien.

Ein Loch im Reifen nach Art des Onkels

Peppino der Stinker schob seinen Scooter bei abgeschaltetem Motor und fluchte bei fast jedem Schritt. Glücklicherweise musste er sich nicht lange abmühen. Nur noch fünfzig Meter, dann konnte er aufsitzen, denn bis zur Reifenwerkstatt ging es bergab. Es war die nächstgelegene Werkstatt und außerdem die Werkstatt seines Vertrauens. Peppinos Beschützer folgte ihm wie ein Schatten.

Man hatte ihm einen unerfahrenen Rowdy zugewiesen, der im Falle einer Schießerei die Pistole wie in amerikanischen Gangsterfilmen in der waagerecht ausgestreckten Hand hielt und sich durch den Rückstoß das Fleisch zwischen Daumen und Zeigefinger verletzte. Solche Cineasten konnte die Polizei leicht verhaften. Man musste nur die Waffe finden, die DNA der Hautreste am Abzug analysieren und sie mit der Fahndungsdatei vergleichen. Wenn Hautfetzen an der Waffe hängen geblieben waren, war es fast sicher, dass sie von dem Übeltäter stammten, der sie benutzt hatte. Die Jungs wussten das, aber sie schossen weiter wie die Gangsta-Rapper, und die Polizei nahm sie fest. Die Filmfreunde hatten außerdem immer noch nicht begriffen, dass aus der Waagerechten die Treffgenauigkeit drastisch abnimmt. Deshalb fanden die Ermittler nach einem Mord am Tatort oft ein Dutzend explodierter Geschosse und nur zwei, die ihr Ziel getroffen hatten. Aber nicht einmal diese Tatsache vermochte die Mode des horizontalen Schießens auszurotten. Einen Menschen umzubringen, als drehte man ein Video für Busta Rhymes, war einfach zu geil.

Peppinos Bodyguard war auch kein richtiger Bodyguard, sondern mehr ein Komparse, der zeigen sollte, das der Stinker beschützt wurde. Niemand glaubte wirklich, dass er würde schießen müssen, und der junge Mann hätte statt einer echten Waffe genauso gut eine Schreckschusspistole tragen können.

Peppino brauchte nicht lange. Vor der Werkstatt wiesen Berge von Reifen auf den Service hin. Alle Anwohner kannten seit jeher den Reifenhändler namens Genny, einige erinnerten sich gar noch an seinen Vater, und ganz wenige – von denen, die noch am Leben waren – hatten auch den Großvater gekannt.

Don Gennaro, genannt »Abstauber«, hatte zu Zeiten, als es noch kaum Autos gab, die Reifen geparkter Wagen gestohlen und sie zum halben Preis weiterverkauft. Der Enkel hatte den Namen geerbt und zum Teil auch das Handwerk. Er kümmerte sich nicht mehr selbst darum, mit dem Wagenheber die teuersten Reifen zu stehlen. Im Laufe der Zeit war das Geschäftsmodell schrittweise optimiert worden: Jetzt übernahmen Jugendliche die Drecksarbeit. Dreizehn-, vierzehnjährige Jungs klapperten die Reifenhändler ab, um die Reifensätze zum bestmöglichen Preis zu verhökern.

Wenn ein Kunde jedoch spezielle Wünsche hatte und in Cash zahlte, ging Genny sogar so weit, die Jungs für den bestellten Diebstahl auszusuchen.

Peppino fand ihn merkwürdig schweigsam. Er schob den Scooter in den Laden und bockte ihn auf. Der Bodyguard blieb draußen, um wie ein ausgebuffter Profi die Straßen zu überwachen. Er drehte sich nach links und rechts, und obwohl seine Augen hinter tropfenförmigen Sonnengläsern versteckt waren, konnte man unschwer erkennen, dass er sich vor der Arbeit zwei oder drei Linien Schnee reingezogen hatte.

Dem Fettwanst hatte ein Blick in den Rückspiegel genügt, um zu kapieren, wen man ihm da zugesellt hatte. Einen, den man bei einer Schießerei lieber nicht um sich hatte, wollte man nicht riskieren, dass zwar Passanten auf der Strecke blieben, alle Gegner aber davonkamen.

Eine Schießerei war zwar tatsächlich nicht zu erwarten. Dennoch, dachte Peppino, hätten die fünf Monster ruhig ein bisschen besser für ihn sorgen können und jemanden aussuchen sollen, der zumindest keine Gefahr für die Allgemeinheit darstellte.

Genny trug einen rot-blauen Overall mit dem Namenszug einer Reifenfirma auf dem Rücken. Er musste Peppino nicht nach dem Grund seines Erscheinens fragen, denn er kannte ihn schon. In seinem Beruf muss man nie fragen.

Seit seiner Jugend hatte Genny gelernt, in den Blicken zu lesen: Der Gesichtsausdruck eines Kunden zeigte ihm sofort, wie lange dieser mit einem platten Reifen unterwegs gewesen war, ob er glaubte, der Reifen sei ganz kaputt, oder hoffte, dass nur ein Loch geflickt werden musste, und ob er ein Opfer der unzähligen Schlaglöcher geworden war, die den Auto- und Motorradfahrern Neapels das Leben schwer machen.

Doch bei Peppino ließ Genny an diesem Morgen all diese Fähigkeiten beiseite und konzentrierte sich ausschließlich auf den Fußboden. Der Fettwanst sah, wie er an der Wand entlang bis in die dunkelste Ecke ging, wo die alten, zum Wegwerfen bestimmten Reifen gestapelt lagen.

»Reparier mir das sofort«, befahl Peppino herablassend. »Ich habe zu tun.« Aber Genny antwortete nicht. Er hatte seinen Schwung verloren und bewegte sich irgendwie steif. Wie ein Lehrling hantierte er ungeschickt mit den Reifen, hob sie von einem Haufen auf den anderen und drehte sie, als wollte er das Profil prüfen, ohne aber wirklich hinzuschauen. Genny sah aus, als ob er etwas Schreckliches, etwas Unentrinnbares erwartete und mangels Alternativen mit schweren Hula-Hoop-Reifen aus schwarzem Gummi spielte.

Peppino glaubte, der Reifenhändler habe mit einem der üblichen Probleme der Geschäftsleute zu kämpfen. Vermutlich hatte der Clan den »Steuerdruck« auf ihn erhöht. Oder seine Frau hatte ihm ein Ultimatum gestellt. Oder irgendein Arzt hatte ihm nur noch drei Monate zu leben gegeben. Und all diese Vermutungen erzeugten bei ihm keinen Funken Mitleid. Für ihn zählte nur der platte Reifen von diesem beschissenen Scooter.

Er ging zu dem Stapel Reifen, an dem Genny stand. Von dort aus konnte man den Eingang nicht mehr sehen, aber Peppino war sich sicher, dass sein Bodyguard noch kerzengerade und mit geschwellter Brust über seine Unversehrtheit wachte. Er wusste nicht einmal, wie dieser Idiot hieß, und gab ihm fürs Erste den Namen Rambo. Wenn er wieder draußen war, wollte er ihn nach seinem richtigen Namen fragen, auch um wenigstens die Zuverlässigkeit seiner Neuronen zu testen.

Die Tür zur Toilette ging in den gut geölten Angeln geräuschlos Zentimeter für Zentimeter auf, während der Reifenhändler weiter sinnlos mit den abgefahrenen Reifen hantierte.

»Hey, bist du taub?«, insistierte der Fettwanst. Genny murmelte mit zitternden Lippen irgendetwas Unverständliches. Auch seine Hände zitterten beim Umschichten der Reifen wie bei einem alten Mann, der an Alzheimer leidet. Das Ende war nahe, aber nicht seines, seines nicht.

»Peppino, mein Lieber.«

Die Stimme war direkt hinter ihm. Peppino schnellte herum, gerade rechtzeitig, um den größten Schraubenschlüssel der Welt auf seine Augen herniedersausen zu sehen. Dann hörte er ein tönendes Geräusch wie einen Gong und das Knacken von einem zersplitternden Ast. Die Synapsen seines Gehirns setzten für ein paar Sekunden das Bild eines Mannes mit einer Baseballkappe zusammen, desselben Mannes, den er verzweifelt vor den Klauen seiner Verräterin zu retten versucht hatte. Dann wurde der Bildschirm schwarz.

Ein paar Minuten später, als die Leiche des Stinkers bereits in die Toilette geschafft worden war, betrat der Bodyguard den Raum, und es wiederholte sich mehr oder weniger die gleiche Szene. Der Onkel stieg über die leblosen Gestalten, um sich Hände und Gesicht zu waschen, dann zog er die Jacke an, um das blutbefleckte Jackett zu verdecken, und sagte zu dem Reifenhändler: »Jetzt kannst du die Polizei rufen.« Als Genny den Hörer aufhob, war er bereits verschwunden.

Epilog

Auf dem Schreibtisch des Hotelzimmers stand eine andere Flasche, aber diesmal handelte es sich nicht um billigen Schaumwein. Da stand ein Cristal brut mit Jahrgangsangabe und Superluxusbläschen, wie in den Tagen der Freiheit. Wie vor einem Jahrhundert. Gessica befreite den Korken von seinem Draht und drehte die beiden Gläser um, die umgekehrt auf dem Tablett gestanden hatten.

Der Onkel zog die Jacke aus, sodass die Blutflecken auf dem Jackett sichtbar wurden, hängte sie an die Garderobe und blickte seiner Frau in die Augen. Er machte keine Bemerkung über ihre Entscheidung, eine Flasche Champagner zu bestellen, und sie verlangte keine Erklärung wegen der Blutflecken. Doch ihre Augen waren traurig, und er glaubte, darin so etwas wie Mitleid wahrzunehmen. Es war kein Mitleid, da täuschte er sich gewaltig.

Gessica öffnete die Flasche, indem sie den Korken mit der Hand festhielt. Der Onkel hatte ihr beigebracht, dass nur Proleten den Korken knallen ließen und dass so etwas höchstens beim Geburtstag eines Zwölfjährigen verzeihlich sei. Sie schenkte ein und reichte ihrem Ehemann ein Glas. Aus der Nähe wurde sie gewahr, dass er weiß wie ein Laken war und schwer atmete. Er brauchte Schlaf, musste mal abschalten.

Der Onkel nahm sein Glas und hielt es sich vor die Augen. Durch die blassgelbe Flüssigkeit sah er Gessicas Gesicht, so kummervoll wie nie. Also war es kein Mitleid, sondern tiefe Traurigkeit.

»Er muss dir nicht leidtun«, beruhigte er sie, »Peppino war ein Mistkerl.« Seine Frau blickte ihn weiter mit tränenfeuchten Augen an. Jetzt verzog sie auch die zitternden Lippen, und eine Träne rann ihr aus dem rechten Auge.

»Das meine ich ernst«, setzte der Onkel nach. »Ich hätte es von Anfang an wissen müssen, dass ihm nicht zu trauen war. Das war der größte Fehler meines Lebens, und ich habe teuer dafür bezahlt, aber auch er hat teuer dafür bezahlt: Er ist eliminiert. Man kann nur der eigenen Frau und den eigenen Kindern trauen im Leben. Und Kinder haben wir nicht.«

Auf dem Gesicht des Onkels erschien ein halbes Lächeln. Die Befriedigung, dass er den mutmaßlichen Verräter ausgeschaltet hatte, ließ ihn alles Übrige vergessen, seine gegenwärtige und seine künftige Lage als flüchtiger Camorra-Boss. Nun wusste er zumindest, auf wen er noch bauen konnte: auf die fünf Monster und ihre Untergebenen. Er hatte den faulen Apfel ausgemerzt. Er hatte aufgeräumt.

Und dann weiß man ja, dass die untergetauchten großen Bosse ihr Viertel nie verlassen. Er würde sich einen unterirdischen Bunker als Versteck bauen lassen, einen von denen, die mit Videoüberwachung ausgestattet sind, um dem Zugriff der Polizei zuvorzukommen, und mit einem Tunnel, durch den er sich in Sicherheit bringen konnte. Aus dem Untergrund würde er seine Herrschaft ausüben, vom Mittelpunkt der Erde aus seine Befehle erteilen. Er würde über eine Satellitenanlage mit Home-Theater verfügen und alle Folgen von *Big Brother* sehen, einen Billiardtisch und ein Laufband wie bei *Big Brother* haben. Er würde die Quartieri selbst zu einem großen *Big Brother*-Haus machen, mit Überwachungskameras an jeder Straßenecke, und er würde in seinem Bunker darüber entscheiden, wer nominiert und wer eliminiert werden soll. Der »Große Bruder« sollte endlich einen Namen bekommen, er sollte »Onkel« heißen.

Aus dem halben Lächeln wurde ein ganzes. »Ich muss dir gestehen, dass ich sogar an dir gezweifelt habe«, sagte er zu seiner Frau. Gessicas Lippen pressten sich noch mehr zusammen, der Champagner klebte wie verfilzte Wolle an ihrem Gaumen und explodierte in einem Hustenanfall. »Inwiefern?«, würgte sie zwischen zwei Hustenanfällen hervor.

Der Onkel setzte sich in den Sessel, lehnte sich zurück und genoss den letzten Tropfen Champagner. Er reichte seiner Frau das leere Glas, damit sie es auf den Schreibtisch neben die Flasche stellen konnte. Sie nahm es ihm zwar ab, rührte sich aber keinen Zentimeter von der Stelle, sondern blieb regungslos vor dem Onkel stehen. Als sie den erstaunten Gesichtsausdruck ihres Gatten wahrnahm, entschloss sie sich schließlich, zum Schreibtisch zu gehen. Dort setzte sie die beiden Gläser ab, drehte sich um und wiederholte betont nonchalant die Frage: »Inwiefern hast du an mir gezweifelt?«

Der Boss atmete tief durch, nickte leicht mit dem Kopf und verschränkte dann die Hände über dem blutigen Jackett. »Insofern, als mir ständig bewusst war, dass du Zugang zu den Informationen über meine Finanztransaktionen, meine Beteiligungen und Investitionen hattest, die anderen aber nicht. Und allein aufgrund dieser Informationen könnten mich die Bullen verhaften. Da siehst du, was man davon hat, wenn man gut zu den Leuten ist, wenn man einem Einbrecher die Wohnungstür aufmacht. Ein Dieb bleibt eben ein Dieb.«

Der Onkel sah im Geiste alle Treffen mit dem Stinker und den fünf Monstern vor sich, wie sie um den Wohnzimmertisch gesessen und über Geschäfte gesprochen hatten, über die Reorganisation des Drogenverkaufs oder über die Aufnahme eines neuen Geschäftsmanns in die Liste der Schutzgeldpflichtigen. Er versuchte sich genau ins Gedächtnis zu rufen, ob und wie oft der Fettwanst aufgestanden und auf die Toilette gegangen war, etwas Merkwürdiges gesagt oder allzu aufgeregt erschienen war. Einmal hatte er länger gebraucht als die anderen, bis er im Wohnzimmer war, weil er noch an der Garderobe stand, um seine XXXL-Jacke aufzuhängen. Hatte er bei dieser Gelegenheit die Rechnungsbücher einsehen können? Ein anderes Mal war er völlig durchgeschwitzt und atemlos angekommen und hatte behauptet, er sei gerannt, um sich nicht zu verspäten. Was hatte er vorher getan? War er zur Polizei gegangen, um den Onkel zu verpfeifen?

Der Film dauerte nur wenige Sekunden, dann tilgte der Boss Peppinos Bild aus seinem Gehirn und konzentrierte sich auf das seiner Frau. Zum Glück hatte er noch sie, aber es hatte wenig gefehlt, und sein übertriebener Argwohn hätte ihn so weit gebracht, sie zu beseitigen.

»Ich glaube, ich muss mich ernsthaft bei dir entschuldigen.«

Gessica fühlte, wie ihre Knie plötzlich weich wurden und die Kräfte sie verließen. Sie lehnte sich mit dem Hinterteil an den Schreibtisch und legte ihre Linke auf die Stirn. Das Herz klopfte ihr wie wild in der Brust und sandte zuckende Schmerzen bis in die Arme. Sie glaubte nicht, dass das Herz eines Menschen einer solchen Anstrengung standhalten konnte. Aber ihr Mann war müde, er konnte das Pochen ihres Herzens nicht hören. Er ging zum Schreibtisch, füllte sein Glas erneut und prostete ihr zu: »Auf uns Vagabunden!«

Genau in dem Augenblick, als ihre Champagnergläser sich klingend berührten, war aus dem Eingangsbereich mit einem Mal ein Krachen zu hören. Die Gläser zersplitterten am Boden, und bevor der Onkel auch nur daran denken konnte, das Fenster zu öffnen, stürmte Woody Alien mit erhobener Pistole ins Zimmer.

»Es ist aus und vorbei, Onkel. Du bist erledigt.«

Weitere drei Polizisten folgten und dann so viele, dass sie kaum ins Zimmer passten. Mit Handschellen wurden der Boss und seine Frau in zwei verschiedene Autos verladen, aber nur der Wagen mit dem Onkel fuhr zum Gefängnis. Als Wu zurückkehrte, um das Hotelzimmer zu durchsuchen, fand er im Papierkorb einen Zettel, auf dem geschrieben stand:

Lieber Onkel, es tut mir leid.

Wu zerknüllte ihn und warf ihn wieder zum Abfall.

Ein neues Leben

Anthony drehte zwei Pirouetten hintereinander, ohne den zweiten Fuß auf den Boden zu setzen, fuhr sich dann mit der Hand durch die Haare und tanzte weiter seinen albernen Tanz. Zuschauer aller Altersklassen klatschten im Rhythmus der Musik dazu, auch deshalb, weil es gar keine Musik gab, sondern nur die klatschenden Hände im Viervierteltakt.

Von seiner Position aus konnte er nicht genau erkennen, wie viele Fans ihn umgaben, aber es waren viele, und sie hatten sich alle von ihren Sitzen erhoben, alle nur für ihn. Und in der ersten Reihe stand Ilaria mit den blauen Augen und dem Versprechen einer großen Zukunft. Sie war ihm am selben Abend gefolgt, an dem er das *BB*-Haus verlassen musste. Er war vom Publikum eliminiert worden, sie hatte einfach nur gesagt: »Ich will raus«, und Hand in Hand hatten sie die Schwelle überschritten. Dann hatten sie einen Direktflug von Rom nach Reggio Calabria genommen und weiter den Bus bis Locri. Das war der Anfang eines neuen Lebens.

Anthony drehte eine weitere Pirouette und sang den Refrain:

Du bist die Königin in meinem Herzen,
Erlöse mich doch von den bitteren Schmerzen.
Ich gestehe, dass ich dich brauch,
Bitte sag mir, du brauchst mich auch.

Das Publikum war außer sich vor Begeisterung, als ginge es ums Finale beim Songcontest »Festivalbar«. Alte Frauen mit faltiger Haut und Kinder mit überschüssigem Fett lachten und kreischten lauter als an Silvester, alte Männer in überweiten Jacketts trampelten heftiger als ihre Enkel. Und immer mehr Leute wurden von dem rhythmischen Klatschen im Innenhof des alten zweistöckigen Gebäudes angelockt.

Die Namen würde er nie alle behalten können. Ilaria hatte ihm mindestens vier Tanten mit den entsprechenden Ehegatten vorgestellt, zehn Cousins, vier Geschwister und natürlich ihre Eltern. »Aber da ist noch jemand, der dich kennenlernen will«, hatte sie ihm erklärt.

Bei der Begrüßung hatte einer der Cousins namens Mimmuzzo Anthonys Tanz im *Big Brother*-Haus nachgeahmt. Anthony wusste noch gar nicht, dass er damit einen Hit gelandet hatte. Ein weiterer Cousin gesellte sich tanzend dazu, und dann völlig überraschend eine Tante. Die Alte wiegte sich in den Hüften, fuhr sich mit den Händen durch die Haare und wippte mit den Knien. Ihre übergroßen Ohrringe zogen bei den Drehungen die Ohrläppchen so weit in die Länge, dass sie beinahe abrissen. Das Spektakel erinnerte Anthony an die pilzförmigen Kettenkarusselle, wie man sie auf Volksfesten findet, wo sich die Sitze mit der Musik öffnen. Er war gezwungen, seinen Tanz vorzuführen, nicht zuletzt um die Alte zu beruhigen, die sich ernsthaft zu verletzen drohte.

So hatte er für Ilarias Familie zu tanzen begonnen, die Verwandten klatschten dazu in die Hände, und die ganze Nachbarschaft strömte herbei. Bei Ilarias weitverzweigter Familie verlor man leicht den Überblick, wer mit wem wirklich blutsverwandt war. Doch das interessierte Anthony nicht. Das Leben hatte ihn gelehrt, dass die Verwandtschaft häufig überschätzt wird und es besser ist, sich an diejenigen zu binden, bei denen man sich wohlfühlt. Auch wenn sie nicht deinen Namen tragen. Auch wenn deine Heimatstadt fünfhundert Kilometer entfernt liegt. Für ihn begann jetzt ein neues Leben.

Im Übrigen war es besser, das frühere Leben zu vergessen. Da der Fettwanst tot war und der Onkel im Gefängnis saß, konnte man den Clan als praktisch ausgelöscht oder zumindest als sehr geschwächt bezeichnen. Und das alles war sein Werk. Die Quartieri Spagnoli, die Stadt Neapel und ganz Kampanien waren für ihn *off limits*, wollte er nicht sein Leben riskieren.

Zwei dickliche Kinder sprangen in die Mitte des Kreises und begannen, mit Anthony zu tanzen. Neben ein paar konfusen Bewegungen versuchten sie auch seine Tanzschritte nachzuahmen. Ohne innezuhalten, legte Anthony ihnen eine Hand auf den Kopf, zauste sie an den Haaren und sagte anerkennend: »Ihr seid echt hip und cool.« Die zwei schauten sich zufrieden an, als hätten sie gerade eine riesige Schokoladentorte geschenkt bekommen.

Der Tanz ging weiter, und das Klatschen schien kein Ende nehmen zu wollen. Anthony fragte sich, wie lange er noch durchhielt und ob die Kinder es trotz ihrer Fettpolster länger schaffen würden. Es machte Spaß, er fühlte sich geliebt. Es war der Anfang eines neuen Lebens.

Plötzlich verstummte die Geräuschkulisse, und lediglich das Quietschen einer Tür war zu hören. Anthony machte noch ein paar Schritte, bis er merkte, dass seine Fans nicht mehr klatschten.

Trotz des ungeheuren Lärms hatten die Umstehenden das Türenquietschen gehört und waren erstarrt. Alle Blicke richteten sich auf den oberen Absatz der Marmortreppe, die an der Mauer des Innenhofes entlanglief. Das alte Gebäude wirkte wie ein in die Stadt verpflanztes Bauernhaus mit seinem verblichenen Putz und dem grauen Stein, der über den Laubengängen nackt hervortrat. Aus den maroden Säulen wuchsen Unkraut und kleine weiße Blümchen hervor.

Die Tür am Ende der Treppe quietschte wieder und ging dann ganz auf. Während die Menge hinaufblickte, schaute Ilaria Anthony in die Augen und ließ lächelnd ihre schneeweißen Zähne blitzen. Ohne Zweifel kam jetzt die Person, der sie Anthony noch vorstellen musste.

Über die Schwelle trat ein rüstiger alter Mann, der sich jedoch langsam und vorsichtig bewegte. Die vielen Jahre, die er auf dem Buckel hatte, schienen ihn gleichzeitig verbraucht und gestärkt zu haben.

Schritt für Schritt kam er die Treppe herunter, begleitet vom Klacken des Spazierstocks auf dem Marmor. Dann trat er unter den Laubengängen hervor und teilte die Masse wie Mose die Fluten. Niemand wagte zu atmen, nur Ilaria flüsterte Anthony zu: »Er ist es. Er ist mein Alter Onkel.«

Der Alte schritt langsam in die Mitte des Kreises und trat so nahe an Anthony heran, dass dieser den Atem auf seinem Gesicht spürte.

»Mein Sohn«, begann er mit brüchiger Stimme zu sprechen. Er hatte Anthony »Sohn« genannt. Das war ein Zeichen von Respekt.

Der Alte Onkel legte Anthony eine Hand auf die linke Schulter und blickte ihm in die Augen. Er strahlte eine Autorität aus, die keinen Widerspruch duldete, eine Autorität, die noch nie Widerspruch geduldet hatte.

Der Krawattenknoten saß einwandfrei und aus der Brusttasche lugte ein Einstecktuch in Pompejanischrot heraus. Anthony hatte irgendwie den Eindruck, dass dieser Mann ebenso elegant gekleidet war, wenn er fernsah oder sich nur im Wohnzimmer ausruhte.

»Du hast die Ehre der Familie Strangio wiederhergestellt«, erklärte der Alte Onkel feierlich. »Wir schließen dich heute in unser Herz. Wer dir übelwill, der will auch uns übel.«

Ohne den Blick zu senken, nahm Anthony die Rechte des Alten und hob sie zu einer leichten Berührung an die Lippen. Dann führte er die Hand mit der respektvollen Achtsamkeit, die man einem Kardinal schuldet, wieder nach unten.

»Zu Befehl, Alter Onkel.«

Ja, das war der Beginn eines neuen Lebens.

Danksagung

Danken möchte ich Serena Di Battista, die dieses Buch und die Personen darin vom ersten Augenblick an geliebt hat, Maria Cristina Guerra, die dafür Sorge trug, dass es in die besten Hände kam, sowie Giancarlo Scafuri, Michele Spina, Angelo Mazzagatti und Biagio Coscia, die es mir nie an Beistand und Nähe haben fehlen lassen.

Inhaltsverzeichnis

DUMONT

»Der Onkel« ist Mafiaboss und genießt in den dreckigen Gassen Neapels uneingeschränkten Respekt. Nur eine Schwäche leistet sich der knallharte Capo: Niemals, wirklich niemals verpasst er eine Folge seiner Lieblingssendung Big Brother, auch dann nicht, als er untertauchen muss.
Seine Leute wissen das und wollen einen Boten ins Big-Brother-Haus einschleusen, um den Chef via TV auf dem Laufenden zu halten.
Leider entpuppt sich der eingeschleuste Kandidat als ausgemachter Trottel, der den Onkel erst recht ins Verderben stürzt … Eine rasante und rotzfrech erzählte Abrechnung mit der Mafiaszene Neapels – herrlich schräg und echt italienisch.

Stefano Piedimonte wurde 1980 in Neapel geboren und war als Kriminalreporter für verschiedene italienische Zeitungen und Fernsehsendungen tätig, darunter für den »Corriere della Sera«. Zusammen mit Roberto Saviano leitete er die Show »Comicamorra« auf dem Literaturfestival Pordenonelegge. Aufgrund des großen Erfolgs von ›Im Namen des Onkels‹ erschien in Italien bereits die Fortsetzung des Romans.